2024
铸牢中华民族共同体意识
中国少数民族文学之星丛书

交替的底色

宋雨薇

———

著

作家出版社

编委会名单

主　任：邱华栋

副主任：彭学明　黄国辉

编　委：赵兴红　郑　函

以民族的情意，打造文学的星辰

——"中国少数民族文学之星"丛书总序

邱华栋　彭学明

"铸牢中华民族共同体意识——中国少数民族文学之星"丛书是中国作家协会少数民族文学发展工程的项目之一，于 2018 年开始实施，由中国作家协会创作联络部具体组织落实。出版这套丛书的初衷，是在少数民族文学创作领域贯彻落实习近平文化思想，不断夯实铸牢中华民族共同体意识的文学责任，培养少数民族文学中青年作家，打造少数民族文学精品，为那些已经在少数民族文学界和全国文学界成绩斐然、广有影响的少数民族中青年作家再助一力，再送一程，从而把少数民族文学最优秀的中青年作家集结在一起，以最整齐的队伍、最有力的步伐、最亮丽的身影，走向文学的新高地，迈向文学的高峰，让少数民族文学的星空星光灿烂，少数民族文学的长河奔流不息。以文学的初心，繁荣民族的事业；以民族的情意，打造文学的星辰。

入选"中国少数民族文学之星"丛书的作家，必须是年龄在 50 岁以下的、在少数民族文学界和全国文学界广有影响的少数民族作家。不管是否出版过文学书籍，只要其作品经过本人申请申报、各团体会员单位推荐报送、专家评审论证和中国作协书记处审批而入选的，中国作协将在出版前为其召开改稿会，请专家为其作品望闻问切，以修改作品存在的不足，减少作品出版后无法弥补的遗憾。待其作品修改好后，由中国作协统一安排出版，并进行广泛的宣传推广。

中国是一个多民族的大家庭。每一个民族都沐浴着党的民族政策的光辉、感受着党的民族政策的温暖，都在党的民族政策关怀下，蓬勃发展，欣欣向荣。在这个伟大的新时代，我们正创造着中华民族的新辉煌。每一个民族的发展与巨变，每一个民族的气象与品质，都给我们提供了生生不息的创作源泉。我们每一个民族作家，都应该以一种民族自豪感，去拥抱我们的民族；以一种民族责任感，为我们的民族奉献。用崇高的文学理想，去书写民族的幸福与荣光、讴歌民族的伟大与高尚；以文学的民族情怀，去观照民族的人心与人生、传递民族的精神与力量。

我们期待每一位少数民族作家，都能够到火热的生活中去，到广大的人民中去，立心，扎根，有为，为初心千回百转，为文学千锤百炼，写出拿得出、立得住、走得远、留得下的文学精品。不负时代。不负民族。不负使命。

目 录

〰️

雨非雨　薇非薇

——序《交替的底色》

赵培光

自然界，雨是一种天象，薇是一种物象。机缘巧合，生发出诗意。曰：雨薇。

雨薇落到人头上，从姓氏，姑且宋雨薇了。

形出乎散文，神出乎雨薇。形神混搭，无止境。那么，是散文成全了雨薇，还是雨薇成全了散文？《交替的底色》，别一种消解。消解是个慢功夫，需要时间。雨薇属于后来者，行公文，醉散文，蓦然居上了，形而上的"上"。品鉴雨薇散文，风景这边独好。小惊喜，小得意，不足以傲慢。大道至简，无非化虚为实，无非化实为虚，虚虚实实构成风姿与风骨。常言道，女人是水，水满则溢，或思想或情怀或趣味或语言之中，浮现散文的灵魂。

日常的雨薇，一副机关文员模样。坚韧、坚强、坚定，感染着大多数的亲朋好友。自己对自己，近乎苛刻，力争辉煌的人生。2018年9月，敦化笔会聚集了吉林散文的大咖、中咖、小咖。收尾的那天上午，恳谈会，我主持。我随我的意，末一位，请雨薇开启尊口。之前，她一直埋着头聆听。叫她时，她险些蒙掉。终究顾自倾诉，竟然半小时以上。领受她痴缠的乡亲、乡事、乡情、乡悟，没人出去抽烟、出去上洗手间，完完全全沉入了"雨薇状态"。后来，后来的后来，她把呕心之作接二连三地，铺展在《人民文学》《民族文学》《安徽文学》《鸭绿江》《四川文学》《青海湖》《文学港》《散文海外版》《2023 中国散文年选》以及河北、浙江、黑龙江、甘肃及北京等省市高三语文压轴试卷、模拟试卷、摸底试卷现代文阅读考试题，等等。这，就不是水满则溢了，而是汩汩流荡啊！

雨薇根系交错于村庄，断也断不绝。那个遥远的村庄，生生地被挤在长白山的褶皱里。稀稀落落的五六十户人家，勤耕细作，不胜贫瘠地困厄。适宜生长的农作物少之又少，主要是玉米、大豆、白菜和萝卜。然而，憧憬却是颠扑不破的。自中学阶段起，雨薇索性脱衣服一样脱掉了它。那以后，岁月中纠结，岁月中回归，岁月中支离破碎地纠结与回归。故土的光芒明明灭灭，闪亮了昨天，闪耀着今天及明天。流水落花，她很少提及村庄的名字，那个名字总是在出现时使她莫名地心疼。不错，穷乡僻壤的小小村庄，有如上苍丢下的冷笑话，美化它是浅表性伤害，丑化它是萎缩性伤害。思绪飘飞时，就散文了！

哦哦，她的散文，那么清透。

——"坡高路滑，我弓着腰，背着麻袋，向坡上一次次攀爬的身影，渐渐地拉大着山坡的弧度。在那片让父母充满希望的田野上，每一次，我都要上气不接下气地，将一袋袋的玉米棒子，挣命地从坡底背到坡上的路旁……"

哦哦，她的散文，那么清脆。

——"很多时候，我喜欢看着四叔对准白桦树段，在那个树的年轮中间圆圈的部位，高高举起斧头，手起斧落，一声清脆的声响，白桦树段一分为二炸裂在四叔的脚下，就像是碎了一地的梦想……"

细节，细节，细节，细节怂恿着雨薇，一枝一叶总关情，及至尽善尽美。人云："时间让深的东西入骨，让浅的东西无痕。"入骨也好，无痕也罢，毕竟要写出散文的气息、气运与气度。所谓散文之散，所谓散文之文，灵光哩，牧童遥指杏花村！

"五四"散文以降，一波接一浪，一浪接一波，波追兮，浪飞兮。女性典范中，现代的萧红、张爱玲，当代的铁凝、迟子建，等等等等，贡献出许多不俗甚或不朽的名篇。雨薇望她们的项背，不轻易服输，不轻易认尿，踩着光影跟上去。村庄里的少小年月，看惯了也看懂了那些庄稼树木，它们之所以长势喜人，必然是经得起风、淋得起雨、熬得过风风雨雨。更何况，山、水、人，久养而性成，成那种倔性的性。体现在作品上——你写你的，我写我的；体现在做人上——你行你的，我行我的。

前辈教给雨薇一副联：春风大雅能容物，秋水文章不染尘。

没有技巧就是最好的技巧。境由心生，文由境生，若人品干净，文品自然圣洁。呼吸在市井，低眉顺眼，块垒无计消除。而到草原上，策马扬鞭，一下子就辽阔起来。雨薇有矿，云云烟烟复去还复来，不屑于耍什么把戏了。当然，叙事讲究调性，一笑了之抑或一哭了之，小儿科，免不了亵慢艺术。雨薇赖仗生活的底藏和思想的高格频频出手，大爱与大恨融会字词句段，无为而无不为！

素女雨薇深藏多少事，散出来的千字文、万字文，情幽意远，夺目亦夺魂。

去年秋天吧，我受邀参加靖宇蓝莓节。其间，得机会与雨薇交谈，核心是生态散文。我曾经实践过若干篇什，没怎么当事。年轻些的雨薇，顾此却绝不失彼。她特别担心生态的繁华掩盖灵魂的枯涸。她的"彼"无可替代，土地还是从前的土地，村庄还是从前的村庄，积极地收放眼力和心气，开垦着一片又一片小散文、大散文。握别的片刻，发现她好看的脸庞隐约着沧桑。不由得暗想，沧桑兴许是雨薇散文的进境吧？

时光宠幸，雨垂情于薇，薇钟爱于雨。一个人，活成了且俯地且仰天的作家。雨非雨，薇非薇。谨此，为自己，为散文，为自己的散文。

2024 年 1 月 16 日

别一种叙述

对于一种相识，有时，我常用减法来计算，用倒叙的方式，来记录感情的长度和浓度。而对于这里，对于走出新高度的、吉林省域版图上的这个地方、这些人而言，从哪一天写起，或者从哪里写起，任你用加法去计算，抑或是用减法来梳理。这些在它刷新的从容淡定里，似乎都不重要。

行走的路标

中国那么大，我却给自己圈了一个圈。我把足迹锁定在了坐标中国东北中部的某一个村庄。翻看吉林实景 3D 图，在长吉北线四十三公里处，地处长春市一小时经济圈内，有一处让人"一见钟情"的美丽村庄——吉林省九台区土门岭街道马鞍山村。

当我站在这片多情的土地上，在九台印象里，我知道，我已经具备了为它的发展画出一条清晰的时间轴的能力。

当四通八达的乡村柏油公路，通向马鞍山村的"沈遇山居"别墅区时，丰腴、平坦、顺畅……一系列的词语，此时都焦急地，竞相从我的脑海中涌出，急切地集体出走，拥挤着与这个美丽的村庄，深情对接。

远处的山，近处的水，别致的民居错落有致地傍山而居。门庭上的"汍遇山居"，便是这里醒目的路标。

傍晚，在汍遇山居，我一直在记录行走的方向，却单单迷失在了汍遇山居里。是的，我就是在思索的行走中，在这里迷路了。

暮色四合，不远处的那一束光亮中，呈现出一扇扇紧合的木门。在紧合的木门之后，都庇护着一个个寻常的烟火人家。锈迹斑斑的门环，在这个到处都充满着全新元素的民居里，并没有失去其本来的意义。紧合的木门之后，浓郁的烟火气息，足以诠释一段旧时光里的喜怒哀乐。远远没有消失的，还有那些消融在木门的褶皱里，被渐渐唤醒的寂寞往事。

顿时，那些辛酸的、渴望的、希望的、失望的，甚至还有或隐或现让人绝望的，在那一瞬间，都一股脑儿地，打开了我日积月累的生活底片……

宁静的慢时光

走进汍遇山居，幽静清新的自然环境，掩映在绿水青山中的农家别墅，整洁舒适的农家小院，这一切都在静谧中，迎接人们的到来。

我停下迟疑的脚步数了一下，二十四座别致的农家别墅。没错，它们坐落在二十四个充满生态自然的小院里。每一个小院的一分菜园里，都种着时令的瓜果蔬菜。生态、自然、和谐，所有关于慢时光的、一个个具体的日子，在这里都慢慢醒来了。

芒种、小满、硕果累累……一系列与节气和田园，诗意地栖居在一起的，那些熟悉又好听的词语，组合成民宿各个房间的名字。土炕、辣椒、玉米、充满乡土气息的碎花桌布……

此时，惊叹是谁也不愿意放弃的表情。我没有喝酒，却醉在了悠悠的乡愁里。在乡情、民风和青山绿水之间，找到了心灵的慰藉。

傍晚，在氿遇山居，我一直在记录行走的方向，却单单迷失在了氿遇山居里。是的，我就是在思索的行走中，在这里迷路了。

当农民成为一个职业，而不是身份的时候，所有的疑问在氿遇山居，都会给你一一解答。在写满自然和谐的 1 号院里，我在氿遇的美好里，遇到了自己想要的答案。

前方不远处的灯火里，满脸沧桑的米山叔，手臂上搭了数十条好看的蓝布条，正在民宿的菜园里，给那些长势旺盛的黄瓜藤蔓，规定向上攀爬的生长方向。

米山叔动作缓慢地将一根根架条，依次插入松软的泥土中。这个一分菜园，仿佛就是他人生的道场。在时间的经纬里，他正在用自己最后的力气，把一截儿无人能懂的光阴，融解在这片深情的黑土地上。

插完架条，米山叔沉稳地弯下腰，小心地将正在旺盛生长的黄瓜藤蔓，顺着架条轻柔地绕几圈。然后，他又用蓝色的布条，一截儿一截儿地，将它们绑在一起。那双布满生活纹理的、满是老茧的双手，认真地重复着每一个看似简单的一系列动作。仿佛在将剩下来的光阴，慢慢做老。

做完这一切的时候，米山叔定定地立在那里，认真地审视着每一株经过他的手梳理过的黄瓜藤蔓。最后，他心满意足地微笑了一下，小心地绕过脚边的藤蔓，在通往黄昏的路口，缓慢地向菜园门口的石阶走去。

夕阳的余晖下，米山叔渐渐被拖长的背影，慢慢地向前移动着，慢得就像是走过了长长的一生。

米山叔寻了一处石阶坐下来，掏出旱烟，卷上一颗放到嘴边，心满意足地深深地吸上一口，再缓缓地吐出一缕缕的烟圈。有一种诸事圆满的成就感，在此时慢慢地铺展开来。在米山叔看向远方的目光里，似乎什么都有，又似乎什么都没有。

在慢慢流淌的光阴里，夕阳的余晖稀薄地洒在米山叔的身上。不远不近地望过去，米山叔苍老的身影，仿佛已成为这个黄昏里虚构的存在。渐渐地，在我的物象里，米山叔已不再是一个单独的个体，他代表了一群人，是许许多多带有时代精神气质的，一个个农民的缩影。

是啊，谁不是一辈子呢！不管是园子里，那些正在旺盛生长的农作物，抑或是静坐在时光深处的米山叔，他们又何曾远离过村庄里的时间和空间呢？

此时，在那些每一个立体而又生动的光阴里，我终于卸下了在漫长的时间里，像一座生活的大山，深重地压了我很多年的支点。

最简单的逃生路径

在这里，所有的叙述都不是来自故事，而是来自这个村庄。

这一年的夏天，我的心情一直在希望和失望中沉浮。自负责单位的脱贫攻坚工作以来，我走过了太多的村落。看着村庄在长久的苍凉中，被注入新鲜的元素，心情也随着脚步对村庄的深入探索，而起起伏伏。

这一次，来氿遇山居，是否是对自己心情的一种救赎，我不知道。我只知道这些年，我是如何拼命地想背离泥土，背离村庄，背离在我记忆里无法遣散的那些生活里的沉重与伤痛。它们在无关紧要的那些人看来，一切又是多么稀松平常的事儿。可是没有人知道，在我的心里，曾经历过的那些场景，还有那些燃成灰烬也无法忘记的往事。

对于我来讲，那是一道道耀眼的一直无法愈合的伤痕。那种苦涩，我咀嚼了很多年。多少次，闭上眼再睁开，任我怎样努力，它们仿佛忽略了我的存在，只会狠狠地又紧密地糅进我的生活和生命里。它们会让我在一边自信，又一边自卑之后，经历无数个日夜的折磨与煎熬。

事实上，如果一个人所期待的，是一种完成度很高的铺陈和穿透的话，那莫不如就此放弃吧。或许是一个人经历得多了，后来似乎也就认命了。毕竟把那些无解的挣扎推给命运，才仿佛是眼前最简单的逃生路径吧。

把时间拨回到2016年以前，我生命里住着的那些人，不，他们不是那些别人，他们是在那片土地上，我深深地爱着的亲人啊！可是，那么多年以来，他们整天都是一副彻头彻尾灰头土脸的样子。与命运顽强地对抗了一辈子，在渐渐变老的路上，他们每一天过的，却是从未被生活细致地对待过的人生。

2016年，深秋过后，时间的拉力在来不及的等待里，匆匆地走进了10月的底部。这个秋天本已过了霜降的节气，可是真正的霜降，却在它的盘算里，迟迟没有到来。因为它的姗姗来迟，秋收这场战斗，便足足向后推迟了半个月的时间。

每年的秋收对于山里人来说，是一场与天较量、与自己的力气较量的战斗。村庄由于深居大山，它有着你无法估量的执拗与长情。是一个似乎任你怎样努力，都无法让它与现代气息完全接轨的地方。这里的一切都充满了原始气息，牛车、镰刀、扁担、箩筐……那些从我懂事起，就熟悉的一个个名词，至今，仍与这个村庄的生活密切相连。

这些年，我一直在城市与乡村之间游荡。对于城市来讲，工作十余年，我仍是一个彻头彻尾的边缘人。无论生活发生怎样的变化，我仍然无法与父亲的这个村庄，彻底割裂与分离。尽管我早已习惯了城市生活，习惯了机关生活的养尊处优。但是每到秋收季节，我仍会硬着头皮返乡，忘我地与那片黑土地继续抗争。

作为儿女，最无力的便是面对父母的衰老，我们却充满了无能为力的无奈。而对于目前的处境，自己能做到的，只有在自己的良心上，减轻些许内疚。正是这种力量的牵引，每一年的年休假，我从来都不舍得随便去挥霍，每次都是将积攒到一起的假期，留到秋收季节。带着被激发出来的潜力返乡，帮助我的亲人们，去完成一年当中轰轰烈烈的最惊天动地的一场战斗。

10 月 30 日那个夜晚，呼啸的东北风飕飕地刮了一夜。清晨醒来，推开房门，一股逼人的寒气瞬间袭来，我在寒风中情不自禁地打了一个激灵。

屋外，淅淅沥沥的细雨，正在斜密地下着。早已不再年轻的父母，已全副武装收拾妥当，套上了牛车，准备向田地里出发。

看见我缩着肩膀走出来，父亲看了我一眼，说饭菜热在锅里，田野里风太大，吃完早饭让我留在家里看家。他们必须得去田地里，把脱了玉米衣的玉米抢收回来，否则会被这场小雨过后，紧跟着到来的大雪埋在地里，就不好收拾了。

看着一前一后赶着牛车，攀爬在山路上的父母，我没有去动热在锅里的早饭，而是回到屋内，将家里的卫生收拾妥当后，迅速穿上厚一点的棉衣裤。

找出雨靴穿上后，我又四处翻找，寻出一块不大不小的塑料，将塑料两端打了个活扣儿，系在脖子上。最后，我又将棉衣上的帽子，使劲向上拉了拉盖住头部，使其能够以最大的可能，遮住绵绵不断的寒凉细雨对我的侵袭。

尾随着空气里父母留下的气息，我沿着牛车的痕迹，深一脚浅一脚地，向五里之外的田野走去。

是啊，这一天才刚刚开始，可他们的这一辈子有多长呢？在这片土地上的人们，他们的每一天，又何尝不是在熬一个最后的结局呢？

救赎与自我救赎

日子在经过一大段时间的惯性漂移后，所有的渴望在这里，都被压缩得越来越瘦。

远远地，我看见自家的牛车，停在玉米地的坡顶。那头为我家立下汗马功劳的耕牛，正埋着头，对着面前的一堆玉米秸，费劲地撕扯着，仿佛在用力地咀嚼着，一截儿苦涩的旧时光。

村庄由于深居大山，田地也多以山坡地为主。这样的地理劣势，直接决定了我们家秋收的时间长度和难度。如果把牛车赶到坡底，一旦玉米将牛车填满，想要把一车的粮食拉到坡顶，不是不可以，但即使那样做了，就算是要不了那头耕牛的命，但对于人的良心受折磨的程度来讲，会比要了那头牛的命还让人难受。

因此，每一年的秋收，我们全家人宁愿用尽每个人体内全部的力气，一点一点地，用麻袋将玉米背到坡顶，也不愿意去承受一辈子的良心谴责。

每一年的六七月份，我最熟悉的一种重复，就是不请自来的畏难和焦虑。一到夏天，在我的生活里，会有很多不经意间被忘记了的事情。可是那片坡度呈四十五度角的田野，每一次都会在毫不防备的点上，突然之间跳出来，提醒我做好足够的心理准备，来面对即将到来的 10 月。那个深刻的四十五度角，仿佛生怕我没有酝酿好足够的力量和勇气，去做好与秋收打持久攻坚战的准备。

远远地，我看见父亲抬满了一麻袋玉米。他站起身，低着头看了那个麻袋一会儿，似乎是在掂量自己的力气能否与那些重量对抗，又似乎是在铆足一股劲儿，准备着蓄势待发。

只见父亲站立了一会儿后，向较低的地势走下一步。他蹲下身，试图用尽全身的力气，抡起那满满的一麻袋玉米。可是，一切却在意料之外，跳出了父亲的设计。那个麻袋并没有妥帖地伏在父亲的背上，而是偏离了他预期的方向，沉重地倒向父亲右臂的一侧，也顺势将父亲带倒在了泥泞的土地上……

我一路跌跌撞撞地，朝父亲跌倒的方向奔跑着。很多原本被遮掩得严严实实的悲伤，在那一瞬间，都一股脑儿地挤在了我的喉咙里，它们把我的声音彻底淹没了。彼时，我所有的情绪，都深陷于一种深深的自责中。我难过于自己的无能和无用，没有足够的能力从苦难中将自己的亲人拯救出来。

工作十余年，我在别人羡慕的光鲜里，过着一枚棋子的生活。很多时候，我不知道我是谁。在现实和世故面前，我的一切努力，似乎也都显得那么苍白无力。

一个人在还不够强大的时候，发出的声音都会被冷漠地轻视。在我的心底，我暗暗地，发着疯地铆着一股劲，一定要让自己强大起来。在还没有找到改变命运的路径和通道时，我常常想，或许通过文字，可以来改变自己的命运。哪怕是一丁点儿呢，至少会让人看到一点希望。

很长时间以来，我一直都这样在心里暗暗地想着，像在和自己的命运赌气一样，较着一股劲。

工作以来，很多时候，我会作为一个简单的个体，向别人作一个充分的自我介绍。尽管在很多人眼里，他们会忽略掉所有的世俗意识，以一种亲切而又温暖的真诚去接纳我，并且欣赏我。他们还会认为，我是一枚出色的元素。可是在另一种声音的笼罩下，我又能是谁？我经常会在一句"你爸爸是谁"的询问里困惑。

工作之初，我并没有认识到，这一句询问背后的世故。因为我的确是一个没有故事和城府的人，又哪里会有意识地将世故和故事给紧紧地联系到一起呢？在有些人看来，一枚棋子的思想和声音，完全就是多余存在的元素。我是这样的微不足道，还有什么力量能拯救自己的亲人，让他们不再饱受生存的困顿与困扰呢？

可是，谁不是一辈子呢？为什么我的亲人就要受那么多的苦难和委屈呢？

当我跑到父亲身边的时候，他已慢慢地坐起身，湿漉漉的棉衣上面沾满了泥土。看见我的出现，他微微一愣的表情，非常直接地将他刚才经历的痛苦，以三百六十度的大转弯进行了直接转换，僵硬地挤出了一个笑脸。那个笑，就像是被人强迫着借来的一个表情粘到了脸上，比哭泣还要让人看了难受。

被岁月碰疼的委屈

剩下的每一个动作，再没有多余了。大规模的抢收运动，在寒凉的雨水里一声不吭地分头进行着。

坡高路滑，我弓着腰，背着麻袋，向坡上一次次攀爬的身影，渐渐地拉大着山坡的弧度。在那片让父母充满希望的田野上，每一次，我都要上气不接下气地，将一袋袋的玉米棒子，挣命地从坡底背到坡上的路旁。一年年，一趟趟，这片黑土地上，不知道留下了我多少挣扎的脚印。

在众人眼里，我是一个文学气息浓厚、浪漫且深谙生活品味的人。他们怎么也不会将彼时那个弓着腰，背着麻袋，头几乎要接近土地，一步一步朝坡上挪的那个人，与众人认识当中的那个坐在机关办公室里养尊处优的我给重叠到一起。

　　雨越下越大。疲劳之至，父亲想坐下来抽支旱烟解解乏。他摸出口袋里的旱烟和剪裁好的烟纸，打开烟袋的时候，发现它们早已经在雨水的关照下，变得面目全非了。父亲又摸了摸全身上下的衣服，似乎已没有一寸是干爽的地方了。

　　他叹口气，故作轻松地朝我笑笑，又像是自言自语地说："快点儿干，干完了就可以回家了。"

　　父亲这样说的时候，我明显地看到了，他铁青的脸色下，冻到发紫的嘴唇，在寒凉的雨水中打着战。

　　我没有说话，扭过头，继续机械地重复着手里抢收玉米的规定动作，但内心柔软的地方，却有一股热辣辣的暖流，在不停地朝上涌。

　　每一次爬上坡顶，甩掉麻袋，我都会一头栽到麻袋垛上，闭着眼，喘着粗气，苍白无力地躺在麻袋垛上，一动也不动。我潜伏着的委屈就在那时，被突然无限放大。有两行凉凉的液体，顺着我紧闭的双眼流下，我们把它叫作泪水。那一刻，我想起一个词——释放。对于被岁月碰疼了的委屈，眼泪便是最好的释放了吧。

　　从我懂事起，我的父辈就在这片土地上，顽强地与贫穷抗争。在我的记忆里，村庄留给我最多的，就是贫穷与自卑。因为这些，才有了我后来挣命的苦读与逃离。这些年我的情感也因此，一直在救赎与被救赎之间游荡，绵长而无法结束。

　　多少次，我只身携带文字，从现实中一次次出逃，又被生活无情地一次次遣返。这个村庄，竟让我无力爱恨相抵。

　　那一天，我不知道自己在麻袋垛上仰面躺了多久。后来只感觉周遭的温度越来越低，全身越来越冷。寒凉的雨水，一直在不停地下着，我全身的衣服也已经湿透。脸上缓缓流淌的，早已分不清到底是雨水，还是泪水……

一周后，我家的秋收运动已接近尾声，我的假期也结束了。在一个东方泛着鱼肚白的清晨，我发着三十九摄氏度的高烧，爬过那条曲曲折折的十五里山路，搭上了一天只有一趟的回城客车。

回到了城里，我继续坐在别人羡慕的高楼里，在旁人无法体会的煎熬中，若无其事地支撑着我虚弱的坚强。而我的父母，也在剩下来的时间里，在风湿性关节炎复发的疼痛，还有重感冒的交织围困里，长久地陷入无法被生活温柔以待的冷遇之中。

而生活，还要在世俗的喧嚣中，继续无声地进行。

循环的叠加状态

在马鞍山村，有都市人最向往的田园生活。

远处，绿树掩映下的村庄，在车辆的行驶中时隐时现。盛夏的马鞍山村，一片片绿浪翻涌的稻田，依托着灵魂的温情热土，用相思和绿意环绕着错落有致的屋舍。它们极尽妩媚地，在人们的面前，不断地变换着迷人的乡村景致。

天气仿佛与人相知，它饱含深情地，用它自己的方式，迎接着人们的到来。碧绿的稻海和屋舍，经过一天一夜雨水的冲刷，在雨水洗过的日子里静默。面对我的到来，它不言，我亦不语，偶尔会在眼波流转之处，在灵魂的对视里彼此对坐，以特殊的方式倾心交谈。

沿着迂回的木栈道，我轻轻地行走在香味弥漫的稻海间，在绿波荡漾的稻田中，观赏着水稻展示区字体编码和彩稻点缀的绿毯。久违了的激动，承包了我近日来所有的惊叹和思索。

稻海桑田中，阡陌间防渗沟笔直迂回，用绿色书写的高质量稻田，此时正释放着生命的活力。农耕文化与民间田园元素相互融合，塑造着九台特色的农耕文明景观。

思绪在往事中穿行，我远离人群，缓缓地行走在干净的村路上。不远处，一户大门檐下的木凳子，出现在我的视线中，刚好可以搁置一下我目前的情绪。

另一户的大门檐下，本村的米宁姑娘，正在和几位年龄仿佛的乡村女子坐在一起，用她们的方言在热烈地交谈着，时不时地，还会有一阵阵放松的笑声，夹杂在情感认同后的交流中。偶有几丝风掠过，将她们的欢声笑语推移向远方，没有一丝一毫的戒备。

和米宁坐在一起休息的几位乡村女子，她们都在马鞍山村的氿遇山居工作。每天的工作时间秩序井然，之所以安排"两班倒"的工作机制，是为了便于村民们，既能在家门口打工赚钱，还能够做到兼顾家庭和生产两不误。

这个世界上，没有人喜欢揣着沉甸甸的过去生活。在时光的倒影里，因为这样那样的沉重，我的字里行间，在有选择的省略里，抛开了多种关系的维度。在潜移默化的转化里，有关于他们的那些隔着栅栏的旧时光，在有关于村庄的倒叙里，在一个个具体的日子里，终于一点一点清晰地呈现出来。

2010 年，大学毕业后的米宁，随着进城打工的大潮，投靠已在北京定居数年的姑姑。抵达北京的数日后，米宁凭着良好的形象和出色的口才，被一家广告公司聘用为前台接待。一年后，又凭借出色的业务能力，被企业的老总从众多的打工者中，选拔到了管理岗位。

都说北京是一个充满干劲儿的城市，不管居住条件有多差，日子过得有多苦，在这个又忙又累又拥挤的城市，身边的每一个人，似乎永远都在忙碌。他们每一天，都不得不加快脚步去努力，生怕稍不留神，就又被同样奋斗的人们，落下一大截儿。当然，米宁也不例外。

北京是一个奋斗的城市，能留下来的年轻人实属不易。在北京生活，时间和精神的发条每时每刻都在挣命地和生活较着劲。每一天睁开眼，米宁都感觉时间好像不够用似的。

每一个下班后的夜晚，在寂静的地铁里，米宁看着那些和自己一样，在北京艰难打拼的同龄人，他们坐在地铁里的疲惫不堪，她的心都会狠狠地疼了一下又一下。每一天回到合租的宿舍，米宁疲惫不堪地躺在床上的时候，都觉得自己活在世界末日，累到有一觉想睡死过去的感觉。

在每一个快要死去的夜晚，那时候的米宁，都会产生一种强烈的想放弃在北京继续奋斗的想法。可是每一次，在第二天清晨醒来，她在昨夜似乎已经死去的激情和斗志，又像被打了鸡血一样复活了。

难道在命运之中，真的有一种超自然的东西在支配吗？米宁无法回答这样的问题，也并不想花费心思去寻求为自己开脱的一个答案。

美好的生态答卷

把握住方向，或许才有最大的可能，去把握住看似虚无的未来。

2016 年，在一个个与贫困对视、较量的晨昏里，曾以"泥土村"而远近闻名的马鞍山村，在长春市和九台区两级政府持续投资和政策扶持的强大支撑下，成就了一个不一样的乡村振兴样板村。

它以尊重历史为前提，校正时间为主线，提炼田园综合体为主导，依托山水自然资源优势，借助"三块地"改革，充分利用村里的闲置集体用地，以及废弃的宅基地等沉睡资源，绘就了"一山一水一田一馆一民宿"的发展蓝图。

在这个世上，有很多变化都是静悄悄的。与村庄一样时时邂逅的，还有那些拓宽了的高度和宽度。

在安排自己的土地上，马鞍山村通过"筑巢引凤"，吸引企业投资五十亿元，打造了集现代农业观光和生态旅游为一体的"氿遇山居田园综合体"一期项目。同时，还实施了民宿"我在村里有块田"项目，形成了可推广和复制的民俗体验旅游。

作为农业增收致富，以及产业结构调整的重要载体，依托"一山一水一田一馆一民宿"，马鞍山村成功地做到了年均接待游客三十五万余人次，旅游产值二亿元的辉煌。

在本质上，马鞍山村还吐故纳新，将大部分在城市打工的青壮年，通过各种方式回引，直接和间接地带动了大量村民回乡就业。

干净宽敞的柏油村路，集地域和民族特色为亮点的民宿，香气四溢的泉水炖鱼，生机勃勃的花田菜园……文旅产业的引入，将村庄各具特色的景观串联起来，涵盖了马鞍山村的历史人文、自然生态、民俗体验、休闲度假等多元特色。

马鞍山村一改曾经省级贫困村的面貌，探索出了一条独特的发展路径。村庄以全方位的发展视角精准定位，着力打造出了一套令人耳目一新的中国东北最美乡村新样板。它实现了精彩的蝶变，也逐渐成为远近闻名的乡村旅游目的地，为乡村振兴交出了一份美好的生态答卷。

随着村庄的知名度和影响力的大幅提升，村民们也过起了便捷的现代生活。自家的闲置房屋和田地被征用后，那些曾经漂泊在城市各个角落的村民，结束了四处漂泊的打工生涯，傍村而居。靠着每年的民宿房租和收益分红，再加上企业在村庄里开办的文旅各类项目带给他们的全新工作收益，日子渐渐变得红火起来。

对于内心没有方向的人来说，走到哪里都是逃离。而对于未来充满希望的人来说，走到哪里又都是追寻。对于漂泊在外的马鞍山村的村民来说，马鞍山村不仅仅是地理的故乡，更进一步来讲，也是精神的故乡。

如果心在故乡，无论走到哪里也都是异乡。对于像米宁这样奋斗在大城市的年轻人来讲，失去了故乡，意味着在精神上失去了根据。与此同时，在社会认同上也失去了身份。

北漂的身份，本来就是一种压力。每一天面对的，都是忙不完的工作，以及熬不完的夜。在北京奋斗了十年，可是对于自己一直憧憬的所谓的一个家，却还是离自己那样遥远。当米宁迷茫于天价的房屋时，当初对北京多憧憬，后来对北京就会有多迷茫了。

北京到底哪里好，为什么自己这些年，却非要跟这座城市死磕呢？米宁也无法回答自己了。

缝隙之外的日子

属于米宁的最美年华，在那条看起来很美，走起来很累，可又不知终点在何处的北漂轴线上，越滑越远。

或许背离，正是为了回归。可是每次想到这些的时候，米宁的心都会狠狠地疼一下。可是就算不去想，一切也不会选择静止。父亲的病倒，恰逢米宁对北漂的未来充满了无助又备感迷茫的时候。

2020 年夏天，凌晨两点钟，米宁还在深深的睡梦中，突然被枕边急促响起的手机铃声惊醒。在北京漂泊的这些年，米宁最怕的就是在深夜里接到家里的电话。每一次，在孤独又迷茫的夜里，她都在隐隐地期待手机铃声响起。那样至少可以证明，自己在这个世界上，不仅仅是作为一个工作的载体存在。

可是每一次，她又在心里极度地抗拒，抵触在深夜里响起的手机铃声。这样的时段出现的声音，又是多少人害怕的那种在规定秩序之外的意外呢？这一切没有说出口的感受，米宁从来都是一个人默默地独自消化。

米宁一个激灵坐了起来，迅速摸到床头的手机。一个熟悉的声音就在那个瞬间，以反转的能力使米宁在几年来在无数个迷茫的夜晚，举棋不定的决定，终于尘埃落定。这个声音把她带回了村庄，带回了那些让她在无数个日日夜夜里，都无法忘记的乡愁里。

那个电话正是米宁最恐惧的一种判断。恐惧归恐惧，可是它终于还是来了。傍晚时分，米宁回到吉林这片土地的时候，身患突发性心肌梗死的父亲，还躺在省城医院的 ICU 病房里。

米宁走进病房的时候，看见双眼红肿的母亲，正坐在病床旁边的椅子上，呆呆地注视着父亲。母亲前额的头发，凌乱地散落在耳旁，看起来憔悴不堪。

昏迷不醒的父亲，安静地躺在病床上。他双眉紧锁，岁月的痕迹已悄悄地刻在了父亲黑红的脸庞上。有谁知道，在不为人知的痛苦里，父亲默默地吞咽下了多少不为人知的艰辛和苦涩呢？

父亲躺在病床上，一动也不动。痛苦的表情在彼时，终于卸下了父亲长久以来强力支撑的坚强。

看见米宁走进来，无助的母亲仿佛一下子找到了可以依靠的精神支点。她站起身，紧走几步迎向米宁。眼泪瞬间像决堤一样，汹涌地流了出来。就像倚山而过的小南河，在氤氲的水汽中，哗哗流淌的河水一样奔放。

关于幸福的解读

所有错位的生活秩序，马鞍山村都有非同寻常的能力，去改装和修正。能校正错位的，或许，永远都是另一种存在。

在城市化快步推进的当下，年轻人的缺位，使乡村经济和文化发展缺乏动力和活力。同时，也不可避免地，成为乡村发展长期存在的一个不争的社会事实。马鞍山村从来不是用痛苦去交换痛苦，也从不是以碾压或掏空乡愁为代价，来制约中国乡村社会可持续发展。

在马鞍山村，更需要透过瓦片的缝隙，飘出人间烟火气息。在对村庄投入较大的社会成本进行升级改造后，那些旧时光里盘根错节的寂寞往事，它们并没有因为陈旧而被连根拔去。

马鞍山村通过一系列多元融创的绿色发展理念，以"入股分红富民、投工投劳富民、延链创业富民、合作经营富民、公益支撑富民、党建引领富民"等方式，对村民因户因人施策，以产业带动富村和强村。这一切创新发展元素，在马鞍山村的蜕变中，以全方位的角度，映衬出了村庄的成长和蓬勃。

半个月后，米宁的父亲米山出院后，又回到了村里。米宁在护送父亲回村的时候，巧遇汍遇山居正在招聘业务管理人员。在意料中，形象和能力都非常出色的米宁，在众多的应聘者中脱颖而出，顺利地应聘到了业务经理的岗位。

几天后，米宁回到北京，办理好了辞职手续。她告别了自己奋斗了十年的城市，回到了这个让她既熟悉又陌生的村庄。这一次的回归，或许将意味着，她从此将自己的根脉，深深地扎在了村庄的沃土里。往后余生，米宁只想过好每一天的岁月静好，从此告别昔日的迟疑和慌张。

米山叔成了汍遇山居民宿的园林守望者。与他一起劳动的，还有村庄里几位像他一样年纪的村民。

　　游客多的时候，村民们自家种植的土特产，也成了热销产品。靠着民宿的房租、集约土地流转的分红，以及在家门口从事的一份力所能及的工作，村民们的年收入，一点儿也不比从前在外打零工的收入少。

　　多年的错位漂泊过后，汜遇山居终于拥有了足够的情怀和能力，为村民提供一个温暖如春的屋檐。与这一切并驾齐驱的，还有村民们想要的足够确定自己心理需要的那份沉甸甸的安全的感觉。

　　听着米宁和同伴们清脆的笑声，我日渐清空的接受系统，此时仿佛得到了一种巨大的安慰。这算不算我与她们之间的一种交融，我不能确定。多日以后，我才明白，很多感情在情感的现场，都会难以言说。

　　对于村庄和庄稼，它们曾经霸道地写满在我的成长痕迹线上。因此，之于这一切我并不陌生。但是对于女人，对于这个柔软的字眼，我却无法以肤浅的方式去理解，特别是对于那些在泥土的芬芳里生活的她们。与宽阔的大地相比，她们的元素显然有些稀薄。

　　在此之前，我总是对生活在乡村里的她们，有着深深的同情与怜惜。在触摸过粗糙坚硬的生活表层后，汜遇山居唤醒了蛰伏在我内心深处的忧伤。

　　乡村里的女子，从出生的那一刻起，她们的情感、光阴和命运，便隐藏在了生活的底部。如果不能顽强地走上求学之道，那么她们一生的命运，便会牢牢地植根于乡村的泥土之中。从此，她们将别无选择，只能服从于土地和命运的安排，极有可能一生都无法改写。并且在今后琐碎而艰难的日子里，女人的柔软温顺，在岁月与风雨的侵蚀中，在她们的身上将会荡然无存。

　　她们甚至会忘记自己的性别，像村庄里男人的脾性一样活着。她们在与土地的对抗中，会生生地将身上的女人元素彻底地剥离，一辈子就那样憋屈地活着。

随着时间的推移，在氿遇山居打破了秩序的敏感期后，她们终于在辛苦了最美好的青春年华后，走出了早已被规定了的生活。

在宁静里容易忘记时间。此刻的光阴，正不厌其烦地倾听着这里的一切声音，用它厚重的深情，刷新着与这里息息相关的所有细节。

起身的时候，我忽然有了一种释然。那一刻，不必有太多的解读，而我已明白，女人们脸上的笑容，以及言谈之间的满足，其实就是在解读时代的缩影，解读在这个村庄里，关于幸福的那一部分。

村庄底部的醒来

关于乡愁，打开的方式有很多。这样的名字，总少不了一分诗意和深情在那里。走近它的时候，我一直在这样想着。每一次对于我来说，那些熟悉的一字一句，都在毫不留情地替换着我对这个村庄最原始的认识。

在与米宁的一路行走中，我与她一起回顾着村庄的前世今生。她以不知疲惫的热情，以她的成长为主线、情感生活为辅线，向我娓娓讲述着马鞍山村的故事。

从原本走在其中，让人灰头土脸的坑洼之路，到平坦、顺畅的柏油村路；从原本不起眼的老旧村落，到秀美生动的乡村画卷；从文化贫穷的思想意识，到自然和谐的村风村貌；从生活在别人的城市打工，到回归自己的家园执着坚守……

在这些村庄底部的传说里，经过米宁的唇齿述说，透露着这个村庄的旧时况味和精神改写。从那一刻起，在历史的平面上，这个村庄在我的认识里，才再一次拥有了日子的酣畅淋漓。这一切正如我的父辈们之前走过的那些盛满了不为人知的艰难和辛酸的人生。

远处的群山，在静默中倾听着村庄的过往。它凝视着山下和谐的自然人文美景，回忆着那些有名字的泥屋与没有名字的大山，相依为命的曾经。

山下，马鞍山村的地址不动，村庄生动。沉默的光阴正一段一段地，将往事打成捆珍藏。一切蛰伏的美好，在脱胎换骨的山村里，正在慢慢醒来……

2022 年 8 月 16 日初稿于北京芍药居

2023 年 4 月 6 日终稿于吉林白山

刊于《人民文学》2023 年 7 期"新浪潮"栏目

东拉河的幸福密码

我曾在无数个白昼和黄昏，与一条河流多次相逢。每一次，它都以平静的姿态，旁若无人地缓缓流向远方。

这是一条没有航标的河流，它显出的一种单纯的、质朴的、天然的美，恰似大山里不经修饰，却充满灵动的俊俏女子。村民们不知道它叫什么名字，只知道它从长长的东岭方向流过来，远远望去，河流曲折柔美，玲珑有致。它静静地缓缓流淌，或紧邻，或穿村而过，像极了一条拉长了的银河。因此，村庄里的人们后来都叫它"东拉河"，意即"长长的岭，细细的河"。没有人知道它流了多少年，可是，它却陪伴了这个村庄里，一代又一代人的成长和老去。

多年以后，我在贮藏的遗忘和记忆深处，沿着寂静的河流向下走，便走到了五保户迟娘家的菜园。打开紧合的木门，便打开了岁月的往昔，生动地还原了在这个村庄里，曾经充满活力的生活剪影。

弹性的曾经

当我去揣度一条河流的前世和今生的时候，时光总是在悄无声息地走，把我一个人丢在与迟娘有关的那场来历不明的今生里。至今，我都无法确定，迟娘的今生是否注定与东拉河有关，但我却敢肯定，迟娘的出现，一定是在东拉河最妩媚和最辉煌的时期。

多年以前，夏日的午后，清凉的风一阵阵掠过，吹过村庄的每一个角落。我一个人在寂静的河边，赶着父亲的羊群缓步向前行走。风一遍一遍地吹着，掠过田野，掠过村庄，也掠过我充满迷茫的少年时期，将我的理想，沿着大山的脉络，吹向更远的远方。

在静静流淌的东拉河两岸，循着岁月的脉络寻去，我仿佛依次听到了拴在河边小树林的耕牛，在慢条斯理地啃着青草的咀嚼声。很多时候，会有一种莫名其妙的孤寂，向我席卷而来。我迷茫的目光掠过羊群，也掠过羊群以外，更远的远方。可是远方到底有多远，我却无法得到一个清晰的答案。

很多时候，我看着河边啃着青草的耕牛和羊群，痴迷地听着它们的咀嚼声。这种会治愈的声音，让我想到了一个人的疲惫，或者是厌倦，想到了父辈们的理想和远方，还有这个任他们不管如何挣扎，都无法走出的村庄。

东拉河很瘦，但却拥有着独属于自己的生动与灵秀。左岸是村落，右岸是田野。因此，东拉河并不孤独。

沿着东拉河岸向下走，就走近了七奶奶的生活。前方不远处，七奶奶那座傍河而立的破旧农舍，屋顶的木烟囱飘出的舒缓、柔和的缕缕炊烟，正稀薄地飘向村庄的上空。步履蹒跚的七奶奶，在四周围起木栅栏的菜园里，正弯着腰，给她的一垄垄菜畦，认真地清理着杂草。

菜园不大，却仿佛是浓缩了七奶奶全部生活的人生道场。彼时，她所有的关心，都浓浓地压缩在了其中，全然不顾头顶火辣辣的太阳，晒得自己汗流浃背。

靠近木栅栏的菜园一侧，有一小块瓜地。爬满枝条的黄瓜藤蔓上，开满了一朵朵黄色的花朵，引来许多"嗡嗡"叫着的蜜蜂，在瓜地里飞来飞去。

清理完杂草的七奶奶，步履蹒跚地走进瓜地。她轻轻地拨开黄瓜藤蔓上青翠碧绿的叶子，摘下几个长满瓜刺的嫩瓜。随后，她用衣襟兜着，慢慢地走到东拉河边，将黄瓜认真清洗干净后，一一分给在岸边玩耍的孩童们。在孩子们的欢声笑语中，七奶奶带着满足的笑容，坐在河边的石头上，满心欢喜地看着孩童们嬉闹玩耍。

沿着东拉河岸向前走，紧邻村庄处，我看到那些和迟娘一起，三五成群围坐在东拉河两岸洗衣洗菜，那时还年轻的村妇。伴随着她们有说有笑的，充满弹性的声音一起传来的，还有那一阵阵此起彼伏的，富有音乐节奏的捣衣声、嬉闹声，以及那些分散在东拉河两岸，啃着青草的山羊，时不时发出的咩咩的叫声……

看着这一切的生动，我的心也进入了平静，这一切的生动在为东拉河代言，成为这个村庄里特有的、富有韵味的标志性的符号。这一切都丝丝入扣地，以人间烟火的名义，渗透在村庄细碎的生活日常里。

河边的青草虽然很多，但是远方未知的诱惑，却无法让我身边的羊群，能够安心地停下来，停留在某一处，认真地填饱它们的胃口。我只能随着父亲的羊群，任它们随着头羊的节奏和步伐，走走停停，沿着河岸的绿色葱茏，边吃边慢慢地向远处移动。

时间的来处和去处

一个慢字，缠绕了迟娘的一生，也缠绕了东拉河的前世今生。

迟娘出现在这个村庄，纯属一个意外。时光的穿梭机将时间慢慢拉回，追溯到 2005 年的那个夏日。

午后的天空，蓝天那样清澈，云朵正在静静地飘逸。当东拉河正沉浸在自己的宁静中单曲循环时，几辆卡车的到来，也顺势打开了另一种生活的入口。

随着几辆卡车的到来，载来了一支二十余人组成的淘沙队伍。据说，之前曾有一支小型的勘测队伍来到村庄。经过一段时间的勘测忙碌，他们认定东拉河内的河沙在自然状态下，经河水的作用力，长时间反复冲撞、摩擦，产生的河沙颗粒圆滑，没有味道，比较洁净。且东拉河里的沙子和淤泥的防水性能与黏结度，相当于沥青里面有黄沙和淤泥的二合土，具有极强的黏度、拉应力、剪应力和压应力，是极佳的高性能防水卷材。

他们认为，如果用这样的河沙作为建房的基础材料，性价比极优。因此，他们决定，将东拉河作为河沙的重要地段进行开采。正因为这样一个决定，才引出了后来的日子里，迟娘在这个村庄里的出现，以及在这个村庄里，与东拉河相互缠绕的一生。

黄昏像一把金钥匙，打开了一个通向未来的未知世界。当然，也从此打碎了东拉河平静多年的美好秩序。

淘沙队伍的到来，给沉寂多年的村庄，增添了热闹的气息。他们将"家"选定在紧邻东拉河附近村小学的操场边。经过一个下午的时间，紧锣密鼓地搭建了两个长长的帐篷安营扎寨。

薄暮时分，他们终于将一切收拾妥当，可以暂时放下生存的压力，稍作休整了。接下来的日子，他们将用自己的方式，谋取另一种新的生活了。

淘沙的队伍中，共有两个女人。在合理的分工下，她们被安排负责淘沙队伍的饮食和卫生管理工作。彼时的迟娘还正年轻，虽然每天的日常充满忙碌，但她从来都是以阳光的姿态，面对身边的人和事。

每天清晨，天刚一放亮，生活的情节就在迟娘点起炊烟的那一刻铺展开来。迟娘的气质干净利索，干起活来也向来都是条理清晰。二十多人的日常生活，被迟娘带领着另一个女伴，打理得阳光有序。

迟娘的举止极其文静，说起话来慢条斯理，由内向外都散发着与众不同的气息，引得远近的孩童们每天都喜欢叽叽喳喳地跟随在迟娘的左右玩耍。有时候，迟娘在劳碌之余，会拎着两个水桶，去东拉河打回两桶清水，给浑身像泥猴一样的顽童们洗得干干净净，再给发辫蓬乱的小女孩们，变个花样重新梳好。

做完这一切，那些仍不肯离去的顽童们，还会继续围在迟娘的身边。在迟娘的忙碌里，听迟娘断断续续地给他们讲山外的奇闻趣事。

多年以后，这些无法被忽略掉的美好片段，在东拉河供养不起的底线里，就这样静静地成为曾经。渐渐地，被流逝的光阴慢慢蒸发，直至再也没有痕迹可寻。

这世上，很多时候一切变化，都是静悄悄的。此时的东拉河，或许也并没有想到，自身的引力，给这个村庄带来的热闹。当然，它同样也没有想到，自己的未来，会随着这帮淘沙队伍的出现，带来了无法预见的改写和修正。它甚至还有一些恍惚，不知道自己正在准备出发，还是即将实现某种抵达。

东拉河就这样安静地守在不远不近的地方。它用岁月的余光，张望着岸边这一幕幕充满生活气息的热闹景象，依然以平静的姿态，不紧不慢地缓缓流向远方。

那些被时光打磨得圆润光滑的青石板，此时正安静地躺在东拉河清澈的河水里，拼接着这个村庄里简单的幸福。东拉河以其特有的灵秀，宛如达·芬奇的密码一样，构成了它在这个宁静的村庄里不可或缺且又与众不同的时光密码。

细粹的凉

在稀薄的炊烟里，透过时光的缝隙，你会发现，有些时候，总有那么一个节点，这里之前和之后的生活，都与他们有关。

收割者的角色，在时光的韵脚里奔跑。这些来自异乡的淘沙工，他们背井离乡，在那个彼时还没有手机信号的大山里，赤膊在毒辣辣的烈日下，机械地重复着劳作。伴随着挖掘机轰隆隆的机器声，他们在现代文明的构筑里，为了现实的生计问题，拼命地为了理想的幸福生活而努力打拼。

那些被烈日晒得黝黑的脸庞，在忙碌的淘沙运沙的无缝对接里，本该与年龄标配的生动表情，早已被颠沛流离的日子，挤到了生存之外。他们隐藏起经历的各种辛酸与艰难，以跨越的方式，在时间的迁移下，不断变换着生存的角色。

而在这个节点，这些淘沙工，他们或许并没有意识到，此时的他们，分明是在以一种侵略者的姿态，闯入这个村庄。这一切却都在没有丝毫喘息的准备里，打乱了东拉河曾有的平静。

在这个没有手机信号的大山里，这些倔强的淘沙工，他们的生活就像是脱离了时光的轨道，拼命地在为了美好的生活打拼。彼时的他们，把所有的期待，都压缩在了这条河流里。

他们清楚地知道，自己活着的意义，不过是为了养活一家人，让一家老小能够过上更好的生活。而恰恰在这个节点里，他们以底层奔跑者的姿态，固执地坚守着自己的理想。他们拼命地想从东拉河里淘洗出自己的幸福，幻想有一天可以通过自己的努力，寻找到属于全家人幸福的高光时刻。

村小学附近的一处低矮的泥草房里，住着六十多岁的孤寡老人林七奶奶。把时间拨回到 1990 年的一个夏日，七奶奶的两个半大小子，在她不知情的情况下，偷偷相约着，收拾了简单的行李逃出了大山。他们去了百里之外的煤矿，投靠在煤矿下井挖煤的二叔。

那时候在农村，若想跳出农门，过上体面而有尊严的生活，除了读书考学可以出人头地外，似乎再没有更合适的途径，可以让他们体面地解除与大山灰头土脸的关系了。可是在村庄里，大部分的农家子弟，并非都能够幸运地如愿以偿。很多人在苦苦地挣扎过后，都不得不相信，"人，毕竟争不过命"的感叹。

早年丧夫的七奶奶，一个人靠耕种几亩薄田，拉扯着两个儿子艰难度日。争气的两个儿子，虽然学习成绩优秀，但是在读初中的时候，要去几十里外的小镇寄宿就读。这突然增加的经济压力，无疑加剧了这个家庭的窘困。

看着被生活过早地压弯了腰的母亲，两个懂事的孩子最后一咬牙，自作主张地背着行李，回到了大山里。任由二奶奶软硬兼施，他们都无论如何也不肯再返校继续读书了。

后来的日子，对于从未走出大山的七奶奶来说，能守着两个儿子，平静地度过一生，或许这就是远方的全部内涵了。可是，意外总是会在没有准备中，让认真生活的人陷入瞬间崩溃。谁也不会料到，几年以后，属于七奶奶的全部希望，竟在一夜之间，被一场猝不及防的意外拦腰斩断。

困在大山里的孩子们，他们不甘心一辈子囚禁在属地的一亩三分地上的念头太久了。七奶奶的两个半大小子，随着叔叔去山外的煤矿打工时，在一次井下的意外事故中，被埋在了几十米之下的塌方中，从此阴阳两隔，切断了七奶奶对生活仅存的最后一线希望。

这个突如其来的意外，使七奶奶原本就不富足的精神家园，从此，变得空空荡荡。

幸福的缺口

曾经失落、失望，失掉所有方向，直到婉约美好的迟娘出现在这个村庄，才让对生活一度失去掌控感的七奶奶，慢慢地走出多年来频频耕种的悲伤。

淘金队伍在村庄里成为七奶奶的近邻后，善良的七奶奶会经常将自家菜园里种的瓜果蔬菜，用篮子拎到东拉河岸边，清洗干净后送给迟娘。这时的迟娘，总能将这些新鲜的蔬菜，做出各种冷热可口的菜肴。淘沙工们在酣畅淋漓的狼吞虎咽里，吃出人间烟火的满足。

七奶奶的身体从内向外大多患有顽疾，尤其是风湿性关节炎症状极为明显。早些年，由于生活条件恶劣，导致七奶奶患有严重的风湿性关节炎多年，四肢的关节肿得变了形。每每阴天下雨，体内都像是有无数根细针，刺痛着她每一寸的坚忍。

如果需要画出一个时间轴的话，十年之前的中国乡村，很多农民大多如此。在患病初期，他们出于节省，不愿意花钱看病，浪费掉全家人省吃俭用攒下的那点家底。

他们总认为拖几天就好了，而这些疾病却并没有像他们想象中那样通情达理，它们在一直侵蚀着他们的健康，结果往往就会从小病拖成大病。最后，他们当中的大部分人，会彻底选择躺平放弃治疗，安静地等待时光，把自己一点一点地淹没。

七奶奶便是这样的人中的一员。多年来，浑身上下的疾病，加剧着她的衰老速度。独居生活的孤独，每时每刻都在侵蚀着七奶奶的坚强和坚韧。

她受不了一个人的孤独和绝望。那种不为人知的寂静和孤独，是待在自己低矮狭小的泥草房里的，哪怕是落到地上一根针，仿佛都能听得见声音的困扰。她更受不了从屋里到屋外，弥漫着的那种如影相随的，仿佛渗透到她的每一处感知神经里的那种死一般的绝望。

天气好的时候，每天吃过早饭，七奶奶都要走出屋子。她拎着小马扎，挂着拐棍，缓慢地走到淘沙队伍的帐篷外，坐在那棵大柳树的阴凉下，和忙着洗洗涮涮的迟娘拉着家常。只有在这个时候，那种熟悉的逼近死亡的窒息感，才会悄悄地从七奶奶的感知里抽身而退。

在劳碌的缝隙之外，迟娘一边和七奶奶拉着家常，一边忙碌着手里的活计。她们会时不时地抬起头，朝东拉河的远方张望。在交流的断章之外，寻找合适的空当儿，安静地看着淘沙、运沙的人影穿梭忙碌。

彼时，那一段未经剪切的烟火时光，仿佛静止在了那一瞬间，深情而又有力量。

不被定义的人生

入秋后，天气慢慢变凉。淘沙的队伍拆掉了帐篷，带着整理好的简易行装，撤离了这个村庄。在截取的时光里，他们将以各自的谋生方式，重新谋划一年当中剩余的生活，继续叙写农民工在生存里的挣扎。

令人意外的是，在深秋里渐行渐远的卡车里，坐在车斗里那些迎着寒风，相互拥挤又相互依偎的淘沙队伍里，唯独缺少了迟娘的身影。原来，在七奶奶的真诚挽留下，迟娘决定刷新自己剩余的生活了。

漂泊多年的迟娘，在日子经过一大段的惯性漂移后，经过多日来的深思熟虑，她终于决定放弃疲惫的漂泊，选择了从此留在这个村庄，过现世安稳的余生。

直到此时，村民们才在七奶奶的叙述里，知道了迟娘悲凉的命运。

迟娘的根系，原系吉林省延边朝鲜族自治州区域。多年来，她一直跟随丈夫，四处淘沙打工养家。几年前，在一次运沙事故中，迟娘永远地失去了自己的爱人。在大山深处的山路上，司机由于疲劳驾驶，在一个打盹儿的当口，命运便开启了一个改写人生的计划。在一个拐弯处，打盹儿的司机，直接将车开到了山下。

卡车翻车后，满满的一车河沙，将坐在车斗里河沙上面的男人，死死地埋在了底部。待救援的队伍赶到，挖出男人时，男人早已带着对这个世界深深的不舍与牵挂，永远地离开了。

后来，年幼的女儿在小升初后，被在城里一所中学教书的家境殷实的二姑姑，接到了身边照顾。安排好女儿后，迟娘从此便开始了四处打工，以此赚钱养家糊口的生计挣扎中。

每年，迟娘会跟随淘沙的队伍四处漂泊。待天气转凉收工后，她又会四处辗转，找一些零活来做，一年四季都这样漂泊在外。她漂泊得太久了，多年来，迟娘像是一个深陷时间无力自拔的人，一早一晚地忙碌，持续在她每一天的日子里。

一个人独处的时候，那种透明的孤单会在她的渴望里，一点一点现出原形，每一天都在呈倍数增长。在快乐和不快乐的日常生活背后，没有人懂她那些被自己极力压缩的孤独和凄惶。也没有人懂她那些小心翼翼的自卑，还有那些单薄的身影里，力不从心的挣扎。

几年前，在一次家庭会议里，迟娘在婆家人动之以情，晓之以理的规劝里做出了妥协。为了女儿能有一个更好的成长环境和未来，迟娘同意了家人提出的，女儿跟随着爷爷奶奶一起生活的建议。在后来的人事变迁里，公婆带着孙女举家迁移到上海，投靠了在上海定居的小女儿。

就这样，女儿在迟娘的生活里，犹如一只被放飞了的风筝，飞向了更远的远方。

有多少时刻，迟娘会在劳动闲暇之际，坐在一个地方，呆呆地望着远方出神。

很多时候，迟娘会安静地坐在悄悄流逝的时光里，用反刍往事来打发时间。任记忆的磁带，一遍遍地回放着，曾经一家三口在一起的幸福场景。在时空的回放里，许多幸福的细节都不可以省略。丈夫的体贴和女儿清澈的欢笑，这一切都成为迟娘的精神底衬，支撑着她无形的脆弱。

曾有时，在回忆中的幸福瞬间里，迟娘在黄昏柔和的光线中，微笑着起身的一瞬间，又被清晰的现实唤醒。她回过神来，无能为力地感受着，自己被抛入现实的虚空里，那种深入骨髓的疼痛撕扯。

时空的错位与对未来的惶惑，时常会让迟娘在突然间一阵阵心律失常。她渴望寻找一种自救的方式，用家的温暖和踏实来稀释那些在忙碌之外产生的孤苦。

未来那些充满无数个不确定的可能性，让原本就缺乏安全感的迟娘，更加想要一个足够的踏实，来安放自己漂泊的身体和灵魂。她实在想开始拥有新的状态，不想再过一种无根的生活了。

就这样，留下来的迟娘以干女儿的身份，住进了七奶奶的家里。

刚进门的第一天，干净利索的迟娘，就对七奶奶那个低矮的泥草房，进行了惊天动地的清洗改造。几日过后，七奶奶那个多年来一直都暮气沉沉的泥草房，因迟娘的出现，焕发了陌生已久的烟火气息与活力。

迟娘住进来后，七奶奶摇身一变，竟成了这个村庄里最干净的人家。不大的院落，被迟娘收拾得干净利索。就连散落在栅栏边那些烧火用的木柴，也都被迟娘给规整得整齐有序。

只要是晴天，迟娘家院子里的晾衣绳上，总是晒满了散发着肥皂香味的被子和衣服。迟娘对生活的热情与热爱，无论生活有多忙碌，都从没有足够的能力去将它们磨灭。

迟娘不仅勤劳、干净，她还是村庄里最有见识的村妇。只要有迟娘在的地方，那里就宛如一个巨大的磁场，吸引着村妇和孩童们扎堆出现。

忙碌之余，年轻的村妇们会带着自家的针线活，不约而同地来到迟娘家。她们围坐在迟娘周围，一边忙碌着手里的手工活，一边听迟娘讲那些永远也听不够的新鲜事。

偶尔，她们会时不时地抬起头来，张望一下在院子里嬉闹玩耍的自家孩童们。有时还会扯着嗓子，吆喝着训斥几句。不大的屋里院外，到处都充满着生动的烟火气息。淘气的孩童们虽然时常捣乱，但迟娘从来都不愠不火。她生性温和，脸上的笑容永远都是那样干净和美好。

在村民的印象中，迟娘忙碌的身影，是这个村庄里最美丽动人的风景。那时候的人们，或许并没有意识到，河流和迟娘的忙碌所涵括的意义，与人们的命运有许多的相似之处。那种从时间中剥离出来的坚守方式，让生存能在生活面前，变得阳光而有序的力量，无外乎就是对幸福的追求和希望。

一场来历分明的风和雨

东拉河缓缓流淌，供养着这个村庄里的烟火人家。

如果说，浓郁的烟火气息，能够作为东拉河的隐语到访和离开，让时光能够永远停在自己喜欢的片段里。那么在东拉河不可避免的秩序敏感期里，那些潜伏的深度焦虑，在东拉河命运的浪头里，会不会永远都不会浮出水面？

这一切，东拉河从不言语。

随着现代文明的进程飞速向前发展，2007 年，在清晰的新农村规划里，泥草房改造项目建设提上日程。这个项目以三年为时间节点，建房由政府出资，按房屋面积比例计算，给予建房的村民一定的补助后，剩余部分资金则由村民自己承担。

那些泥草房在历经岁月的风雪侵蚀后，早已像被掏空心脏的框架，在风雨中摇摇欲坠了。村民们欢喜得像赶趟儿一样，迫不及待地实施着自己的家园改造工程。

因东拉河的河沙此前的盛名在前，在此后的每一个夏天，都会有一辆辆农用车驶进东拉河。随着一座座漂亮的砖瓦房拔地而起，一车车的河沙，也慢慢地淘空了东拉河原有的宁静和活力。

在这样无限循环的开采状态里，新农村建设对河沙的过度采伐，不仅让东拉河几乎在一夜之间河沙见底，而且河两岸的树木，也被作为建筑木材，偷偷地派上了用武之地。

东拉河越来越瘦，没有人会料到，平静的东拉河流了那么多年，如今，却如一个病入膏肓的老人一样，在面对自己无法把握的命运面前，变得沉默而忧伤。

汛期来临，暴雨过后，东拉河的河水，宛如脾气暴躁的老人一样，一改平日的柔和与秀美，瞬间水齐两岸。狂野的山洪裹杂着带着草根的一团团青草，不，不仅仅是青草，还有那些在洪水中，仿佛一个个在打着醉拳的醉汉一样，东倒西歪急流直下的树枝。暴涨的河水激愤地涤荡着一切，仿佛要将视野之内，所有的美好全部淹没。

山洪退去，目光所及之处的东拉河两岸一片狼藉。河床上，一片片深深浅浅的淤泥，大片大片倒伏的庄稼与树木，以及各种挂在树枝上的冲击物，无一不在显示着，河水的狂野与任性。

时间一久，枯瘦的河流几乎见了底。水体由绿变黑，藻类植物在黑色水体中疯长，让人避之不及。昔日沿河两岸洗濯衣服的村妇们，早已结伴退避到井边去了。村民们几乎已渐渐忘记了，东拉河昔日的妖媚与辉煌。

此时的东拉河，早已失去了与自己的未来相匹配的路径。它在迷茫中沉默不语，相比愤怒咆哮，它更擅长独自消化，那些有意无意的伤害。它用划时代的伤痕，记录着自己的忧伤与尊严，并在过去与现在的时光交错中，倔强地守在时光深处，固执地进行着这个时代的精神扫描。它认真地纠正着正在悄悄移位的现代文明，试图找回村庄曾经的岁月静好。

可是，热闹的村庄，早已失去了往日的闭塞和落后。它像是走在了一个庞然的虚构里，到处都浮动着一种被人为规定的秩序。那些隐藏的内忧和外患，它们彼此相望的目光，似乎在相互抚摸，又仿佛在彼此对峙。谁都不肯在不被提醒的某一时刻，轻易败下阵来。

它将流向哪里？是美好开始的地方吗？

在叙述的陪同下，东拉河显得特别疲惫，在沉默里极力地保留着自己最后的一道尊严。

这个世上，很多变化都是静悄悄的，就好像东拉河的情绪，好像从来都没有变过，又好像一切都变了。眼看着村庄里，一座座美丽的砖瓦房拔地而起。可是，东拉河却渐渐地，失去了自己惯有的平静。

每一个汛期，在被压缩得越来越瘦的期待里，东拉河在一贫如洗的坚忍里，已渐渐失去了管控自己情绪的能力。它在盛放不下的愤怒和不安里，冲毁了土地，冲倒了庄稼，也冲走了自己最后的等待和期待。

东拉河绝不是一条张扬的河流，我以曾经围绕在东拉河两岸所有的灵动为证。可是，在命运的捶打下，宁静的东拉河却终于变成了另外一个自己。

最匹配的路径

生命的真相就是轮回，东拉河的前世和今生，也大抵难逃如此。

十年里，当我每一次回到这个村庄，看着村庄里，那一座座白墙青瓦的美丽居所，似乎很美。可在隐隐约约的不安中，又总感觉缺失了一些什么。我忘记了从什么时候开始，那些原本属于东拉河的，如今却已渐渐消失了的欢笑与活力。

时间不是解药，更像是麻药。一切都没有如果，只有因果。东拉河以各种各样，也以它自己都不愿意面对的方式沦陷。

此时的我，忧伤地沿着穿村而过的东拉河水岸向下走，仔细地归纳着，那些承载着过往的欢乐、忧伤、幸福与希望的剪影。

可是，此时东拉河岸边的淤泥，正在毫无底线地困惑着我的足迹。河水的淤泥里，长满了又高又密的河草。一路走来很远，竟没有见到几个人影。

此时的村庄，仿佛像是一个被掏空了心脏的老人。暮气沉沉中，那些孩童奔跑的欢声笑语，还有那些青壮年生机勃勃的身影，他们都去哪儿了？此时的我，实在不愿意把"荒凉"这个词语和一座村庄画上等号。

走着走着，就走到了七奶奶和迟娘的菜园里。看着昔日载满烟火气息的菜园，在被狂怒的河水冲刷过后，此时仿佛已成为半块沉默的废墟。现在，它有气无力地靠在时光的门槛上，仿佛在等待着时光老人将自己淹没。

此时的七奶奶更老了，而曾经还年轻的迟娘也老了。作为七奶奶的干女儿，迟娘多年来始终与七奶奶一起相依为命。迟娘的出现，让七奶奶真正体会到了家庭的温暖。作为勤劳善良的美好化身，迟娘不仅在衣食起居方面，将七奶奶照顾得无微不至，还在多年的亲情缺失里，给了七奶奶极大的抚慰。

2017年，在脱贫攻坚的扶贫政策普惠下，七奶奶低矮的泥草房，被列入全县脱贫攻坚危房改造项目。考虑到村庄里那些分散供养五保户的共性供养问题，驻村工作队与村委会在开会研究过后，为方便今后对孤寡老人的集中生活照料，决定将荒芜的村小学的校舍，作为幸福大院建设基地。这个项目报到相关部门后，得到了他们的大力支持与肯定。

很快，项目在紧锣密鼓的推进中，历经半年的时间，一排建筑面积为三百平方米的美丽新居，在荒芜的村小学校原址拔地而起。

新建的幸福大院，将村庄内的六位孤寡老人，以每户四十五平方米、两间房屋的居住标准进行分配。同时，还为他们配有三十平方米的太阳能公共洗浴间，供老人们使用。这些历经一生坎坷和辛酸的老人们，终于结束了多年来风雨飘摇的生活，住进了宽敞明亮的砖瓦房，开启了他们安享晚年的幸福模式。

当目光被另一种方向所牵引，河流自然也不会孤独。乡村振兴给这个村庄的蜕变按下了"加速键"。2020年，此时的东拉河也在升级版的新农村建设中不断跃迁。植树造林、河道治理、村庄绿化美化、村容村貌提质升级等项目纷至沓来。

几年的工夫，颇具姿色的村庄便精彩亮相。挺拔地立在河两岸的，那一棵棵俊俏的小白杨，带着并不孤单的豪迈，见证着村庄的历史变迁。蜿蜒的水泥河堤，作为村庄发展不可或缺的重要载体，以庄严的姿态，守护着村庄的青山绿水。

沉默了许久的东拉河，又恢复了从早到晚，承载着乡村湿漉漉的生活的使命。它氤氲着生活真切的湿度与温度的历史使命，以昂扬的姿态，流过颇具姿色的村庄……

幸福的声音穿过时光的韵脚，不动声色地穿村而过。多日后，当我再次走进村庄的时候，路过迟娘的幸福大院，迟疑的脚步不免又多了几分惦念。

透过整齐的工艺铁栅栏，向院内望去。那一天，光阴不偏不倚，零星的时光碎片，正拼凑着迟娘所有细碎的生活细节。目光里的幸福大院，那样干净整洁。院里的屋檐下，几个和七奶奶一样，年龄相仿佛的老人，正围坐在屋檐的花丛边，开心地说笑着。

温和的迟娘，此时正在院子里忙碌地晾晒衣物。院内的晒衣绳上，那些散发着干净气息的蓝色被褥，在这些时光时常光顾的地方，折射着在这个村庄里，那些独有的生活气质。

此时的东拉河，在不远不近的地方，一边张望着这一幕幕充满生活气息的细节，一边宁静地缓缓向前流淌。那些被时光打磨得圆润光滑的青石板，正安静地躺在东拉河清澈流淌的河水里，拼接着这个村庄里简单的幸福。

东拉河以其特有的灵秀，宛如达·芬奇的密码一样，构成了它在这个宁静的村庄里，不可或缺，且又与众不同的幸福时光。

目光里的迟娘老了，当年那些和迟娘一样年轻的村妇，也都老了。可是，这片永不褪色的黑土地，以及东拉河柔和的渐变色，却以越狱的方式，给了她们想要的生活。

生生不息的东拉河，以其独有的灵秀，一寸一寸地涵养着村妇们的每一根神经，刷新了人们对这个村庄想要的印象。那些在河边洗衣服的木槌敲打声、嬉闹声，以及牛羊在河边啃着青草的灵动场景，在如今的乡村振兴里，又一点一点现出了原形。

远处的菜园里，昔日浣衣的青石板，安静地躺在河水潺潺流过的小河边。在与年轮的对峙里，与生活的细节不动声色地，达成了和谐的理解和默契。由远及近，再由近向远。拉回的午后时光，在生命的惯性里，照在迟娘细碎的日子里，也照在她朴素干净的美好里。此时，竟那样地深情且生动。

在安静里，容易忘记时间。那一天，我离开时已近黄昏。汽车驶在铺满沥青的柏油山路上。这条路，一头是城市，一头是村庄。而我的记忆，已渐变为撑起城市和村庄的一个支点。我的脑子里装满了东拉河的前世和今生，还有那片土地上，关于东拉河与幸福大院里，那些渐行渐远，却又无法被稀释的全部过往。

车窗外疾驰而过的，一棵棵被人们无限赞美的白桦树，它们在逆风翻盘中，度过了层层的诘问。那些东拉河两岸过往的忧伤，此时，也早已被车内单曲循环的《英雄泪》，恰当地挤到了一边。

在这片土地上，仿佛是在一挥手的空当儿，时光就把东拉河经历过的所有的苦难与伤痛，进行了一笔勾销。幸福大院里的那些欢声笑语的情感认同，早已荒芜了我的只言片语。我原本是想与它们倾诉的，而此时，却任由我翻箱倒柜地寻找，也无法找出我内心有限的形容词，来与此时的心情倾情对白。不管怎么样，我依然感谢它们相互找到。

一路上，我一言不发，目光注视着车窗外一闪而过的，那些内容多变的苍生。偶有风，能听见我内心的宁静与憧憬。

缓缓流淌的东拉河，在沉默不语的感情输出中，将这个村庄里的幸福，正在以人们期望的方式，一点一点地延伸到了远方。

黄昏，夕阳点燃了云朵。在不疾不徐的车速里，我看到了一种速度。这速度，让我觉得年轻，永远不老。

2022 年 8 月 30 日初稿于北京芍药居

2022 年 12 月 6 日终稿于吉林白山

刊于《民族文学》2023 年第 8 期散文头条

彼 岸

一

　　山路之外的繁华和现代化，对于久居大山里的他们来说，一切永远都是别人的城市和生活。一条曲曲折折的山路，穿过那些轻薄得轻易就被忽略掉的旧时光，贯穿了山村长长的一生。

　　2008 年的夏天，文生嫂尾随黄昏，穿过一山叠着又一山的山路，心急如焚地在那条一眼望不到头的山路上，急步行走着追赶时间。林子太深了，深得看不到另外一个行人，偶尔会在寂静中传来几声意外的声音，都会将一个人吓得魂飞魄散。

　　每年的六七月份，长白山脚下的这条山路上的木桥，在汛期凶猛的水流面前，从来都未能幸免于难。每一次，能够让这座木桥找回自己的尊严，以庄重而体面的形象从容面世的，都只能在每年的汛期过后。结了冰的河流也只有在那时，才仿佛找到了适合自己叙述的调门，以人们希望的样子，充满柔情地放下自己所谓的气场。

　　暮色四合的黄昏里，文生嫂的脚下生风，恨不能三步并作一步地与时间争个高低。整整一个下午过去了，她的意识都还似乎停留在与女儿对话的那个时间维度里。

黄昏的夕阳一点一点地，移过群山的缝隙。文生嫂刚一走到龙角湾河的双木桥，夜晚就追上来了。

从下午一点钟，文生嫂在接到女儿的电话后，就在匆忙中启程赶路了。下车后，她还要爬十五里的山路才能走回家。更要命的是，由于目前正处于汛期的节点，那座在风雨飘摇中修了又修的简易木桥，又一次被湍急的河流冲毁。此时，能够连接两岸人员流动的，只能由那四根圆木两两对接，临时拼接成一条双木组成的简易木桥，由它来完成这一艰巨的使命了。

这时，一只鸟呱地叫了一声，声音尖锐，却极有穿透力，像暗夜里忽然划过的哨音。黑黑的树林里，除了河水哗哗的流淌声，只有这么一只鸟在叫的声音，只那么一声，就足可以把整个树林里暗夜的恐惧给集中了。

这一声突然的鸟叫，瞬间加速了文生嫂的恐惧。她快步走近双木桥，借着稀薄的光线抬腕看了下时间，没错，此时的时针恰好指在傍晚六点钟的位置。

在中国，"6"不仅仅是一个合数，它还是吉祥顺利、安康幸福的符号，在人们的传统意识中极受重视。在 0 至 9 的阿拉伯数字中，如果非要给它们排出一个受欢迎的递减序列，那么以高傲的姿态位居首位的，无疑就是这个集万千宠爱于一身的数字"6"了。想到这里，文生嫂惊恐的内心，稍稍得到了些许安抚。

二

黑夜像一张蛛网一样，笼罩着一切。在时间的迁移下，一点一点地抵达到夜的最深处。仿佛是一转身的距离，夜晚的浓度就愈来愈浓了，一切都已简约到没有光明了。在这样的黑暗里，连河流和脚步都可怕得丝丝入扣。

文生嫂的心怦怦地加速度地跳着。在无法返回的选择里，她唯一能做的，只有拼命地调动着全身的胆量和勇气，试图将这些来自暗夜里的恐惧，以此相互抵消。

尽管她已用尽了全身力气，去调动浑身上下所有的大部队，但是她却没有同时能够指挥千军万马的能力。那些勇气和恐惧，它们就像一只只雀跃的小鹿一样，调动了这只，安抚了那只，此起彼伏，总难达到让它们彼此相安无事。

突然，鸟又呱呱地叫了两声，整个夜晚的林子里回荡的都是这只鸟叫的声音，文生嫂感觉自己满身的神经，都被这只鸟给叫醒了，直感觉头发丝都要根根立起来了。

紧接着，鸟又开始不停地叫了起来，这一阵阵不讨喜的叫声，让文生嫂心里的恐惧迅速升级。

看着脚下汛期湍急的河流，文生嫂的心怦怦地加速跳了起来。她壮着胆子，小心翼翼地抬起一只脚试探着，踏上那个简易木桥。待第一只脚踏稳后，第二只脚才慢慢地跟了上来。在狭窄的两根圆木上，文生嫂小心翼翼地努力地把握着身体的平衡，一点一点地，在黑夜里慢慢向前挪动着双脚更替前行。

刚走到简易木桥中心的时候，文生嫂的手机铃声就在这令人惊恐的寂静里，急促地响了起来。她强作镇定地站稳双脚，从口袋里摸出电话，在摁下接听键的同时，也顺势摁下了免提键。

尽管是在电波的另一个端口，但在这样的荒芜里，对于另外一个声音的出现，空气中仿佛多了一个人的呼吸，这一切都无疑是对恐惧的另一种拯救。因为有了这样一种呼吸，很快，这个声音在瞬间减少了文生嫂内心的一些恐惧。

电话是女儿漱漱打来的，稚嫩的声音里，满满的都是对妈妈的惦记和想念。她焦急地询问着文生嫂的行程，待听到妈妈此时已行至双木桥时，焦灼的情绪里，不免又掺杂了掩饰不住的担忧和惊恐。

此时的龙角湾河"哗哗"的流水声，裹挟着无边的黑暗，上下翻滚的漩涡急速地打着转，旁若无人地表演着自己的绝技。谁都不会料到，此时有一种危险正在隐秘的走向中，向文生嫂悄悄走近。

一问一答的简单对话，仿佛在探访着对未知的预测。文生嫂的心里盛满了被女儿融化的柔情，她一边柔声细语地安抚着女儿不安的情绪，一边慢慢地朝前小心地挪动着双脚，却不知道危险此时早已悄悄地探出头来，在自己的脚下慢慢延伸，正在一步一步地连接着远方的未知。

谁也不会料到，文生嫂未来十几年的人生走向，正是因为那天恰恰走在那条双木桥的当口，风便开启了被时光密封的遗嘱。无数的变故在生活的路口，只是互相交换了一下眼神，便在时间的推移里，切断了回顾幸福的途径。

文生嫂太专注了，她完全忘记了自己当时的处境。在那条危险系数极高的双木桥上，文生嫂那一刻的柔情记忆里，全部都是女儿漱漱了。她丝毫没有察觉到，自己此时已经行走到了双木桥最危险的地带。

在两条圆木对接之处，由于连日里河水的冲刷，有一条圆木已偏离了原有稳固的架构。在薄暮的掩盖下，看不见的危险，正在悄悄地向文生嫂慢慢靠近。

文生嫂一边打着电话，一边忘我地、自顾自地，沿着视线下的圆木，朝前交替着双脚，不停地向前挪动着。她完全没有察觉到，从她走上双木桥的那一刻起，每迈出一步，脚下的圆木都会开始晃动。

换作以往，细心的文生嫂一定会以充分的经验，提前规避风险，但这个时候的文生嫂在意识的深处，像是走在了一个庞然的虚构里，已经完全陷入了与女儿澈澈对话的情境里。她哪里会料到几秒钟以后，将要发生的危险，正在不被察觉中，一步步向她逼近呢？

突然，文生嫂一脚踏在了圆木两两对接处的空隙里，随着猝不及防的一脚踏空，文生嫂的身体平衡受到了巨大的冲击，伴随着她的一声惊叫，手机脱手飞出，在半空中划了一个冷硬的弧度后，伴随着"扑通"声，和文生嫂前后相跟着，落入了湍急的水流中。

三

生活的秘密一经揭开，便苦不堪言。

夜晚 8 点多的森林里，双木桥附近的鸟似乎都睡着了，而有一只鸟还在呱呱地、一声又一声地叫着，它的叫声把夜晚的孤独和恐惧全叫出来了。

那只鸟为什么在叫，它在那样的黑夜里又是叫给谁听呢？不会有人去深度探访一只鸟的叫声，也不会有人能听懂一只鸟叫的内涵。

夜越来越深了，那条山路的上方，传来了鸟叫声以外的另一种声音。伴随着四轮车的声响，有几束手电筒的光亮，随着一起传来的呼喊声由远及近，在夜色苍茫的探询里，向水流湍急的龙角湾河渐渐靠近。

有谁会想到，年轻俊俏的文生嫂会因为那一次落水，原本还算平静的生活，从此就被生生地打碎了呢？

那个电话来得太不合时宜了。在村小学读一年级的女儿澈澈，下午放学后就被堂奶奶柳二婶接回了家。文生嫂去县城住院后，文生哥的堂婶柳二婶，就暂时担负起帮忙照看文生嫂家中一切日常的责任。

　　回到家后的柳二婶，一边照看着澈澈完成家庭作业，一边像穿梭一样，忙里忙外地忙活着为一家人准备晚饭。她实在是还没顾上腾出时间来，去料理文生嫂家此时的兵荒马乱。

　　坐在里间屋子里写家庭作业的澈澈，一边心不在焉地写着家庭作业，一边慌慌地想着心事。她时不时地抬头看一眼墙上的钟表。过了一会儿，她趁柳二婶在厨房里炒菜的空当，蹑手蹑脚地走出屋子。刚一出门，她就朝自家的方向一路飞奔起来。

　　当澈澈上气不接下气地跑到自家大门口，打开木板大门时，只见家中房门紧锁，院子里的鸡鸭鹅看见她回来，都伸长着脖子欢快地叫着，一窝蜂地朝她跑来，将她团团围住，挡住了她的去路。

　　澈澈失望地立在大门前，呆呆地看着铁将军把门的屋门，她不由得困惑了。妈妈中午在电话里，明明是和自己约定好的，傍晚时分，妈妈就会回来了，就会在期待的炊烟和灯火的温暖里，迎接她的归来。可是，眼前的情景为什么就和期待里的不一样了呢？

　　女儿澈澈失望得快哭了，如果现在有一个催泪的媒介，适时地出现在她的面前，那些频频被强忍着憋在眼圈里的泪水，一定会摸不清她所能承受的深浅，在瞬间就会决堤泄洪了。

　　愣神片刻之后，在那一阵高过一阵的五花八门的园曲中，缓过神来的澈澈，顺手拿过竖在大门旁的一根柳条棍，一路挥舞着，赶走了围在身边的那些连唱带叫的活物。

　　她跑到屋门的窗台旁，踮起脚尖，将手伸向晾晒在窗台上的那只棉手套。那是妈妈常年放备用钥匙的地方，是只属于她和妈妈两个人的秘密。

　　她拿到手套后，摸出钥匙，迫不及待地将钥匙伸进锁孔。房门打开后，屋子里却没有一丝妈妈回来过的痕迹。她终于再也没有能力隐藏自己的失望和难过了，哇的一声哭了出来。

四

都说穷人家的孩子早当家，在与妈妈相依为命的这几年，看着妈妈的各种不容易，她也过早地体会到了生活的苦涩。小小的年纪，她在妈妈的教导下，就已经非常懂事地帮妈妈分担压力了。

每天上学前，她会在妈妈的叮嘱里，郑重其事地记下每天放学后，自己所需要完成的劳动任务。她会认真而努力地，帮妈妈做一些力所能及的家务，甚至还会以惊人的能力，透支着这个年龄以外的坚强。

放学后，她会主动拎着篮子去田野里割猪草、拔野菜。她知道，她每天这样多做一点，妈妈的辛苦就会相应地减少一点。

有时候，她常常会拎着篮子远远地走着走着，在满身疲惫里，偶尔会停下来站在远方，出神地望着自家屋顶的烟囱里飘出来的炊烟发呆。她想不明白，为什么自己的妈妈，每天都要那样活在无休止的忙碌里，而自己也不能像别的小朋友那样，生活得无忧无虑。她多么期待，她和妈妈能够早点拥有清闲而平静的日子，每天不用再被沉重的生计追杀。

在她的想象里，自家的袅袅炊烟，应该是在这个巴掌大的村庄上空，飘得最缓慢、最悠长、最耐人寻味的那一缕。而且炊烟里也一定是藏着她想要的，至少是她目前所渴望的，属于她这个年龄里的无忧无虑。

可是，年幼的澈澈又怎么会懂得，她所期待的这一切看似简单的渴望，又恰恰是在这个村庄里，大部分人都无法得到，更没有办法改变的那部分活生生的现实。

与那些苦难对抗的挣扎，正严丝合缝地覆盖着每一个细小里藏着的渴望，在看不见的疼面前，就像什么都没有发生。

可是，认真生活的人却不愿意就这样相信绝望。或许，此时的生活也正在努力寻找一种恰当的快捷方式，以此来替换他们一直无力摆脱的苦难呢，他们宁愿就这样一直想象。

而这一次，在澈澈简单的期待里，应该是在出了柳二奶奶家胡同的一拐弯，她就能远远地看到的，是从自家烟囱里飘出的，和妈妈有着千丝万缕联系的缕缕炊烟。

更让她期待的不仅仅是这些，还有妈妈欢快地回应着自己的呼喊，迎出来的笑脸。和妈妈分开十多天了，自出生以来，她还从来没有和妈妈分开过这么久。可是现在，妈妈为什么就违约了呢？

时间不分来路和去处，墙上的钟摆旁若无人地，按着既定的路径向前走着。窗外渐渐变浓的夜色，仿佛已为所有触手可及的悲伤，做好了足够的铺垫，有意无意地衬托着澈澈透明的悲伤。

此时的黑夜，仿佛已做好了足够的准备，去迎接一场来历不明的风和雨了。

哭泣中的澈澈，心里对妈妈的担忧，在面对黑夜的恐惧面前，完全占了上风。她不假思索地，转身就朝柳二奶奶家跑去。她着急打通妈妈的电话，想要以最快的速度知道妈妈的消息，想知道妈妈到底去了哪里。

可是，她压根儿都不会想到，妈妈未来的十几年，会在自己这一个零度思考的电话陪同下，瞬间就发生了裂变。有谁会想到，妈妈将要经历的那些不快乐的生活日常，会被妈妈遗忘的那一大段空白意外充填呢？

那个夜晚，在电话的另一端，她分明在最后，听到了妈妈的一声惊叫。紧接着，在一阵"哗哗"的流水声响后，电话的另一端，便再也没有了任何声音。那些细碎的凉，也从此相跟着，一寸一寸地，铺开了在她们那个家庭的未来里，数不尽的悲凉。

五

暮色四合中，一种不祥的预感，在澈澈的心底迅速升腾起来。她惊恐地哭喊着跑向厨房，她要去找二奶奶，把心里的担忧和疑问讲给二奶奶听。在她的心里，二奶奶是除了妈妈以外，给她温暖和呵护最多的人了。

她跑到门口时，又被门槛绊倒，一下子摔了个跟头。这个跟头摔出了她所有的惊恐和委屈，她索性借机放开嗓门大哭起来。歇斯底里的哭声惊动了左邻右舍，也惊动了正在厨房里忙着准备晚饭的柳二婶。

闻声慌张地跑出厨房的柳二婶，一路小跑着跑到澈澈的身边，心疼地抱起澈澈，一边抹去澈澈脸上的泪痕，一边拍打着澈澈身上的灰尘。陆续赶来的乡邻们围在柳二婶的身边，待听清澈澈在上气不接下气的哭声里，那些断断续续的叙述，在柳二婶凝重的表情里，大家的猜测仿佛已不言而喻。

随后，柳二婶将澈澈托付给本村的大女儿乔子，迅速组织起一支由柳二婶带队，六七个青壮年组成的搜救队伍。他们跳上二虎子的四轮车，满满当当地坐了一车斗，飞速地向五里之外的双木桥奔去。

澈澈在哭喊中，拼命地挣扎着，挣脱了乔子姑姑的怀抱。她撕心裂肺地一边哭喊着，一边使出吃奶的劲儿，像风一样一路追赶着四轮车。刚跑了不远，就被从后面追上来的乔子姑姑拦腰抱住带回了家。

许多年后的一个黑夜，我躺在黑暗中，听着母亲的讲述，眼前再一次还原了文生嫂的事故现场。

出事那天，因胃疾所致，留在县城住院治疗已十天有余的文生嫂，独自一人吃过午饭后，正纠结着是否该谨遵医嘱，继续留在医院再观察一天病情时，女儿的电话就来了。她在电话里撒娇地说，午饭是在柳二奶家吃的饺子，可是没有妈妈在身边的食物，再好吃都没有美食的味道。

女儿是文生嫂的软肋，在文生嫂的心里，世间万物的总和，也难抵女儿撒娇的一句话语。而这一次的分离，实属万般无奈。

十几天前的那个清晨，文生嫂在一阵剧烈的胃痛中醒来。在此之前，她就已经被疼痛折磨很久了。每一次胃痛袭来，看着家中屋里院外的那么多张嘴都等着她来照顾的时候，她也都只能自作主张地吃下加大剂量的止痛药，打消了去县城进行深入治疗的想法。

窗外的雨还在下着，如帘的雨珠顺着屋檐一串串地落向地面，仿佛在释放着文生嫂藏在心里的委屈。她强忍着疼痛，挣扎着从火炕上爬起，一点一点地挪向窗前，将后背斜倚在火炕上的衣柜，顺势让头部靠在窗台旁的墙壁上，出神地望着窗外的雨呆呆地坐着。

此时的文生嫂心里有说不出的委屈，她回想着自己几年来，一个人带着幼小的女儿，又当爹又当妈，忙里忙外地操持着家里家外。很多次分身乏术的时候，若不是文生哥的堂婶柳二婶的帮衬，自己就是拼尽全力，也是真的没有办法，去应付那些难以避免的兵荒马乱。

在很多人的认为里，拥有高中文化文平的文生嫂，加上俊俏的长相，她的爱情的生长空间应该是无限的。就算她的生活不是养尊处优，至少也不应该是远嫁深山，和一穷二白的文生哥，一起扛着生活的大山吃苦受累。一个女人的元素明明都在，却硬生生地把自己活成了男人的样子。

他们的结合，曾一度让村里好事的人们反复地咀嚼，为文生嫂并不理想的生活感到惋惜。

想到这里，过往的那些不为人知的辛酸和委屈，压抑不住地一起朝外涌。此时，她很想痛痛快快地哭一场，哭出自己所有的委屈和憋屈。

可是，当她想哭的时候，生活的坚硬却让她忘记了怎么哭，在她最想哭的时候，她却哭不出来了。

六

三年前，公婆相继身患重病。为了给他们治病，文生嫂夫妇倾其所有，四处求医，最后的结果却是事与愿违。

高额的医疗费用，不仅没有让公婆的生命得以延续，还耗尽了多年来全家人好不容易攒下的那点家底。公婆的离世，除了让他们自己从此得到了解脱以外，剩下的，就是给这个原本就不富裕的家庭，留下了一笔为数不小的债务。

悲痛过后，生活仍然还得继续。而高额的债务就好像头顶上的一片乌云一样，久久地笼罩在他们的心头上。或者，更具体一些来说，那些债务更像是一块伤疤，不疼，但是会让人不安。

随着日子的推移，那一串清晰的数字让人越来越沉重，让原本深情相爱的文生哥和文生嫂，从此失去了欢笑的能力。窘困和焦虑常常会让他们不由自主地，陷入坏情绪中无法自拔。时间一久，争吵也就成了家常便饭，充斥进他们原本和谐的家庭氛围。

或许他们还并不懂得，当穷困的人们久陷困境的时候，率先考虑的永远都是生存。爱情对于他们来说，早已成为看似触手可及，其实却又遥不可及的奢侈品，远没有衣食住行消受起来那样务实。

父母相继离世后，原本清朗阳光的文生哥，经过了一段时间的悲伤和消沉后，背着简单的行李，毅然与堂哥柳文明一起，随着打工大潮去了大连，从事深海捕鱼的危险作业。

尽管他明明知道，这是一个充满危险的海上作业，但文生哥却丝毫没有犹豫地留了下来。

未来是福是祸，老天爷没给一点提示，全凭自己把握。况且，在文生哥的困境里，生活也从没给他太多选择。

而彼时，刚刚三十出头的文生嫂，带着年幼的女儿，一个人苦苦支撑着后方的家园，在被规定的生活里，她总是从天明忙到深夜，彻底忘记了自己作为女人的身份和性别。

窗外的雨越下越大，而疼痛也顺势而上，裹挟着不甘和抗拒，将文生嫂的柔弱渐渐唤醒。望着身边还在梦中笑着酣睡的女儿，被疼痛和柔软占了上风的文生嫂终于放下了坚忍，她在一串串的泪水里，决定向自己妥协了。在视线模糊中，她终于拿起了电话，拨出了那一串熟悉的电话号码……

远嫁深山的日子里，物质生活的艰难与精神生活的匮乏，在长久的对峙里，无一不在摧毁着文生嫂一直努力伪装的坚强。特别是在公婆相继离世、文生哥又远离家乡外出打工的日子，若不是因为女儿澈澈的存在成为文生嫂苦苦支撑的信念，在生活的磨难面前，文生嫂或许早就失去了憧憬未来的能力。

俗话说"远亲不如近邻"，作为文生哥堂婶的柳二婶，此时不仅发挥着近邻的温暖，还从不吝惜地释放着亲情的温度。

柳二婶虽然是一个只有初中文化的村妇，但是火箭性格一样的她，却仿佛有着天生的领导才能。村里的大事小情、邻里之间的难缠纠纷，凡是由柳二婶出面解决的，无一不合理地"药到病除"。

出于村民们对柳二婶的敬重，新一届村委会换届选举时，柳二婶在村民的信任里，被推选为妇女主任。别看柳二婶担任妇女主任的时间不长，可是村民们对她的敬重程度，却呈倍数增长。她在村庄里的威信，就连村书记都不得不甘拜下风。

早些年，文生嫂的公婆还在世的时候，曾与柳二叔夫妇因分割祖业不均，两兄弟因此落入老死不相往来的困局。

可是，长相俊秀且通晓事理的文生嫂嫁入这个深山里后，她察言观色，巧妙地调停着两家的亲情窘况。

自古以来的亲情，都是打断骨头连着筋。虽然当年柳二叔两兄弟闹得面红耳赤，可时间久了，仇恨也早就随着时间流逝而淡忘了，只是缺少一个合适的调解媒介出现，给彼此一个台阶顺势而下罢了。

感情最怕相处，越相处情越深。凭着文生嫂这根柔软且充满温度的纽带维系，僵持多年的两兄弟关系，渐渐地破冰融解了。和好如初的柳家人，对俊俏又懂事的文生嫂，也愈加疼爱。

文生嫂的家庭变故相继发生后，面对着文生嫂孤儿寡母的艰难，柳二婶更是对这个侄儿媳妇关爱有加，给予了充满温度的柔情。时间一久，柳二婶也就成了文生嫂在这个大山里的，除了女儿以外，最亲的那个人了。

电话刚一接通，还未等文生嫂开口说话，一阵撕裂的痛楚，再一次席卷了她的坚强。从不肯轻易示弱的文生嫂，在柳二婶焦急的问询里，终于忍不住哭出了声。

七

当人们无法戒掉生存时，生活不会以人的意志为转移。它总是像一个流浪汉一样，以各种各样的方式，彷徨地、无所归依地，让一个人开始沦陷。

在堂婶柳二婶的安排下，文生嫂被及时地送到了县城的医院，并得到了及时医治。在凝重的表情里，医生说，如果再晚半天，胃穿孔的后果将不堪设想。

医生的话，让一度自认为坚硬如钢的文生嫂还是后怕地倒吸了一口凉气。几年来，只有这一次，文生嫂才终于不得不叹息，人的命再硬，毕竟硬不过病魔的深度探访。

文生嫂住院的日子里，柳二婶包揽了文生嫂家中的一切。不仅是澈澈的饮食起居，还包括院子里那些大大小小的活物，也都被柳二婶照顾得妥妥帖帖。甚至，就连文生嫂在医院的看护，也被柳二婶安排妥帖，由她在县城医院上班的小女儿，顺带着一起兼顾了。

和女儿通话结束后，文生嫂在上一秒还在纠结，是去是留的迟疑，瞬间便有了清晰的答案。她瞒着堂姐，悄悄地办理了出院手续，坐上了下午回乡的客车。

后来的日子，很多人提及此事的时候，总会重复地叹息着那一句话：如果那天她决定留在县城该多好，命里的那道劫数，说不准就躲过去了呢。

可是，这个世界上有太多的身不由己。如果还有下一次，下一次的事件中，还会出现相似的情节。到底该怎么决定，或许也还是只有文生嫂自己知道。

如果再有一次，再有无数次，即使劫数仍在眼前，在面对女儿的柔软里，再坚定不移的决定，到最后，在身为母亲的柔软里，或许，都依然无法逃脱掉，那后来让她丢盔弃甲的承诺。

女儿的纠缠让文生嫂太投入了，以至于在短暂的这一秒里，全然忘记了前一秒钟还在的恐惧。她实在是舍不得站在原点，等着对话结束再前进，她要争分夺秒地与夜晚赛跑。她迫切地想早一点回到家，将哭泣的女儿抱在怀里，再将为女儿买的黄澄澄的香蕉，递到她胖乎乎的小手里，看着女儿咯咯地笑着，转悲为喜。

想着想着，文生嫂的脸上，就露出了幸福的笑容。心情也开始从焦虑的状态里迅速反转，折回到了母性的柔软之中。

幸福里容易让人忘记一切。事实上，这时候的文生嫂早已走着走着，就把恐惧忘到别处了。她似乎早已忘记了，此时踏在脚下的双木桥，也完全忽略了下一秒，这个毫无温度的双木桥，将会带给她怎样的危险。她情不自禁地，就加大了向前的步伐……

八

湍急的河流以及坚硬的石头，交相冲撞。这一切带给文生嫂的，不仅仅是触目惊心的体表上的伤痕累累，还有多年以后每每提及，都无法淡忘的惊险情节。

当意外的灾难在人们的求生欲望里，一点一点现出原形的时候，所有挣扎的力量，都显得那样苍白无力。

在湍急的水流面前，这一切的惊心动魄，都加速度地形成了一个巨大的由黑夜编织成的网，长久地笼罩在了文生嫂后来十几年的光阴里，深深地影响着她那不被定义的生活。

落水后的文生嫂，沉浮在打转的湍流中。她憋住气，手乱刨脚乱蹬，想寻找一个外力站起身来。可是，当她一次次拼命挣扎着刚一浮出水面，就被巨大的吸力又一次次地迅速地卷入一个又一个漩涡。湍急的水流席卷着她，狠狠地打着转地，将她向下游推去。

情急之中，文生嫂的脚在水流中，碰到了一个高度将至膝盖处的大河石。她在混沌中，想攀住河石踩到水底站起来。

正当她的左腿刚一用力抵住那块大河石的时候，那条腿突然就痛了一下抽起筋来。紧接着，一个漩涡相跟着另一个漩涡紧急袭来，她呛了一口水，整个身体失去了努力维持的平衡，瞬间，就被湍急的河水淹没了……

夜晚七点多，昏迷的文生嫂在双水河的下游被找到时，是上衣挂在一棵被连根冲倒的大树的枝丫上，方才得以死里逃生的。

那次意外过后，文生嫂所遭遇的创伤，足足休养了三个月有余，方才渐好。而那些被湍急的河流反复冲撞在河石上所引发的内伤，在长久的时间里，都给文生嫂后来的生活，留下了不为人知的磨难。

此后十余年，文生嫂都自闭地活在一个人的世界里。她开始变得在人群中长久失语。自言自语，这是她一贯的做法。

她会莫名其妙地，长久地注视着一个物象，或者是一个景象，仿佛灵魂出了窍一样地，长久地发呆。

这时候，她会说自己看到了一个陌生的世界，听到了许许多多、远远近近不同的声音，它们组合在一起。最后，又交汇成一种声音，在和她进行对话。

起初，乡邻们对于文生嫂的遭遇，还会持有深深的惋惜。每每相遇，都会向她投去同情和善意的目光。可是时间一久，他们的柔软在生存的焦虑面前，就变得日渐麻木了。他们已渐渐地习惯了，在时间里忘记时间；也习惯了在一个人的身上，连同完整的一大段岁月，连根截去。

多年以后，当时间夹在暮春与仲夏之间，在傍晚稀薄的炊烟里，那些已成为曾经的劫难，并没有随着时间的流逝，被渐渐冲淡。反而，那条由四根圆木两两拼接而成的简易木桥，时间愈久，却愈加清晰地，仿佛像深深的根系一样，持久地缠绕在文生嫂不堪回首的那些年里，扎根在属于文生嫂的，那些连苦难都不肯绕道而行的日子里。

后来的很多年，乡邻们每每提及关于双木桥的事故时，随着一声叹息飘出的那些幽幽感伤，总会迟疑地划过一个个冷硬的弧度，落在那些年苦难曾经落在的暗淡里。

他们一定不会知道，埋伏在山里人的命运里，还会有另一个意外，悄无声息地，将那一场事故小心覆盖，以反转的逆袭，将变故变成惊喜。

九

时间是最终的尺度，切断了回顾往事的途径。

2019年6月，在新农村建设的规划里，有关双木桥的建设项目，终于被列进了全县交通"一事一议"项目规划中。这意味着文生嫂居住的这个村庄，将告别多年来坑洼泥泞的土路。那些曾经只能在电视里看到的柏油路，即将修到村庄，修到村民们的家门口。

更重要的是，那座每年都在拼命维修，而年年却又在汛期的洪流面前，都无力保留自己仅存的那一丁点儿的体面与从容的双木桥，将从此得以脱胎换骨，从容面世了。

认真生活的人总是百般滋味，那场意外事故给文生嫂留下的影响，并非三言两语就可概括。自那次落水劫后余生，文生嫂已有十余年的时间，未曾离开过那个村庄了。

她宛若一只蜗牛一样，躲在属于她的小院里，躲在自己认为绝对安全的避难所里，任凭别人磨破了嘴皮，她都雷打不动，不肯离开村庄半步。无论怎样给她打气，文生嫂都再也没有勇气离开村庄，更没有勇气再一次踏上那座双木桥。哪怕是在冰天雪地的冬天，在百分之百的安全系数里，她都不肯再次接近那座双木桥。甚至包括每次护送女儿走出村庄，去远离大山之外的城市求学。

这一切在后来，也都由无奈地放弃了远在大连的打工生涯，返乡照料一家老小饮食起居的文生哥，一个人沉默地扛下了所有。

同年暮秋，文生嫂所居住的那个村庄，以脱胎换骨的新生，在人们的认识里重新定位。

公共基础设施的升级，最直接地冲击着人们的感官神经，通向外面世界的那条多年不变的土路，在惊天动地的道路施工建设中，铺满沥青的柏油路，宛如一条蜿蜒的黑丝带一样，从村民们的家门口，一直通向连接向外的世界。

而那座承载着几十户人家几代人的艰难与辛酸的双木桥，也在美丽乡村建设的号角里，被从头到脚改头换面，进行了彻底的升级改造。

化身后的双木桥，通体由钢架的长方块青石，砌筑而成了双孔的石拱桥。桥头底座有规则地排列着，由水泥砌筑而成的碌碡。碌碡上面，再用青石条块有规则地纵横垒砌。结构上看起来较为简单，但外形却相对美观，且建造精细。

石桥不宽，却从此有了足够的能力，独自承载了侵袭山里人的风风雨雨。

村庄里的人们纷纷慨叹着这个七级浮屠的建造。倘若它早一点化身，山村人的记忆，会不会将多一些幸福的指数？毫无疑问，沉默的小石桥不说话，却以它庄严的姿态，肯定地回答了来自四面八方的问询。

在多年隐姓埋名的坚忍里，升级改造后的双木桥，借小石桥的问世，终于在这一方地名志上，有了一席之地，从此正名为"龙角湾桥"。

此时的龙角湾桥，宛若大户人家的小妾一样，历经半生隐忍，方才转正升级，从此可以扬眉吐气地，刷新它的存在了。

它以俊俏的美好姿态，带着满满的底气，与颇具姿色的村庄，遥相呼应。自此，行走于龙角湾河两岸的人们，再不用绕山绕水地，从此岸过渡到彼岸。

脱胎换骨后的龙角湾桥，在不被定义的风里，像一条泾渭分明的分割线，横卧在时光的门槛上。它承载着历史的使命，历经半生漂泊和烟火，只为在一场乡村振兴的遇见里，与单薄的双木桥走向彼此。

在远去的时光里，行走在桥上的人们，正在以另外一种声音，缓慢而有力地，推出另一种纯粹的时光……

十

在被规定的生活之外，旧址新物会谈，正在争相讲述着，此岸和彼岸的人事变迁。

十余年的光阴，以及那场劫后余生的惊悸，生生地将曾经活力四射的文生嫂，夹在了岁月两端的暮气之中。属于她的那片天空，仿佛像打了一块天大的补丁一样，已经和别处的天空，大不一样了。

十余年的光景，见过文生嫂的人，在认真的回忆里，都会非常肯定地一致认同她脸上的阴郁一直都在。当然，如果你没有身在现场，也不会有人相信，十几年之前的那场惊吓，会让一个曾经活力四射的俊俏面孔，从此失去了阳光和笑容。

落在一个人一生中的冰冷，我们不能全部看见。因为生活的重负，尽管柳二婶对文生嫂一家的关爱，一直以来并没有丝毫移位，但时间一久，人们显然地看到了一个事实存在，那就是谁也不是谁的渡口，谁也没有能力拯救谁的生活。

时间一久，即使在稠密的炊烟里，从文生嫂家屋顶的烟囱里飘出的缕缕炊烟，也会被乡邻们一眼辨出稀薄。在乡邻们的判断里，早已定义了，文生嫂这一辈子的荒芜。他们穿过时间，似乎一眼就看到了，文生嫂那被动的且无法治愈的未来。

曾消逝在人们关注里的人，换种方式与她惯有的日常发生错位时，她认真的样子，正符合人生的深度和复杂。

多日以后，当文生嫂像个逃犯一样，心里装满凄凉和伤口，以跨越的方式，在时间的迁移下，进行了一次毫无例外的出走时，村庄沸腾了。乡邻们来不及收拾起诧异的表情，就在一场不被定义的风里，看到了一个人该有的那种匹配。

路桥修好以后，早已习惯了被忽略的文生嫂，竟然又认真地活了一回。如果一个人变化的标志，是需要通过一些特殊拥有物展示出来的话，那么文生嫂的变化，则是在被众人忽略的存在里，以迅雷不及掩耳的速度，对自己未来的人生走向，进行了一次一百八十度的山河重整。

横卧在龙角湾河上的小石桥，肩负着美丽乡村建设的兴盛与变迁。在打通了此岸和彼岸的命脉之后，它连通着村庄与外界的元气，衔接着两岸人来车往的脉动。平地的一声惊雷，唤醒了沉寂多年的山村，也顺带着一掌打通了文生嫂沉睡多年的任督二脉。

一天清晨，文生嫂起床后，仿佛中了魔怔一般，竟收拾了简单的行李，独自一人悄悄地踏上了阔别十余年的，那条通向外面世界的柏油山路。

那天清晨，东北风一直在呼呼地刮着。面对扑面而来的东北风吹，文生嫂面色平静地迎风走着。这个时候，仿佛连路边的野草都知道，幽禁了文生嫂多年的命运之门，在这一天，终于打开了文生嫂的意识通道。

抑或只有一遍遍吹过的风知道，其实在很多年前，文生嫂就在等候这一天了。

十一

认真对待生活的人，从不允许被境遇绊住。

谁也没有料到，一直与另一个世界自言自语对话的文生嫂，竟以惊人的能力，扎实地学会了驾驶，并以最快的速度，拿到了 C 级驾照。这些融入新时代的元素，有力地冲击着这个村庄里乡邻们的视野和格局。

听闻这个消息，宁静的村庄再一次沸腾了。然而让山村沸腾的，却不仅仅是这些听来的消息。

数月后，在一个与未来有序对接的黄昏里，曾消逝在时间里的文生嫂，却换了一种方式，以乡邻们陌生的姿势，"走"回了村庄。

是的，另一个文生嫂回来了。这一次，她是开着一辆七成新的面包车，缓缓地驶进了乡邻们的视线……

此时，黄昏还依然是多年以前的那个黄昏。不一样的却是生活的情节，发生了彻底的颠覆。这个围着时光的半径，跑了一圈的人，生活的轨迹，在历经十余年的磨难之后，又落在了当年出发的那条曲线上。所不同的却是，这一次，它的走向落在了生活的另一个端点。或者可以说，她只是出发了。但彼时的文生嫂，在她曾经供养不起的底线里认真生活的样子，足以称为一个传说，抑或可以说是一个传奇。

连接文生嫂的过去与现在的，总在黄昏。

事隔多日以后，在另一个黄昏里，文生嫂才在泪流满面的情绪中，如实述说。

她说，那一次出走并非意外。那一天，当她走过那条曾经改变她人生走向的龙角湾河时，就在她无意识地踏上小石桥的那一瞬，破碎多年的零乱记忆，突然就各就各位了。在一阵阵的疼痛侵袭过后，封闭多年的自我渐渐苏醒，跟过去的记忆一一对接了起来。

没有人知道，在那一天，在支撑着光阴脊梁的石桥上，文生嫂是怎样边走边哭。人们总是在挣扎中，拼命地想活成别人期待的样子，却没有人知道，成年人的世界也会在瞬间崩溃。

一个"十年"的长度，冷漠地切断了文生嫂向外认识生活的能力。在艰难的生存处境里，人们每天都在为一家老小的衣食住行奔波忙碌，又有谁会分出原本就不多的一部分柔情，去关注一个长期被人们忽略的，一个看似早已失去了正常认识生活能力的人呢？

当然，更不会有人知道，曾在与时光的对峙中败下阵来的文生嫂，在十余年的光阴里，又是怎样走过了那一段脱口而出的时间长度。

如果说文生嫂的意外落水是不幸的话，那么在感情方面，文生嫂又是幸运的。

在文生嫂生活错位的十余年里，放弃打工生涯，回乡照料家人生活的文生哥，一如当年那样，认真地对待着文生嫂曾经托付给他的真情。

各种细节表明，憨厚的文生哥，是一个值得托付一生的好男人。他一边承受着生活带给他的重创，一边又想尽一切办法，努力地治疗着文生嫂陈旧的心理创伤，多年来从未间断过。

这一切，也为文生嫂后来的惊人自愈，埋下了深深的伏笔。

十二

在叙述的陪同下，时间一去便是多年。

在情绪的平行倾诉里，随着语言的跳跃，给文生嫂的未来走向，提供了一个多元的视角。在剥开的岁月里，将她的生活缓缓地推向前方……

让人改变的，从来都不是时光。能够精致地解读生活，为你呈上生活细节的，也从来都不只是生活。路桥升级改造后的小山村，在连接了山里和山外的两点对接后，自然而然地，也在扑面而来的现代气息引领下，进入了各个领域。

究竟是山村接纳了现代，还是现代改变了乡村，这一切，似乎都无法深入探究。

物产丰富的长白山所及之处，每一处都是宝藏。可是长白山脚下的这个山村，却贫穷得太久了。村民们一边抱怨着山村带给他们的贫穷，一边又在被习惯左右的惯性里，沿袭着传统而又波澜不惊的生活。哪怕是丝毫的改变，都会让他们乱了方寸一样地惊惶失措。多年来，虽然他们对贫穷的抵抗毫无意义，但他们却顾及不了那么多。现实是不管他们是否满意，日子也都要头也不回地，只管往前走。

尽管交通闭塞，但勤劳的村民们，却不允许自己的四季一直空着。他们每天都要为吃喝奔波，以各种各样的方式与穷困对峙，拼命地想把自己的生活过出别样的滋味。

但是，长久闭塞的山村，却让他们将自己简单的生存方式，托付给了注定艰辛的历程。却没有人意识到，他们曾经所有的疑问，都已经被长久以来所依赖的生存方式渐渐麻醉。

长白山提供的地域宝藏，一年四季都层出不穷：猴头、蘑菇、木耳、五味子、山贝母等优质资源，这些山珍在相应的季节里，在长白山脚下的森林里随处可见。

采摘回来的山珍经过自然晾晒后，可以作为药材和食物自给自足。他们还自行研究出一套适宜保存的方法。这一切的忙碌，让原本单调的日子，充满了不一样的烟火气息。

这一年，利用地域资源优势，放弃了传统的农耕文明劳作的文生嫂，她遵循着智慧与勤劳并存的生存法则，一改山里人惯常且保守的生存方式。她和文生哥一起，带着之前在县城打工的兄弟姐妹，变身为山村里的资源开发者。

她开着那辆七成新的面包车，在连接山里和山外的小石桥上，循环往复地奔跑。将长白山的优质资源，与外面世界的供需，进行源源不断的灵活交换与买卖经营。凭着文生嫂体内潜伏多年的经商天资，还有那些吃苦耐劳的优秀品质，成功还有什么理由，对执着追求美好生活的人，绕道而行呢？

现在，在这个村庄里，文生嫂虽然拥有土地，但她却并不甘心一辈子臣服于土地对她的囚禁。

此时，在这个村庄里，文生嫂的法定身份虽然是山里人，但是她却同时拥有着城里人和山里人的双重属性。城里有她的房子和孩子，还有几年来，她苦心经营的长白山特产店，怎么看都与泥土无关。

岁月的风轻轻地吹过石桥，吹过村庄。在另一种回返里，那些与命运相叠加的一草一木，此时，正在以另一种在场的方式，解读着关于此岸和彼岸的起承转合……

2022 年 9 月 6 日初稿于北京芍药居

2022 年 9 月 30 日终稿于吉林白山

刊于《安徽文学》2023 年 5 期，

《散文海外版》2023 第 7 期选载

穿过时间的墙

在时间的横坐标上，不要和往事过不去，因为它已经过去了。在生活的纵坐标上，不要和眼前过不去，因为你还要过下去。

——题记

被时间收编的轴线

太阳刚一出来，生活的情节就在四叔家院门前的村路上打开了。

在有节奏的锯齿推拉的声音里，四叔开始了一天的忙碌。他在自家的院门前，把房前院后拆下来的木栅栏，按照量好的标尺，用电锯进行着分段切割。在他的心里，早就规划好了自家院门外的这片荒弃了好几年的山坡地。

四叔在心里默默地盘算着，明年一开春，他要把这块荒地的四周，围上一圈整齐划一的木栅栏，再按时令种一些花花草草。不需要多大的成本，每天一开门，抬头就能看到成片的花海，也能给他们单调的老年生活，带来些许安慰。

眼前的这块荒地，它欣欣向荣的时候，已经是多年以前的事情了。与此刻的苍凉相比，年轻的村庄，到处都是青壮年们有力量的身影，还有小孩子们的欢笑和奔跑。随着光阴的流逝，这一切早已经被时间收编，在四叔的记忆里，变成了泛黄的老电影。它们在四叔睡不着觉的时候，或由哪些情景触发的时候，总是在四叔的脑海里，像倒带一样，一遍一遍地回放。

近些年，随着村庄里年轻人的大量外流，很多人家的田地，都已经变成了沉睡的资源。由于村庄深居大山，田地百分之九十属于山坡地。耕种和秋收，对于村庄里留守版的老年群体来讲，他们被生活压弯了的脊梁，再也撑不起时间的脊梁了。

春天耕种的时候，他们尚且还可以拼尽了力气应付过去，但是每年的秋收，那种与天斗、与力气斗的惊天动地的抢收运动，他们需要用力气来打败天气。当力气再也撑不起时间的脊梁时，四叔他们就知道，应该放下了。

村庄里大片大片的田地荒了下来，有如村庄里那些留守老人的晚年。每当看到视线里，那一片片杂草丛生的田地，四叔的心里都像长满了杂草一样，一阵阵地发慌。

在数学的关系中，有一个让人甘心付出的词叫"绝对值"，还有一个执着的词叫"恒成立"。晚年的四叔让我看到了一种执着，他固执地留守在这片土地上，心有不甘地想要寻找一个可以打通未来的出口，来妥善安放自己的晚年。多年来，出生既定的命运，将四叔牢牢地固定在了这个方寸之地。

谁的心里不曾有过梦想呢？年轻时，四叔也曾试图走出大山，去寻找另一种生活的可能。可是，生活对于当时一穷二白的四叔，却并没有太多的包容。

试错的成本太高，几次碰壁之后，面对一家老小的生活，被生活磨平了棱角的四叔，不得不埋藏了自己的野心，开始活得越来越小心翼翼了。

流浪在白桦林里的心事

深冬的白桦林里，风一阵阵地吹过。高高的白桦树上，树枝上残留的几片奶黄色的叶子，此时，在风中打着转，寂寞地飘落在松软的雪地上。

东山坡上，有一大片旺盛生长的白桦林。这些年，高高的白桦林里，一直有四叔的心事在流浪。内心凄惶的时候，他总会一个人到林子里转上几个来回。累了的时候，四叔常常会倚着一棵白桦树坐下来，掏出旱烟口袋，卷上一根旱烟抽上一会儿。在静静的白桦林里，四叔总是一边抽着旱烟，一边出神地想着自己的心事。

四叔的心事，醒着是煎熬，睡着了更是。每天可以不被打扰地安静地想一会儿，就是最好的药。

北北从这个村庄里消失了。对于他的消失，四叔从不允许左邻右舍提及。十五年的时间，在时间的长河里算不上一刻，但对于已经老了的四叔和四婶，却仿佛是长长的一生。

其实，一切都是序曲。过往的不堪即使燃成灰烬，也无法从清晰的记忆里被彻底清空。

这么久以来，北北对于这个闭塞的村庄，却是陌生而熟悉，亲近又疏远。从去省城读书开始，每一次寒暑假，北北都特别抵触回家。相对于大部分同学归家的急不可耐，越发将北北的淡定和沉稳，反衬得尤其明显。每一次，他都在心里默默地盘算和规划着，怎样才能最大可能地，实现假期带给自己的利益最大化。

当年高考报志愿时，北北不顾四叔和四婶的劝说，执意报考了离家几千里的南京大学。报考之前，他已经上网查阅了许多关于重点院校的基本情况。那座被誉为中国最温和与最包容的城市，那个位于金陵古都的南京大学，它承载的厚重历史，以及诚朴坚毅的灵魂，早在中学时期，在对历史的解读里，就留给了北北对它的种种向往，而且从未停止。

北北之所以把高考志愿锁定在了南京大学，其实还有一个更深层次的原因，这个原因除了北北自己，没有任何人知道。

那个深居大山里的村庄，从北北产生记忆开始，他就看到了太多的挣扎和艰难。远离深山和贫穷的念头，从他懂事起，就在心里深深地扎下了根。

从小，北北总是懂事又叛逆，倔强又柔软。每每看到父母在风里，在雨里，在生活的大山里执着打拼时，他多想自己能够有能力，在睡醒一觉睁开眼时，让一切都发生转变出现奇迹。可是人生没有底稿，生活每天也都是现场直播。北北的期望在很长的一段时间里，也只能是一段可望而不可即的期望。

或许，很多像北北一样出身的人，他们都有两个自己，一个爱父母，一个恨出身。

在父母给他的出生既定的生活供给里，家，也从来算不上是避风港。在北北的成长里，那个常年都处于风雨飘摇的家，对于北北来说，从来都是只有风，却没有港。

渐变的属性

靠时间忘记的人和事，再见面还是会心动。山下的那个房子，我在记忆里印证了一万遍，再一次出现在它的面前时，我敢肯定，它留给我过去的印象是错的。

这是一座位于大山脚下的，一座有年代感的泥草房建筑的三间老屋。外墙用土坯砌出，房顶上的油毡纸，早已被风雨冲刷得泛白。历经风雨飘摇的门窗，在时间的见证下，窗体变得有些倾斜，正如四叔和四婶那些被日子揉搓得有些错位的心情。

再有几天就是小年了。年关的一场大雪，染白了村庄的清晨，也掩埋了四叔家一年的忙碌和疲惫。一大早，四婶就早早地起床点起了炊烟，在属于她的阵地上，加快节奏地弹奏着春节前夕热闹的锅碗瓢盆交响曲。

慢慢地，家家户户的房顶上，缕缕炊烟热气腾腾地，次第从久经风霜的木烟囱里，轻轻地飘了出来。紧接着，在一阵阵呼啸的东北风里，它们身不由己地随着阵阵风向，摇摆着被吹向村庄的上空，渐渐地隐入时光的纹理。

村路上，漫天的雪花四处飘舞。模糊的视线里，头戴一顶厚棉帽，一身全副武装的四叔赶着牛爬犁，正吃力地行走在那条坡度呈四十五度角的村路上。四叔一边吃力地迎着大雪走着，一边在心里默默地盘算着。不出十天春节就到了，他想趁着节前这个空当，将一年的木柴准备好。辛辛苦苦忙了一年，这个春节他要让全家人都放下心事，好好地玩上一个正月。

那头一年四季都在埋头苦干的耕牛，仿佛也读懂了四叔没有说出口的心事，它拼命地拖着一爬犁沉重的木头，仿佛拉着全家人的生活，在这条多年也不曾变过模样的村路上，像个复读机一样，"吭哧吭哧"地走着。

从进入冬天开始，四叔每天都雷打不动地重复着一件事。每天清晨醒来，他做的第一件事，就是在喂饱那头耕牛后，套上牛爬犁来到东山坡上。在厚厚的大雪里，满身霜花的四叔专注地寻找着一棵棵失去生命迹象的树木。在这大片充满生命灵动的白桦林里，有他和四婶的爱情在这里生长，更有他遗失的梦想在这里埋葬。

密密的丛林里，四叔吃力地踩着厚厚的积雪，将找到的木柴用独木锯放倒后，再将它们截成一截一截的木段拉回家，作为家中一年做饭取暖必备的生活储备。

四叔切割木段的时候，从来不用标尺。他的眼睛只需在木头上左右一打量，再用他的大手掌压茬推着往前找，就能准确地找准切割的距离，而且从来都会毫厘不差。

如今的四叔，被生活死死地按在地上磨擦过，也被梦想狠狠地摔在现实里绝望过。当年经商失败时，曾经年轻气傲的他，从理想的高空啪的一声落在地上时，从此四大皆空——赚的钱没了，本钱没了，理想的火花没了，就连当年那点天不怕地不怕的魄力也没了。

现在，一切都变了。从灰暗里爬出来的四叔，面对生活的一次次重创，他想明白很多，内心终于承认了自己和牛各自的致命弱点。牛的鼻子太软，怕疼。而自己的人生太短，怕穷，怕别人轻蔑的眼神。牛的一辈子只为了青草，而他的一生，却为了一家老小，只能身不由己地，在这个方寸之地图个温饱。

以前的他不懂，为什么一根绳子可以拴住一头牛，让它在田间辛苦劳作一生。现如今，一把无形的枷锁，不费吹灰之力，就把四叔牢牢地困在了这一日三餐之间。

命运进行到这里，一向倔强的四叔，终于向生活妥协了。

丛林里，那些生长在原始状态下的，一棵棵高大、笔直的白桦树直入云霄，高傲地眺望着远方。它们在一个又一个渐变的晨昏里，与流逝的时光深情地对视着，却唯独忽略了身处低处的四叔。他们彼此在乎，却又相互冷落。一个说不出，一个又看不见。

多年以后，当我每一次反刍九岁那年冬天的时候，总会自以为是地认为，那些将四叔推向绝望边缘的，似乎都是早已经埋伏在命运里的遇见。

四叔的双脚有力地踩在厚厚的积雪上，发出"嘎吱嘎吱"清脆的响声。厚厚的积雪上面，四叔走过的两行深深浅浅的脚印交叉着，穿过一棵棵笔直的白桦树。

一道道斜射的光线，穿透了静静的白桦林，穿过四叔的心事，也穿透了那些打着结的往事，随着凛冽的东北风吹呼啸而来。

缩写在日子里的期待

一年的忙碌在五谷归仓后，生活的情节便开始进入了下一个忙碌。

火红的灶火无私地供给着一口大锅的沸点，烧开的热水翻滚着热浪，在上下打着旋。四婶将一大盆用搓板刀切好的萝卜丝倒进锅里，瞬间，让那些沸腾着所有不甘心平凡的一锅沸水，转瞬又回归了平静。

文静秀美的四婶坐在灶火旁，手脚麻利地朝灶膛里续上劈好的木柴。那些燃烧得噼啪作响的火红的柴火，将四婶家的日子，蓄满了温暖的人间烟火气息。

在屋子里进进出出的四婶，干活的动作轻盈、麻利。家里的边边角角，都被她收拾得一尘不染。很多时候，我的目光会追随着四婶忙碌的身影移动。

在我的意识里，像四婶这样美好的女人，是不应该藏在深山里的。她应该属于城市，属于更远的远方。到底是什么样的牵引，让她死心塌地地住在这样的泥草屋里？又是什么样的力量，让她有那么多的生活热情，将草木失色后的冬天，也能过得这样热气腾腾呢？

灶火里燃烧的木柴，那是一棵棵白桦树的命运。那一个个卸下光环的白桦树，日子拉低了它们的段位，燃烧了它们的梦想，摧毁了它们对未来的美好向往，犹如四叔和四婶努力打造和维持的，最低成本的人间烟火。

在乡村快乐和不快乐的日常生活背后，白桦树的出现总会让人想到美好。可是，在世俗的喧嚣中，想要找寻一处宁静，对于很多像四叔他们那样的人来说，却是一种奢侈。

命运虽然在四叔的生活里，埋下了不幸，但也在他的遇见里，埋下了有幸。当年的四婶，因为追随爱情来到了这里。其实，她并不喜欢这个村庄，这里四面都是山，而且到处都是山叠着山。无论是走向哪里，都是一路走下去，看到的全都是山。走一路，也望不到山的尽头。

四叔和四婶的遇见，始于春天的小镇。每周一次的集市，让小镇上那条不大的十字街上，拥挤着来自四面八方的生意人，在这条街上，向生活讨要幸福。

在那条热闹的十字街集市上，彼时年轻的四叔，在刚刚起步的经商路线上，满怀豪情地站在集市上，大声地吆喝着自己大写的日子。在四叔的眼里，满满地拥挤着的，全部都是生活。他从来没敢想过，一个穷小子与美少女的遇见，会在这个集市开始。

故事的开头，是四叔这样的一个毛头小伙，在集市上的奇遇。故事的结尾，是四婶那样一个芳华正茂的小镇上的姑娘，在没有权衡利弊单纯的喜欢里，死心塌地地爱上了四叔。

在一来二去的交往中，两颗年轻的心慢慢地靠拢。美好的白桦林里，从此，到处都飘荡着四叔和四婶清脆的欢声笑语。

蓝天、白云、树木、白雪……一个个与冬天有关的词汇争相涌出，仿佛绘成了一幅印象派的冬天的油画。时间一去经年，此刻的白桦林，那一棵棵素颜美好的白桦树，此时，正在寂寞地飘落着奶黄的叶子。

这些年，生活让四婶在一次次取舍之间，和大多数人一样，变得愈来愈坚韧、挺拔。动荡不安的生活过后，日子又恢复了往日的安详，但四叔和四婶年轻的容颜，以及他们青春里的美好，却永远地消失在了白桦林里。

可是，在四叔和四婶的心里，他们却有一万个不愿意，不愿它们从自己的年轮里丢失。因为只有它们，才能证明那些没有墓碑的爱情和美好来过。

温柔是留给富裕的

每个人的心里，都有一个情结，或花，或草，或物，或景，或是一个无法抹去的青春片段，犹如四叔和四婶的爱情……

四叔和四婶的日子虽然清贫，但干净美好的四婶却总有足够的能力，在清贫的日子里翻点热浪。他们像大多数农民一样，从不舍得隐藏起一丝一毫的生活热情，总会全力以赴地去建立起一套完整版的能量体系，以最大的可能去呵护着一家老小，度过生活的非常时期。

每天，我都会寻找最大的时间空隙，来四叔家和北北一起玩耍。我缩着瘦小的身体，顺着那道将两个院子一分为二的，由白桦树外表皮木板做成的篱笆墙，灵活地挤进四叔家的院子里。

我之所以喜欢每天和北北黏在一起，不仅仅是因为北北，更多的时候，是因为四婶的存在。四婶的家里，总会出现许多吸引我的清新元素存在，比如，干净清爽的生活气息，柔声细语的好声音，还有那些捂也捂不住的、热气腾腾的人间烟火气息。

可是，生活就是一个耳光，接着另一个耳光，把人从梦里打醒。当梦想照进现实的时候，庸常的日子在惯性里，拉长了一年三百六十五天里的柴米油盐。

白桦林里行走的四叔和四婶的爱情，在长久的岁月里，却没有足够的力量，让理想和生活撞个满怀。他们自由恋爱，却无法抵消他们之间门户的悬殊。最后，理想终究输给了现实。

如果天使可以在童话里，衣食无忧地生活一辈子，那么让四婶从天使变成魔鬼，也仅仅就差那么一点点。生活里并没有意外的出场，柴米油盐的生活，就是破坏这个童话秩序的最大捷径。

起初，四叔和四婶的生活一直很平静，巨浪袭来之前的波澜，并没有引起我的注意。

重复性的辛苦劳作，在毫无意义的时间堆叠里，拥挤在他们每一天的缝隙之中。当辛苦的谋生，变成了束缚他们追求幸福的牢笼，是选择继续跟随惯性走下去，还是努力跳出来打破这个惯性，四婶在面对这样的选择时，却没有能力让自己找到正确的答案。

北北和方方的出生，给独立门户的四叔和四婶带来欢乐的同时，也带来了之前不曾有过的压力。四叔从早到晚脑袋都削着尖儿地，玩命儿尝试怎么样赚更多的钱，让一家人在自己的庇护下，过更好的生活。

尽管四叔创造物质的能力很强，可是在缺少能量转换的乡村生活里，他的努力，似乎与转换成幸福和快乐的能力，总也无法形成对称。

一边是妻儿老小的生活品质，一边是自己的理想和远方。在缺少足够的经济底蕴支撑下，衣柜的夹层里，那张代表着资本积累和叠加的存折上面缓慢增长的数字，已远不如四叔火暴脾气的升级速度。曾经温文尔雅的四叔，在生活的重压下，变得日渐粗糙。

而四婶也过得并不痛快。进入家庭后，她最大的感受就是憋屈，憋屈在一连串陌生的头衔里。特别是两个孩子出生后，一地鸡毛的生活，代替了往日的温情和美好。伴随着哭声、骂声、叹气声，以及各种猝不及防的声音出现，四婶突然觉得，爱情似乎从她和四叔的生活里死去了。继而，活下来的是日子，是妻子、是妈妈、是儿媳这些叠加的头衔。

每一天，四婶要在照顾孩子的空隙之外，还要照顾到这个家庭里，所有人的情绪和感受。

很多时候，四婶会失意地坐在灶火旁的小马扎上，呆呆地看着灶火里，那些燃烧得噼啪作响的火红的柴火。它们则是那一棵棵白桦树的命运，那一个个卸下光环的白桦树，日子拉低了它们的段位，燃烧了它们的梦想，摧毁了它们对未来的美好向往。

四婶出神地看着灶膛里，那些正在热烈地燃烧着的白桦，就那样一声不响地，呆呆地坐着。眼泪不知什么时候，已经和着委曲求全的无奈，一起在脸上漫流。她仿佛是在哀悼自己死去了的爱情，抑或又是在追忆曾经的向往和美好。

脸上无声流淌的泪水，仿佛在诠释着四婶的倔强。她独自消化着所有的辛酸苦累，就连难过，都要维持着自己最大的体面。四婶默默地哭了很久，一直没有去擦脸上的泪水。寂静中，也没有人看见她在哭。

屋外的房顶上，丝丝缕缕的炊烟，徐徐地从那根写满日子的木烟囱里飘出，还没来得及找准方向，转眼又被突然一阵刮来的东北风，瞬间吹散。

伏笔下的波长

院子里的四叔又在劈柴了，"叮叮当当"，劈碎的不知道是谁的一生？

　　大雪纷飞里，四叔挥舞着斧头，对准立在雪地上的那个圆圆的白桦树段，朝着那个写满年轮的中心圆圈用力地劈下。斧头的每一次用力举起和落下，都仿佛是四叔在拼尽全力地，修正着自己这一地鸡毛的日子。

　　在力的作用下，随着一声清脆的响声，洁白的雪地上，一分为二的白桦树段，瞬间炸裂在四叔的脚下。

　　一个成熟稳定的家庭，夫妻之间的标配，就像四叔脚下这一分为二的白桦树段一样。在意见不合、价值取向不同时，外力的作用，才是摧毁一个家庭圆满，最大的破坏力。

　　与这些理想和现实之间的木头比起来，生活相对来说可是宽容多了。它不像是切割木头时不容许出错，因为一旦出错，木头和斧头就全都报废了。而生活却有足够的空间，供我们去试错。只要不走出这个象征合力的同心圆，我们对自己就还有信心和勇气。

　　在当下的生活面前，四叔和四婶唯一能做的，只有努力地维持着，一个与理想无法形成对称的平凡世界。

　　随着时间的推移，生活一点一点向前走，日子在支撑着他们努力向好的同时，又一次次地跌落在一个个不可预见的虚空里。它们在四叔和四婶不能掌控的际遇中，一点一点地向远处蔓延。

　　四叔挥舞着斧头，将脚下切割好的白桦树段一个个劈开，再将它们劈成一块块细小的木柴。四叔劈得很起劲，也很用力。他一下接着一下地，上下挥舞着斧头，把所有的关注都放在了脚下那一块块的木块上。

　　一个个白桦树段，在四叔抡起的斧头下，瞬间炸裂。白桦树段一圈圈的年轮，仿佛在提醒着我们，年关近了，我们的生活又向前走了一步。

　　岁月磨平了四叔身上的棱角和锐气，庸常的日子，也送走了他怀揣了很多年的诗和远方。现在的四叔，他的身上早已找不到一丁点儿当年四婶爱上他的样子了。活着活着，四叔的脸上似乎只剩下了一种表情。他很少笑，总是冷着一张脸，以至于北北和方方看见四叔的时候，总是会不由自主地绕着他走，生怕一不小心惹恼了他，招来他的一顿呵斥。

四叔对我很好，只有在和我说话，或者是在询问我的成绩的时候，会在脸上露出一丝笑容。他有时还会叮嘱我，一定不要荒废了学业，将来走出这个大山。

在四叔的叙述里，我的眼前仿佛会看到大山外多姿多彩的生活，还有那些在电视里，才能看到的高楼大厦。其实，我也不知道，自己有没有那样的能力，走出层层叠叠的大山。但是四叔却是第一个，给我描绘出人生未来走向的蓝图，给了九岁的我希望和憧憬。

在尘世的喧嚣里，我和北北作为人间百态的高感知人群之一，在大多数同龄人还完全不懂人生难易、生活艰辛的无知年纪，命运就早早地，让我们读懂了人生的立体几何。生活在让我们看到它正面的同时，也被我们洞察到了它隐形的背面、侧面和里面。并且不容我们拒绝地，带领我们过早地，跨出了自己的童年。

岁月偷走了四叔心中的那一束光，一地鸡毛的生活把他的脾气打磨得又急躁又粗糙。静下来的时候，他经常会对自己感到陌生，怀疑岁月是不是使用了移花接木的魔法，将他的前世和今生，进行了偷梁换柱错位交换。

雪越下越大，我和北北欢笑着，乐此不疲地在大雪里跑来跑去。不是为了玩耍，而是因为生活。我们需要协助大人，把劈好的木柴，整齐地码到栅栏一侧的柴垛上。

我和北北比赛，看谁能最先抢到四叔脚下劈好的木柴。我们需要将那些木柴抱到院子东侧的栅栏边，整齐地码到柴垛上。我们来回奔跑着，想要以最快的速度，让苦难在欢乐面前甘拜下风。

很多时候，我喜欢看着四叔对准白桦树段，在那个树的年轮中间，那个写满了生活的圆圈部位，高高地举起斧头。随着手起斧落，一声清脆的声响，白桦树段一分为二地炸裂在四叔的脚下，就像是四叔碎了一地的生活梦想。

不一会儿，四叔眼下劈柴的速度，明显已追不上我和北北劳动的热情。柴垛越码越高，我们在大雪纷飞中，渐渐地与大地都变成了白色。

北北跑着跑着，突然，他被脚底下的一块木柴，绊了一个趔趄。北北无法控制正在奔跑的惯性，跌跌撞撞地朝正在劈柴的四叔扑去。

正在聚精会神地劈着木柴的四叔，身体被北北的两只胳膊一扑，斧头猝不及防地转移了方向，顺势向四叔的左脚踝飞去。

下一秒，只见四叔扔掉斧头，一脸痛苦地蹲下身，双手死死地按在脚踝上。在北北惊恐的哭喊声里，我看见四叔脚下的雪地上，被四叔指缝里涌出来的鲜血，瞬间染红了一片。

听见哭声的四婶，惊慌地从屋子里跑出来，忙着用手里的毛巾捂住四叔的脚踝。我和北北吓得面色惨白，团团围在四叔的身旁，在高低起伏的哭喊里，释放着我们的惊恐和悲伤。

那天下午，院子不大，我和北北的哭声却很大，仿佛穿透了我们九岁那年的整个冬天。

一分为二的路径

时间一去经年，此刻的白桦林，那一棵棵素颜美好的白桦树，正在寂寞地飘落着奶黄的叶子。它们在轻轻地提醒我向泥土深处扎根，向蓝天高处眺望，帮我一一找回那些青春走过的日子。

在人群里，笔直的腰杆往往是用底气撑起来的，这些道理对于北北和我这样的人来说，我们比任何人都有深刻的体会。在高高的白桦林里，有我们几代人的青春和迷茫在流浪。从本质上而言，人与树也充满了相似性，越是向往高处的阳光，根就越要伸向黑暗的地底。

同样从一个大山里走出来的北北和我，后来却在不同的选择里，分别站在了中国南方和北方的土地上，开始了不一样的人生。

毕业后，我和北北一样，都留在了自己读书的城市工作和生活。明明知道等待我们的未来，会充满一个又一个的艰难，但我们仍然选择了像白桦树一样高傲、笔直地生长。期待有一天，通过自己的努力，可以真正地融进一座城市，在繁华的城市一隅安家立业，向生活争取自己想要的幸福。

南京和济南，在严格的地理意义上，虽然距离并不遥远，但我和北北在读书的那些年，却从没有跨越过自己的地理界线。在时间和经济的局限里，我们只是在想象里，去探访过对方的城市，却从没有用脚步，去试着找寻另一种可能和存在。

在济南的日日夜夜，我时刻都感觉，自己每一天都像是在挣命。工作后的第一个月，我小心地揣着自己人生中的第一份薪水，在舜耕路立交桥附近的一个自行车修理铺，花六十元钱买来了那辆二手自行车，它载着我在每天的晨昏里，风里来，雨里去。我在自己无法掌握的命运面前，奔波在济南这座城市中，渴望着有一天，生活和好运能够撞个满怀。

时间在我们的忙碌里过得真快，转眼就到了冬天。满满的生活热情，在单薄的物质面前，也终究难以抵抗大自然的寒冷。

夜深了，城中村三层楼的青年公寓里，大部分房间里的灯，还都在不甘示弱地亮着。一个个门窗玻璃上透出的那些昏黄的灯光，投射出我们这些因为梦想，而选择留在这个城市打拼的年轻人，心中那不甘熄灭的，一束束发散的光。

时间和自由似乎只有在夜晚，才可以真正地属于这些济漂一族。在夜晚，我们才可以有资格让自己暂时地放下焦虑，不必担忧被生计追杀。

夜深了，我围着厚厚的棉被，盘着腿坐在 12 月的冬天里，在笔记本上一项项列出需要购买的生活用品。床头的小录音机，循环播放着我百听不厌的校园民谣。

若干年后，当我再回顾那一年的生活情节才明白，其实，那时候的自己，虽然双脚已踏进了社会的洪流里，但在自己的心里，却仍然停留在上一个时段，没有从校园的心情里完全走出。

每晚坐在我的小床上，安静地做着自己需要做的事情，似乎是我在当时那几年，最幸福并享受的时刻了。我舍不得早点进入梦乡，争分夺秒地想在清醒的时刻，仔细地享受每一天难得的宁静时光。我贪婪地索取着一床小小的电热毯传递给我的温度，享受着生活馈赠给我的短暂的岁月静好。

头顶上，那只二十五瓦的电灯泡，无精打采地发散出微弱的灯光，在昏暗的夜色中，闪着虚弱的光芒。我和我年轻的邻居们，在半独立半捆绑式的生存模式下，共同依存在这个城中村三层青年公寓的庇护之下。

为了节省购买电表的开支，房东这个总设计师按照理想的电路分工设计，每一层楼共用一个电表，每个房间的用户每月产生的电费，也均打包笼统地计算在每个房间的房租里。这一切让房东和房客，从一开始建立的合作关系，就暗自存在着较量。每一方都在各显神通，用尽各种办法，追逐着自己的便利。

除了灯泡和电褥子的正常使用外，烧水做饭在房东的规定下，一律使用液化气或者蜂窝煤炉自行解决。为了防止大家额外用电，房东总会在晚饭时分，以关心慰问的方式，出入在各个房间侦察敌情。

我的房间里，已经好几天没有看见炊烟了。蜂窝煤早就用完了，可是我还在每一天的早出晚归里，无法利用白昼的时刻，挤出一点必要的时间，去进行有秩序的生活储备。

没有人能够体会，在12月的冬天里，人间烟火的气息，对于一个渴望光和温暖的人有多重要。一连几天，"炊烟"这一个有温度的词汇，都死死地占据着我的大脑，走哪儿跟哪儿。我得让它尽早出现在我的黑夜里，唯有烟火和灯光，才能在这些漫漫的长夜里，让我不会感到寒冷和苍凉。这是我目前在精神上，唯一能够自救的方法。

明天就是星期天了，每周一天的休息日终于走近了。我在昏黄的灯光下，认真地一一列出和生活有关的每一个词汇，精打细算地压缩着正在逐渐递增的每一项生活需要。

窗外，风在爆炒雪花。寒凉正一点一点地透支着房间里储备的那点单薄的热量。冷，正一寸一寸地，渗透进我的皮肤，慢慢地，它们越来越强烈了。

若隐若现的精神坐标

今年的雪下得很厚，就好像是故意将我的回忆埋得更深一点。

后来的北北去了哪里？我一直都知道，四叔和四婶也知道。但我们从来都不愿意正面回答这个问题。我总是觉得，这个世界上最懂北北的人就是我。因为他是和我一样，用尽全力去背离村庄，不愿意再走近过去的那个人。

那一天上午，九点钟的青年公寓走廊里很安静。楼道里的烟火气息，还都在窗外的阳光下沉睡。好不容易盼到了休息日的邻居们，一个个还都在熬夜后的满足里酣睡着。我穿梭一样地，来回奔走在三层楼的上下楼梯间，吃力地将买来的一百块蜂窝煤，一趟一趟地向楼上搬运。

一楼的楼梯口，我蹲在地上，小心地将一块块蜂窝煤球装满硬纸箱。正当我弯下腰，吃力地抱起一纸箱的蜂窝煤球准备上楼时，高大的北北竟像一束光一样，意外地出现在我的面前。他左肩膀上斜挎着一个鼓鼓的蓝色背包，右手拎着一方便袋橘子和香蕉，在阳光下，一脸得意地站在我的面前。

人生一世，宽路窄巷。在距离上一次寒假相见的一年后，在这个承载着我沉甸甸的梦想的城市里，我和北北竟然相聚在城中村青年公寓的楼梯前——这个承载着我清贫时代的宽窄之道。这一天相遇的情节，在过去后的很多年里，在每一个相似的冬天里，都会让我在一个个不经意里想起。

这些年，每当我在一次次的人生困境里彷徨时，北北的"会好起来的"那一句话，支撑着我度过了一年又一年，熬过了人生中最难熬的时光。那些让我早在童年时期就初识了的宽窄之道，却在意外中，造就和完成了我一生所需要的训练，让我获得了寻常人得不到的人生启迪。

北北循着之前给我邮寄公考资料时我留给他的地址，坐了一夜的绿皮火车，偷偷地来到我的城市看我。他想要带给独在异乡的我，一个大写的惊喜。可是，北北哪里知道，他带给我惊喜的同时，还有随之而来的惊吓。

灰头土脸的我，看着从天而降的北北，呆呆地愣在原地，好半天都没有缓过神来。我怎么也不敢相信，北北活生生地站在我面前的真实。在这个遥远的城市里，我竟然像做梦一样，在这么冷的冬天里，看到了这张让我再熟悉不过的笑脸。

看着呆愣着的我，满脸得意的北北伸出拳头，轻轻地擂了一下我的肩膀，一边笑，一边嘲讽着我呆愣的状态。

这个熟悉的动作，终于唤醒了我呆愣的意识。我放下怀里的纸箱，又惊又喜地走上前，支棱着两只黑乎乎的手，用手臂紧紧地拥抱了一下北北。眼泪也在这一瞬间，唰的一下，没有出息地流了出来。有惊喜，也有狼狈里的无地自容，还有怎么都无法隐藏的委屈和难过。

北北亲切地用左胳膊环拥着我的肩膀，又轻轻地拍了几下我的后背，安抚着那一刻百感交集的我。

那天上午，北北争分夺秒地帮我收拾着残局，又跑来跑去帮我引好了蜂窝煤炉。最后，他骑着我的"飞车"跑到附近的小吃街，买了两份东北菜，像一阵风一样又冲了回来。

在外求学、工作的几年里，我第一次像公主一样，被另一个人呵护备至地关心照顾着，哪怕只是短暂的几个小时。没有像样儿的饭桌，我们就地取材，找出我毕业搬家时，用的那个原本用来装复印机的大纸箱子。我又去邻居房间，搜寻来几张联想笔记本电脑的大广告彩页，我们一起蹲在地上，精心地点缀着彼时清贫的生活。

我负责两手摁住彩页，北北负责胶带的定位和前移。他将彩页之间对接的缝隙，小心地，一道一道地粘好。我和北北神情专注，仿佛在共同完成一件人生中的大事项。

这个似曾相识的情景，就像多年以前那个下雪的冬天，四叔在用独木锯截取白桦树段时，我和北北默契地分别用两只手摁在白桦树段的两端，防止它在木架上晃动一样。

不一会儿，一个好看的简易饭桌就精彩亮相了。饭桌上，一份热气腾腾的酸菜排骨炖粉条，还有一份黄绿搭配的葱花鸡蛋饼，浓浓地诠释着，我们久违的乡情和乡愁。

摆完这些，北北好像又想起了什么，他像变戏法一样，从背包里掏出一个毛茸茸的小玩具熊递给我。紧接着，北北又拎出一个大方便袋，将那些从南京买来的各种小食品，细心地摆在属于我的餐位面前。

一上午，我们的忙碌和北北的幽默，早就稀释和冲淡了我百感交集的情绪。我们欢笑着，在铺满阳光的简易饭桌前坐下。北北将一双卫生筷子塞到我手里的同时，还不忘记用我熟悉的嘲笑语气，有力地撑着我好奇的提问，命令我快点儿吃饭。

我在北北的温暖里，强迫自己将当时想一股脑儿倾诉给北北的一个个话题，又原路打回到了肚里。我和北北分别对坐在饭桌两侧，刚想吃饭时，却突然发现，忙碌的北北竟然只带回了炒菜，却忘记了买回主食。我们俩在这个发现面前，笑得前仰后合。

窗外的阳光，一道道柔和的光线，透过冰冷的窗玻璃斜射进房间，温暖地照在我和北北的脸上、身上和饭桌上。后来的时间里，我经常会想起那个冬天里的情节。我常常会想，在时间的前面，是不是很多像我和北北一样的人，他们在内心深处的宽窄巷之间，都选择了自己喜欢的经纬和细节来收藏，而把经历过的那些苦难与悲伤，通通地都变成习惯，挤出了心门之外？

北北边笑边甩着他的两条大长腿，"咚咚咚"地跑下楼，一步跨上靠在楼梯口的自行车，像风一样，又转瞬间跑远。

那一顿饭的经济输出，对于刚刚参加工作的我和北北来说，是属于我们共同的奢侈。在彼时月薪刚过千元，生活还处在一贫如洗的我们，如果不是因为这次相聚，无论是北北，还是我，我们无论如何也不会舍得对自己这样奢侈。而且，加上此次往返于两座城市的车费，这一天的消费支出，足以占据了北北月薪中，一个为数不小的比例。

后来的日子，每每会想起那个简易餐桌上，那顿奢侈的午餐。直至今日，我都会觉得，那是我吃到的最有温暖也最难忘的家乡饭菜了。

一束光照亮的远方

美好的时光总是过得太快。那顿午饭，我们硬是在午后拉长的阳光下，在不容易结束的热烈对话里，将一顿原本十分钟就可以吃完的午饭，硬是守着饭桌干坐着，将时间拉长到了三个小时的维度。

北北还开玩笑地说，早知道一顿饭，可以吃得这么磨叽，就应该揣着一瓶二锅头来。那样的话，我们就可以一小口一小口地喝着，边喝边聊，喝完为止。

我笑着掉他说，要是喝醉了呢？喝醉了，我们第二天就上不了班。不能上班的话，公司不仅要扣掉一天的工资，月底的全勤奖也跟着泡汤了。这么大的损失，就不是可以用一天的时间来计算的了。

这一句不轻不重的话，将原本还在笑着的北北，瞬间拉回到了现实里。他停止微笑，表情开始变得凝重起来。我一下子意识到了他变化的心情，赶紧将话题又拉回到了我们熟悉的白桦林，还有那些和白桦林有关的一个个具体的日子。

在那样的青春时代里，大多数像我和北北这样，顽强地打拼在异乡的年轻人，我们最没有资格谈论的，就是时间和享受了。命运埋下的伏笔，早就注定了我们要在白桦林投射的一穷二白里起步。或许，还要在很长一段时间，沦陷在自己不愿意述说的，那些一个接着一个的种种艰难里，苦苦挣扎。

生活中，很多个像我和北北一样的人，后来的我们，走在自己好不容易才建立起来的，一个看似清晰的人生秩序里。面对许多有意无意的问询时，我们的沉默并非无话可说，而是对于我们的当时，真的是一言难尽。

时间就这样在我们由远及近，又由近及远的话题里，不可避免地转到了下午三点钟，也就是北北需要离开的时刻到了。

北北一直是一个做事条理清晰的人，他早已规划好了行程，在清晨刚一下火车，就买好了傍晚五点十三分返程的车票。他需要在第二天清晨上班之前，连夜赶回工作的城市。

城中村的公交车太少，等待的时间又太久，北北需要提前出发，去乘坐从城中村出行的公交车。而且，北北还需要再转乘两次公交车，才能到达列车出发的济南市火车站。

鸣着长笛的绿皮火车，哐当哐当地，载着北北离开了我的城市。它带走了阳光、美好的北北，也带走了我们在当时，谁也不敢说出口的不舍和牵挂。

北北上火车的那一瞬间，我很想笑着和北北说再见。当我试着想要若无其事地和北北说再见的时候，却发现自己并不敢开口发出声音了。我极力克制的不舍和悲伤，此时已全部挤在了我的喉咙里，只等我一张口，它们就集体一跃而出了。

站台上，我望着笔直地伸向远方的那两条平行的铁轨，它们就像在生活里，越走越远的我和北北。虽然我们有着人生的共同志向，却在不同的选择和方向面前，背离故乡和自己的情感，在世俗里规定的距离面前，在各自的方向里越走越远……

夜晚，回到寝室，我手捧着毛绒熊，呆呆地坐在那个北北在白天的阳光下，坐过的小马扎上。我不停地一遍一遍地，抚摸着毛绒熊身上的毛毛。在它鼓胀的肚皮上，我触摸到了另一种异样的感觉。拉开那道白色的拉链，我看到了卷成一团的印有"20"字样的钞票，不多不少正好十张。每一张钞票背面的空白处，都写着"会好起来的！"一行小字。

看着那些熟悉的字迹，我不想哭，可是眼泪却忍不住，像滔滔江水一样，淘洗着我的悲伤。我心疼地抚摸着那一张张带有北北温度的钞票，泪水一直在哗哗地流淌……

在以后的很多年里，每当我对生活感到厌倦的时候，我就会想到北北。想到他在南方的某个地方，生活着，存在着。而当年和我一样一贫如洗的北北，偷偷塞在小熊肚子里的——从他微薄的收入里，挤出的那十张 20 元钞票，我一直珍藏到了现在。哪怕在后来的很多个日子里，在清贫的时代里，生活陷入一次又一次的青黄不接时，我都从来没有出现过要去动它们的念头。

在这个世界上，生活并不是对每一个人都是公平的。人情像尺子，厚薄由人定。无论是工作环境，还是生活环境，那些冷暖各异的光，让我们深刻地体会着人间冷暖。

在密集的白桦林里，人们会根据树行的指向，判断向内或是向外的路径走向。前面的脚印，也就成了提示人们行走的接踵而至的路标。北北的前方没有路标，然而，北北却是一个最有方向感的人。他向着北方的反方向一往直前，离我们越来越远，也离我们的村庄越来越远了。

时间一去多年，北北留给我的十张钞票，在我的心里，它们与名利无关，却和青春的白桦林永远有关。工作和生活里，很多次，在我深陷人与人之间复杂的关系里，经历过各种显性或隐性的伤害之后，当我不相信生活还有真诚和美好时，看见它们，我又相信了。

2022 年 8 月 6 日初稿于北京芍药居

2023 年 12 月 6 日终稿于吉林白山

一条街的直角

时间不是解药，但解药在时间里。

——题记

一

在济南市的晨昏里，我常常想，这一生从这里走下去，我就会脱胎换骨，就会与自己出生既定的命运彻底割裂。甚至，我固执地认为，从那个大山里走出去，我将从此不再是山里人。

黄昏时分，被炙热的骄阳炙烤了一天的城市，此时，依然像一个巨大的蒸笼。在灼热里，向人世间供给着相对主义的另一种属性。视野里的城市上空，那一片片渐沉的晚霞，仿佛像一团火一样，把城市的大半个天空烧得通红。

距离离校还有最后一天的时限了，家境好的同学，大多都已在父母的社会关系里，找到了自己职场的最佳路径。他们从一出生起，就在隐形的阶梯密码里，置身于一种四周密布安全感的荫护。

其实，对于大多数像我一样的人来说，这样的话题，永远都是一个有些忧伤的话题。面对大山，学会沉默是多么重要的事。每每听到有人提及，我也总会用沉默来回避交流。因为，我实在是不愿意让自己经历的，那些好不容易渐忘的一些挫折，一次次地复活在这样的话题里，被再一次提醒。

这些年，每每对自己的过往进行回顾时，我都会久久地，沦陷于一种深重的挫败情绪里，无法自拔。对于自己一生都在致力于寻找的一种安全感，我也总是会在一种心理暗示下，以及那些来自四面八方的外界压力的双重作用下，陷入无声的溃败。

很多年过去了，尽管我已走在了自己好不容易才建立起来的秩序里，但是自己却不仅仅是走在路上，更是走在谋生的路上。在出生既定的命运暗礁面前，我时刻都在错位与纠正的纠缠里，承受着生活给我的一个又一个重创和提醒。这种显性的区别与两种不同的命运供给，足以鲜明地对应这些隐蔽的真实。

可我，最不想回的，就是东北的那个小城。我已经用尽了我的全部力气，从那里挣扎逃离，又怎么甘心，让自己去走回头路呢？

可是，如果不回去，剩下来的时间，我将要面对的未来，就是单枪匹马在这个城市，打拼自己的天下了。

此时的我，在这个供养自己温饱的物质世界里一穷二白，却痴想着自己有一天，一定要在这个省会城市里，打下自己的江山，有一套属于自己的大房子。

其实，有一套房子并不代表着富有。但有了它，这个城市对于我来说，将意味着我的未来，不再是这个城市里的那一串串想象中的省略号。而城市，也将不再是别人的城市。至少，我也算是这个城市的省略号中的一个点。

一套房子承载的内涵，足以缩短他乡与故乡的距离。没有房子，我就会连那个省略号中的一个点都不配。这一点，那些像我一样，凭着一穷二白，想依靠彼时那些掂不出轻重的豪情壮志，就想在一个城市扎下根的那些人，他们会深有体会。

"青春的花开花谢，让我疲惫却不后悔，四季的雨飞雪飞，让我心醉却不堪憔悴，轻轻的风轻轻的梦，轻轻的晨晨昏昏……

7月的泉城，校园里到处都充满着离别的气息。操场的草坪上，一直有人在弹奏着吉他，反复地低唱着民谣歌手沈庆的那首《青春》。每一句歌词，都代表了那个时代的我们，感受生活的每一寸情感纹理。

那些即将离别的校园情侣，正在争分夺秒地，在青春的年轮里，刻下爱情曾来过的痕迹。偶尔，还会传来有人在低低哭泣的声音。在这样的时刻，每一种声音，又都是一个逝去，或即将逝去的音符。属于我们的时代结束了，在这个承载着青春的操场上，下一个7月，不知道还会承载着，多少人的青春和离别。

我不由得想起了自己那把爱不释手的民谣吉他。来到这个城市读书的第二个学期，我用几个月节衣缩食的代价，清空了自己的库存，狠狠地攒足了自己的勇气。我从校园小街上的那个琴行里，一次性消费，买下了那把痴想了许多个日子的民谣吉他。

每个周末，我和同伴一起去邻校的大教室里，和那几个理工男一起，在老师的指导下，学习弹奏那首让自己如痴如醉的《青春》。

我在草长莺飞的5月里，从长计议着我的恋情。我必须抄近路，尽快学会这首曲子，把它送给那个喜欢穿白衬衫，长得干干净净的理工男。他与我的距离，需要斜穿过这个充满文化底蕴的城市。在地理的跨度上，我们之间彼此的爱恋，仅限于在一眼万年后，又在慌张的躲避中，无处安放的眼神里交流。

在青春的快节奏里，从昨天延续到今天，我们却从来不敢去想明天。在那个情感既干净又纯粹的学生时代，尽管在一个城市，我们却每周都需要以绿色邮筒作为载体，用带有彼此温度的书信，作为情感传递的唯一途径。

说不清从什么时候开始，每个星期写一封书信这个习惯，已成为我们在这个城市里，彼此之间最美好的期待和等待。

写的书信多了，有些情节开始变得轻飘飘的。我不知道是自己的情感进入了盲点，还是他的重心误入了盲区。当我们习惯用一种语言，去描述另一种生活时，感情似乎已在彼此的在乎里，渐渐地发生了错位。

二

在泉城，我们走得最近的距离，就是济大校园门前那条街上的，102有轨电车上的距离。IC卡电话的排队等候，诉说着无尽的归期。无处安放的焦虑，对我来说，却度不过内心的层层诘问。

傍晚，我一直在校园的甬路上徘徊，心里慌慌得像长满了草。我仿佛正走在一个经纬难分的人生十字路口。我不知道哪个城市属于我，当然，我也不知道自己属于哪个城市。遇见一个人之前的那种情感上的无依无靠，已在冥冥之中的相遇之后，进行了悄然换位。

我没有做好心理建设，可是，一个时代的结束，却在瞬间就在我的心里，建起了一座坚固的高楼大厦。

当你是一个人的时候，你的使命是让自己优秀。当你成了那个人身边的影子时，你的使命是让身边的那个人幸福。

随着乔梁那张入学录取通知书的到来，我们的恋情就注定要散场了。山大硕士研究生响亮的招牌，无时无刻地都在提醒着我，自己和乔梁之间的差距。随着越来越浓重的迷茫，我已经人为地，为我们的未来，划了一个清晰的分水岭。

在这个繁华的城市里，我一穷二白。我望着这个城市里的高楼大厦，它们却没有一平方米的空间属于我。未来会是怎样，我在心里默算了无数次，最终也没有能力确定，在人生的哪一个小数点上，可以进行删节。我在晕头转向中，决定选择忍痛割爱。

我不是一个对未来拥有定数的分子。换句话说，我清楚地知道，自己没有能力，去承担生命中的下一段遗憾。因为，最后的最后，说不准哪一天，我们终究要离开这个共同熟悉的城市彼此单飞。

或者，更确切地说，我是因为浓重的迷茫情绪，决定要放手这份其实在自己的心里，却一辈子都刻骨铭心的，干净而又纯粹的恋情。在那个时候，在我自以为是的认为里，或许放手，才会永远留住美好。

同样，凭着乔梁的优秀，在这座繁华的城市里，他会拥有更好的未来。而我，只能去拖他的后腿。毕竟，这个城市一直是属于他的城市。但这个城市，却从未属于过我。在这里，我一直都是过客。

很多年以后，当我再回顾青春，将那份发霉的遗憾，再次从内心深处拎出来，放在太阳底下晾晒时，心还是会疼了一下又一下。那些不愿离开的久久凝视，没有经历过的人，永远不会知道。

在那个迷茫的阶段，物质的贫穷，在某个关键的时候，真的能耗尽一个人几世的轮回，去摧毁自己努力维持的尊严。当一个人不幸福的时候，那份久违的情感体验，还总会时常带着嘲讽，不时地拱出记忆的缝隙，去捕捉旧时光的气息。

白杨、红墙、青瓦还在，矮墙、斜檐也依然照旧。耳边歌手老狼的校园民谣，在时间的见证里，却早已变成了青春来过的痕迹。从分别那一刻起，我们彼此的人生轨迹便已经分开，彼此都越来越陌生了。

起风了。回过神的时候，我们已经走在了各自的婚姻路上。量身定制的命数，也被解读为婚姻最好的诠释。若干年过去，五毒俱全的婚姻，催熟了一个人的成长。随之而来的，也将一个人一向引以为豪的双重能力，消耗殆尽。

成家后，我们身不由己地陷入日子的庸常。成年人的世界，柴米油盐变成了生活，百般滋味也只有尝过以后才知道。每个人都不容易，既想把孩子教育好，也想把父母照顾好，还想挣很多的钱，想什么都顾到，最后却什么都没有做好。

夜深人静的时候，过往的记忆还会时不时地打着转，拎出当年现场的细节，提醒着我们那些青春曾来过的日子。每每这时，总会让人一边感动，又一边遗憾，就连时间都拿它再也没有了办法。

我常常想，如果没有中间空白着的那些年，我们的未来，终究会是怎样？

三

毕业初期，我留在了自己读书的济南。学校大门一关，将曾经心比天高的我们，流放到了社会这个角斗场。

我始终认为，如果不出意外，济南将是我从此工作、生活一辈子，甚至在自己死了以后，也都要埋在那里的地方了。只有我自己能够感受到，这个城市对我的影响和渗透，早已远远地超越了北方的那个小城，甚至超越养育了我十几年的村庄。

在所有的同学中，我是最后一个离开校园的那个人。我一个一个地将同学们送走，却拒绝任何一个同学送我离开。我从来都不习惯送行，哪怕在送走一个又一个同学的时候，我也是硬着头皮，极力地掩饰着自己的离愁别绪。

　　我承认自己的倔强，看着他们一个个走进离别的车站，脸上挂满了泪水，我却不愿意流下一滴眼泪，在他们面前轻易示弱。

　　实际上，我早已经在毕业晚会的那个夜晚，在一场酒醉之后，提前释放了自己的忧伤。彻底地清空了我轻易不肯示人的脆弱。那晚，我喝得不省人事，我的倔强从不允许我轻易示弱。只有在大醉一场之后，我才敢做内心最真的自己，袒露内心最大的不甘和痛苦。

　　回到寝室，我一头栽到床上，蒙着头，在摸不清深浅的情绪里，不知道哭了多久。后来，只记得在半夜里，我听到耳边传来一阵阵急切的呼唤。

　　睁开眼，我看到围在我的床前，室友们那一张张真诚的脸。看着她们，我突然有些无地自容，开始后悔自己没能很好地掩饰自己的脆弱和忧伤。我挣扎着坐起来，试图下床去走廊里走走，却被她们死死地又按在了床上。在她们的命令里，我再次进入了宿醉的酣睡里。

　　分别的这一天，真的不可避免地来了。

　　现在，我一个人走在返回校园的路上。来来往往的行人那么多，却再也没有一张熟悉我的，还有我熟悉的脸孔了。这个城市有那么多人，却再也没有一个人，像他们一样去熟悉我了。

　　想到这里，我的眼泪再也没有能力隐藏了，它们没有出息地流了出来。我边走边无声地哭泣，再到后来，我已经无法再继续独撑过程了。反正再也没有人认识我了，索性就出声地抽泣吧。

　　我不想回到寝室，没有人的寝室，我不知道对我还有什么样的吸引力。自己又能有多少勇气，去独自面对那种凄惶的孤单和苍凉。

　　我突然开始那么强烈地想念乔梁。在这个城市的空气里，至少还有一个熟悉我的人，还有他的气息存在。我认真地呼吸着，仿佛真的可以在透明的空气里，找到其实我并不熟悉的味道。其实，除了那一次，在拥挤的 102 有轨电车上的紧密相挨，我们根本就不熟悉对方身上的味道，更别提要去辨别一个人的气息了。

那把八成新的民谣吉他，被我以低于成本一半的价格，卖给了一个斯斯文文的学弟。以后的日子将写满生存，诗和远方对于我来说，则太过奢侈。目前自己唯一能做的，就是把心爱的物品，找一个珍爱它的人，为它寻一个最好的归宿吧。

想到这里，那些被自己雪藏的眼泪，终于流了出来。那是我有生以来最不顾形象，也最淋漓尽致的一次哭泣了。从那一次以后，在人生的每一次难过里，我除了默不作声地流泪，似乎再也没有好好地哭过了，直到现在。

我孤零零地坐在校园第三食堂门前的长椅上，面前总会有一些学弟学妹，从我面前三三两两地经过。他们似乎很懂我的忧伤，没有让我觉得难为情。或许他们也会明白，今天他们看到的一个人的流泪，即将是他们在未来的日子里，也同样属于他们的，那些离别的预演。

生活突然一下子就清空了。在这个城市里，友情和恋情都走了。从那一刻起，我的情感轨迹开始逐渐偏航。尽管自己早就做好了心理建设，可是，在当时我却承受着，自认为有生以来，经历的最大等级的疼痛。从来都表现得坚硬如钢的我，那个夜晚却在彻头彻尾里，卸下了自己伪装的坚强。

在一顿难以掩饰的情绪输出后，我一边崩溃，一边努力地自我治愈。这样，我才可以让自己不再虚空，再一次还原拥有追求诗和远方的前提和能力。

泉城的 7 月，在越来越沉的夜色里，渐渐地变成了虚数。转身离去的人，让时间又虚化了一些。

四

现实下手往往毫不留情。离开学校以前，我对工作后的向往全都是美好。离开学校之后，我才发现，等在自己前方的并非坦途。那些看得见，抑或是看不见的，一段段弯弯的隧道，或长或短，都与艰难和迷茫有关。

现在，我从那座又高又气派的 7 号学生公寓走出。再过几个月，寒冷的冬天就来了，这座公寓的温度会不会一直陪着我，让我在这个城市感觉不到冷，还会不寂寞？

从拎着行李踏出学校大门的那一瞬间，我就知道，自己今后的生活就如同退潮，所要面对的情况就不一样了。

离开校园的时候，我将自己所有的行李一件件搬上了出租车。关上车门，我扭头最后看了一眼，那个留下我最美时光的校园。此去一别，则意味着从此我将置身事外，与这里八竿子再也打不着边了。

工作初始，薪水微薄。为了节约开支，我租住在济南郊区的青年公寓里。每天二十四小时的宝贵时间，仅上班下班乘坐公交车的时间总和，就会消耗掉一个多小时的时间。而且，从另一个伸缩性上来讲，还意味着生活与现实的另一种投射。

远离济南城市繁华的城中村，三层楼的青年公寓，沿着逼仄的楼梯走上三楼，一条不太宽的楼道，隔开了南北租户的等级差别。每个房间的大小，均在十平方米左右。楼上楼下的每个房间，大多都住着刚从学校毕业，彼时一穷二白，却倔强地留在这个城市艰难打拼的年轻人。

路过一个个打开的房门，看着室内的简单摆设，我就知道，他们同我一样一贫如洗。这也意味着，眼前的生活，将让我与他们同病相怜，且又紧密相依。这种生存状态让我们相互依存，同时又让我们彼此爱惜。

当我的脚步穿越走廊的烟火，一步一步抵达生活的深处时，再厚的滤镜，也掩盖不了那些青春的清贫。

走廊里，第三个房门前，一个戴眼镜的男生，正在忙里忙外地准备着晚饭。几个和他一样年轻的男青年坐在房间里，正在热烈地讨论着 IT 行业近期的市场行情。看来，住在这个公寓里的这些人，大多是我的业界同行了。

在这个城市西南侧的城中村里，类似于这样的青年公寓里，大多住着在山大路科技一条街上工作的青年群体。处于城与乡过渡地带的城中村，蕴含着不同形态的生活方式，它就像生态学上的一个过渡地带。由于房租和生活成本相对较低，给了许多像我一样，想要更多自由和自主探索生活的人，更多的可能性。

在这个城中村里，外来居住人员比例，远远大于本地人的一半以上。附近的小商铺，也大部分被外地人占了半壁江山。这些城中村位于繁华城市的边缘，因为有了这些白领居民的存在，创造了在这个城市里，一种特殊的生活氛围。

毕竟，当下的生活环境，也只是一种暂时的经历，每个人的心中都潜藏着野心和梦想。房子是租的，但生活不是。居住在哪里也并不重要，重要的是对自由和美好的向往和追求。总有一天，这个充满包容的城市，会伸出温暖的手，将我们推向一个更高的平台，加深我们与这座城市的连接。

从走廊的东头走到西头，仅一个来回的工夫，我已经对三楼的整体情况，进行了大致的摸底了解。

如果根据房间的南北走向，以及房间的大小和布局，来划分等级的话，整个三楼的九个房间里，除了仅剩下的那间走廊北侧的房东女儿的房间外，那几个男青年的房间，则是这个楼层最大的一个房间了。从

ABC 等级划分上来讲，他们的居住条件，可以称得上是 A 级的高级待遇了。

房间靠南，阳光地带下的十几平方米的房间，靠近南北墙，分别摆放了两张上下床铺。两张床铺中间，两张不大的电脑桌上，摆放着的两台 DIY 的组装电脑。环顾四周，我敢断定，这两台电脑则是他们在这个房间里，最值钱的家当了。

房顶是倾斜的，一个不太大的窗户，两条干净的蓝色窗帘，自然地顺垂于两侧，提升了整个房间的颜值。窗外八十厘米左右，一棵高大的法国梧桐，与他们日夜守望，宽大的叶子伸手可及。房间虽然简陋，但布置得却干净整洁，刷新了我之前对男寝惯有的印象。

走廊里，离房门最近的地方，一个小小的蜂窝煤炉子，正在热烈地上演着这个公寓里热闹的烟火剧。炉灶上面坐着的小铁锅里，煮着的半锅清汤面条，正冒出丝丝缕缕的热气，传递着这个楼层的烟火气息。炉子里面燃烧的蜂窝煤火，仿佛正是他们在这个城市里，所有的清贫和不甘。

彼时，来自五湖四海的我们，乐观地生活在富裕的盲区里。我们停留在这个实现梦想的起点上，期待着努力过后的美好信号，能够早点穿越迷途，向我们款款走来。

五

对于城中村的白领居民们，假装体面则是我们最后的倔强。

刚刚走向社会，出于囊中羞涩的困窘，留在这个城市的年轻群体，大多会像我一样，毫不犹豫地选择城中村，作为自己在这个城市的栖居之所。这些人居住在这里，经历着工作探索、经济困境，以及内心的一次次挣扎。

居住久了，彼此渐渐熟悉起来。这种宛如第二个学生公寓的亲切而热烈的居住氛围，渐渐地荡开了我初入社会的迷茫和不安。

城市接纳了我们，却没有给我们太多的包容。挣扎与彷徨是这个城中村的白领们所面临的普遍问题。我们虽然生活在这个城市，却几乎没有时间去享受城市的繁华，也无法融入城中村的社会生活。长时间工作的高强度，让我们每一天睁开眼，就陷入了奔波与忙碌。这种工作与生活之间的矛盾，让生活在这里的每一个人都面临着巨大的内心挣扎。

白天的走廊里总是静悄悄的。每天天一亮，匆忙的生活情节，就在走廊里打开了。睡眼惺忪却又脚步匆匆的我们，端着自己的洗漱用品，不分秩序地挤到水龙头前，争分夺秒地洗漱完毕后，在匆忙的告别中，骑上自己的"飞车"，奔向四面八方，向繁华的城市中心奔去，奔赴自己在这个城市的工作岗位。

我们白天在城市的数码港高楼里办公，晚上强打精神，疲惫地回到城中村。这种复制的生活状态，让我们不得不在两种截然不同的生活之间，反复切换。

时间久了，我常常会对自己的生存状态产生疑问。长时间面临的挑战和困境，让我一度陷入内心的挣扎。我期待着更好的生活，而不是每天这样一睁开眼，就挣命一样地往返于居住环境与工作地点。两者之间存在的巨大反差，让我的生活充满了太多的不确定性。

城中村的生活虽然宁静，可我真的不想长久地陷入一种蜗居状态里无法摆脱。但是如果搬离了城中村，时间压力变小的同时，我面临的又是巨大的经济压力和社会压力。这种在工作的追求和生活之间的内外矛盾，无时无刻不让我陷入复杂的情感挣扎中，无法自拔。

在彼时那个充满奋斗和激情的城市里，对于在济南漂泊的我们来讲，以我们当时的收入，起码最少要在五年之内，我们都会因济南的高房价，而不能被这座省会城市真正地接纳。

作为城市边缘人，在当时，我们谁都不知道，自己的选择到底是对还是错。学校所渗透给我们的知识，也从来没有关于人生选择的正确解法。

那一年，济南的冬天真冷。每天清晨醒来，我租住的小屋里，脸盆的水面上，总是结满一层薄冰。每晚回到城中村，回到一个人租住的小屋时，小小的蜂窝煤炉子，很多时候煤球早已燃尽，房间里异常地冰冷。

为了让房间能够有一点温度，我总要举着一块煤球，楼上楼下地奔走，小心翼翼地敲开邻居们的房门，四处引火。有时，因工作加班太晚，回到住处时，邻居们早已压实了燃烧的炉火。扛不过寒冷侵袭的时候，我会举着一块煤球去村庄里。一路循着灯光，硬着头皮，敲开一个个还在营业的店门，前去引火。

时间久了，附近的邻居们都已经认识了我。总有些人会在我下班之前，早已帮我引好了蜂窝煤火。只等我敲开房门时，他们会给我一个温暖的笑脸。为我递过来一块火红的蜂窝煤球，温暖着那个冬天，独在异乡找路的我。

多年以后再回顾那个冬天，我总会暗自庆幸，人与人之间的社交界限，打开的方式有很多种。而我与城中村的邻居们，彼此打开心门的载体，却是一团发着光的火种。这种小心翼翼地交接，让漂泊在济南的我们，拨开了表面的冰冷，随着温度的一再潜入，让生活依旧拥有了滚烫的滋味。

曾经，很多人的梦想，都是从城市开始，但却在城中村结束。这里的很多人，也包括我自己。如果一个人没有钱，城市相对来说，也只是城市。可是，在那个一贫如洗的青春时代，租住在城中村的我们，每个人却都在用自己独特的经历和人生故事，在自己曾短暂停留的地方，生长出自己独有的本真底色。

原来，每个人都是有温度的，只有和不对的人在一起才会冰冷。

六

那一年下班后，我的小屋里总是放着王杰的《英雄泪》。都说喜欢的歌曲，总是与自己的心情极大相关。对于这一点，我总是深信不疑。那一年，那个冬天的苍凉，在我的记忆里刻骨铭心。

没有人知道，在那样的冬天里，我极尽努力地，去维持着自己最大的体面。在我的内心里，我是那样地渴望温暖，渴望将来有一天下班后，也能如济南这座城市里的大多数年轻人一样，在自己的城市里，也能有自己的房子，还会有自己的家，家里有温暖的灯光在等我。还会有炊烟，有歌声，有笑语，有十指相扣的温情，也有发自内心的呵护与关爱，在一个不大，但充满温馨的家里满满盈荡。

可是，城市的万家灯火，承载的也只是我不能够确定的年轻梦想。

毕业初期的经济拮据，常常会让我陷入一个接一个的困窘之中。我经常会有因交不上房租，红着脸在房东面前，为自己争取延期交租的窘迫。还有生活因种种原因经济链断条，而进入青黄不接的一贫如洗。更有为了所谓的自尊和羞涩，在虚弱里硬撑着，宁愿几顿没有饭吃，也难以启齿开口借钱的凄惶。

不想上班的时候，我会羡慕那些医院里的病人，羡慕他们不用每天睁开眼，就挣命一样朝外奔跑。至少，他们可以躺在床上，有人照顾他们的饮食起居，还可以吃到自己喜欢的美食。更重要的是，他们不必为每天会发生什么而担忧焦虑。

那些日子，为了心中那个年轻的梦想，我每天都充满激情地，奋斗在那个别人的城市里。工作之初的一穷二白，也从未让我感觉过生活中的苦和累，更没有磨灭过自己想在那座城市扎下根，渴望一切能够反转的向往和斗志。

随着细节的不断深入，我坐在渐沉的夜色里，清点着被时光收割的往事。渐渐地，窗外的寂静，也被雨声掩埋住了一切。

生活中，面对大山，学会沉默是多么重要的事。因为不只是我，很多人也都是这样，在生死这条线上，带着残缺的心愿，裁剪着梦的补丁，缝缝补补一辈子。

毕竟，人生无常才是正常，这是世间的本质，也是生活的真相。毕竟，我们还要攒足了力气，去眺望远方。

七

我们的一生，不过是无数个习惯的总和。就比如，如今的我，面对各种有意无意的询问，我总是会选择避而不谈。

至今，那些情节已离我很是遥远。这些年，我从没有对任何人讲述过自己当时的艰难，更没有向父母吐露过一字一句的不容易。尽管自己也知道，他们也曾埋怨过我的不懂事，抱怨我不懂他们的担忧，责备我的杳无音信。可是，他们哪里又会明白，我原本没想要过的倔强。

这些年，怕父母担心，无论是写家书，抑或是打电话，我也从来都是报喜不报忧。在自己工作的城市里，我撑过了一个又一个艰难的生活片段，也熬过了一个又一个所谓的生活的真相。但对于这一切，我却对父母，从来都是只字不提。每一次，在他们充满担忧的询问里，我的嘴都像是涂满了强力胶，避而不答。

有些事，吐出来有矫情的嫌疑，咽下去又呛得喉咙生疼。百般委屈和辛酸涌上心头时，话到嘴边，又觉得不值得一提。人总是执着于第一眼就认定的东西。曾经以为，凭借自己的优秀表现，哪怕异乡的房梁和屋檐，把生活压得再低，我还是会觉得生活会柳暗花明，有另一片天空和希望。

可是，这个世界往往事与愿违。人的一生，总有几个关键节点，在某一时刻被改变。正当我逐渐走出生活困境，在向好的职业轨迹上顺利前行时，时间这个分配大师，却在隐形的暗示里，切断了我行走的另一个路径。

2005年8月，正当我刚刚走出职场探索阶段，一切都在转弯向好时，一纸通知书发放到了我的手中。在人生的十字路口，我又一次陷入了生活布下的迷阵。

不管是向左，抑或是向右，无论是哪一种选择，我都没有办法，让自己做出决定。毕竟，在这个世上，很多人，很多事，都不能离开彼时彼地，去单纯地判断或理解它。因为，很多事情的确是无法用对错去说清楚的。

那天下午，天空下着雨，我约上留在济南的同学，漫无目的地徘徊在山大的校园里。我们顺着校园的那条直角街一直走，走过来，又走回去，一直走到天黑。当我们再一次从那条街的直角处转弯时，恰好听到了从洪楼教堂传来的钟声，每一声都敲在了我的心门之上。

这一刻，我似乎明白，在这个城市里，我之所以将工作重心一直放在山大路，自己坚守的，其实从头到尾，似乎都是一个死结。这里是我自己的反方向，而现在，我需要从另一个方向里找回自己。比如，不省人事的酒醉。或许，酒醉之后，我才会有足够的勇气，去尝试另一种人生。

毕竟，未曾体会过的机关生活，正在带着蒙娜丽莎的神秘，在远方吸引我，去打通与我彼此陌生，甚至对立的那个世界。

两条宽阔的公路，交叉着穿过这个郊区的村庄。这个城市里的风，还有那些我确认过的眼神，它们成了我在济南最后一眼的记忆。

来到济南市火车站的时候，天空的细雨，让济南 8 月的炎热，退隐了一步。也使我的生活，往深处走了一截儿。

随着人潮如流的旅客，我拖着精简的行李走进站台。绿皮火车上，我踮起脚尖，费劲地将行李放到行李架上的那一瞬间，仿佛看到了前方正在等着自己的，那么多的陌生与无助。这意味着，我的现在与今后，正在互相设局。这座慢慢地成就了更好的我们的城市，将从此不再属于我，我的眼前也只剩苍茫。

想到这里，内心再也无法按住忧伤。突然就流了下来的眼泪，涤荡着我内心太多的不甘。我知道，青春的指缝里，在卸下梦想的绿皮火车上，我注定要成为一截儿名副其实的木桩，深深地扎根于北方的那座慢时光小城了。

八

在快时代里慢下来，并不是一件容易的事情。在一直保持慢节奏的小城，想要做一个真实的自己更不容易。

曾经，怀揣梦想的每一个"我"，也都是"我们"。后来的我们，每个人最后也都没有逃脱过，人、岁月和角色的交叠。很多时候，成年人的无奈就是，即使自己极尽努力地想把周围的一切都照顾好，却在这些忙碌里，丢失了真实的自己。

工作环境里，一个人要时刻做好准备，将自己变成多面手，随时迎接来自四面八方的工作任务和角色。不仅要全力以赴将工作做好，还要时刻照顾领导和同事，以及自己身边很多人的感受和情绪，却唯独忽略了自己的感受。每一天看似波澜不惊，实则内心时刻都在隐藏崩溃。

家庭环境里，一个人时刻要保持蓄势待发的状态，随时切换着生活所需要自己的各种角色。既要保证工作的大旗不倒，还要施展出孙悟空三头六臂的魔法，极力应对来自四面八方对自己的诉求。仅仅把这些做好还是不够的，一个人还要挣很多钱，保证生活的基本需要，应付突如其来的变故，提高生活向好的生活品质……

近些年，随着经历的增长，我盛放心事的弹性也越来越强。我总是习惯看到别人的坚强和优长，却忘记了自己也在闪闪发光。我也常常会在深夜里，一个人默默地复盘。因为对自己的高度不满，而内心备受煎熬。每一次复盘过后，我都没有放弃自己，仍会保持着奋斗的节奏，将心情迅速调换到精神抖擞的挡位。

时间一去经年，我也在各种节奏里，适应了这个世界上，各个挡位的温度。我一步一步向前走，可还是忍不住，一步一回头。下一站，我还是愿意相信，一个人只有在苦尽甘来时，才有资格再去讲述，来时经过的路。

就比如，山大那条街的直角，承载的那些年轻的恋情和远方。

2023 年 11 月 2 日初稿于吉林白山

2023 年 11 月 16 日终稿于吉林白山

大山里的变奏

在这个世界上，命运有时赋予人的，总是在许许多多的挣扎和期待里。这一切恰如我们的村庄，在他们的成长和苍老里，不断地有人离开或进入。看着这一切，又让人不由得怀疑，一个人来到这个世上，是不是终究要苦尽一生，去把日子过老呢？

在这里，我想叙述的常围绕着爱与痛，还有我们每个人，一生都无法回避的——生与死。在那片我深深地爱着的土地上，有许许多多像父亲一样的他们。曾经，他们也像我们一样，有梦想，有追求，有期待，也有挣扎，还有许许多多的与我们的生活内容相叠加的部分，比如爱。

可是，在时间的长河里，生活只是有限的一会儿。他们的深沉、坚韧，还有爱，以及精神，却很长很长，长到我看不到它们的直径。我只能在字里行间中，倒数着他们渗透在我成长的半径里，那些影响我的痕迹。因为只有这样，我仿佛才能去抓住一点什么，尽管那并不是全部。

一

天微微亮，大明叔就起床了。村庄似乎还没有从沉睡中醒来，此时，稀薄的月色还没有完全散去，布谷鸟隐在东山坡上，有一声没一声地叫着。

大明叔推开房门，来到院子里，走到第一扇窗前站定。这是一座刚刚建成不久的九十平方米的新居。新打的水泥地面仿佛能亮花人的眼。在新房子的台阶与水泥地夹缝处，长出来一丛蒲公英，正自顾自地开放着，不管有没有人来，也不在乎有没有人看到。

新居另一侧的房门紧关着，透过明亮的窗户看进去，房间里的物品摆放得整洁有序，唯独不见人影。房间的主人当然不在家，他还正年轻，正在遥远的大城市奋斗呢。

大明叔一个人久久地站在空旷的院子里。独门独院的烟火，向人们展现着自己的庄严和体面。

过了一会儿，他好像想起了什么，从外衣口袋里摸出一袋旱烟，抽出一张剪裁好的烟纸，慢慢地卷起一支旱烟。点燃后，他深深地吸上一口，随后在脚边处的水泥台阶上坐下来。风吹过他的发丝，烟向他的脸部袭来，呛得他直咳。

布谷鸟隐在东山坡上，连续叫了很多天，断断续续的叫声，仿佛要掏空大明叔心里明晃晃的心事。他整日整日地在院子里晃荡，一会儿去阳台下的菜园子里拔几棵草，一会儿又弯着腰，去整理几下院墙东侧葡萄的藤蔓。他那被扁担压弯了的肩膀，再也没有足够的力气，挑起生活的脊梁。

直到现在，在每一次的凝视中，大明叔心里似乎都不肯相信，眼前看到的一切会是真实的出现。这么多年灰头土脸的人生，让大明叔对生活早就充满了怀疑。

在农村，房子对农民来说，就是最大的"面子"。对于他们而言，房子早已不仅仅是物理意义上的房子，更多时候，它代表的还是尊严，更是活着的底气和后路。

一年前，当面前那座陪伴了大明叔三十年的老房子轰然倒塌时，大明叔的心猛地一凉，感觉好像有什么东西丢失了，突然就变得空落落的。

许多年过去，大明叔居住的旧屋已经是危房了。早些年建房的时候，由于地基打得不稳，房屋在经年累月的风雨侵袭中，早已出现了房体倾斜、门窗变形的痕迹。邻居们都好心地提醒他，该抓紧时间修建一个安全的住处了。大明叔并非一个沉默的人，可是每每面对有关于这座房子的层层诘问，他从来都是笑而不语。

邻居们说得多了，看到大明叔依然我行我素，没有人猜透他心里到底是在打一个什么样的谱儿。时间一长，索性就不再说了。只是在偶尔三两小聚时，谈及大明叔的危房，会无奈地摇头叹息。

真相往往隐藏在深处。让大明叔迟迟按兵不动的原因，其实还有一个难以启齿的原因。这些年，为了帮助儿子在城市有一个家，大明叔和大明婶早已经倾其所有，山穷水尽了。

2012年夏天，他们将大半辈子攒下的积蓄，全部从银行里取出，再加上儿子工作八年攒下的积蓄，方才凑够了给儿子在省城买房的首付。这一次经济方面的清盘输出，就像是把大明叔和大明婶枯竭但平静的生活，突然撕开了一道口子。经济的拮据使他们剩下来的光阴，与正常的生活轨迹逐渐偏航。至少在短时间内，他们的生活都无法如愿回到正轨。

重新修建一座房子，大明叔不是没有想过。在睡不着觉的深夜里，他一个人在心里暗暗地盘算。老屋因年久失修，原材料均为土坯和木材构成，几十年来遭受风雨侵袭，即使推倒重建，可供再次利用的资源也已几近为零了。

很多时候，劳动之余的大明叔会点上一支旱烟，一声不响地计划着生活的细节。他一次又一次，一遍又一遍地，梳理着自我与外部的关系。如果按规定的生活向前走，就算不出意外，这种与老屋相互依存，又相互怀疑的关系，至少还要继续很多年。

可是，生活还要这样继续吗？

大明叔读书不多，他的数学也算不上好，但是求和的这一套公式，大明叔却运用得滚瓜烂熟。

每每想到这些数字总和的时候，大明叔都会狠狠地吸上一口烟，过一会儿，又将它们从嘴里缓缓吐出。他看着眼前一缕一缕的烟圈，思维却一刻都没有停止，一个个清晰的数字，就像炸裂的豆荚一样次第蹦出。

他在心里默默地计算着，建一座九十平方米砖瓦结构的新房子，除了一些木梁、河沙等建筑材料，可以就地取材省去一笔开支。还有人力、物力，以及其他方面的各种支出，这些七七八八的硬性支出总和，挤破脑袋精打细算，也得五万元左右。

简单的数字，剥离出了生活的真相。这一笔不小的支出，以他们目前的收入状况来看，至少五年之内，建新房子的需求再迫切，都要在现实面前让路了。

二

城市版的生活，让人想到的仿佛永远都是美好和远方。

对于那些在城市没有根基的人来说，那是一条看起来很美，走起来却不知前方有多远的路。每一个奋斗在路上的人，所经历的一切都如人饮水，冷暖自知。

大明叔的儿子天宇大学毕业后，就留在了读书的城市。2012年，在城市奋斗的天宇，用自己打拼八年攒下的积蓄，再加上大明叔和大明婶倾其所有的帮衬，在城市付了首付，买下了一百二十平方米的电梯房。

签订房屋买卖合同的那天，大明叔一大早，就坐上去镇里的客车，从农村信用社取出了他们大半辈子的全部积蓄。当他从银行柜台的窗口，接过一沓沓捆扎好的百元大钞时，大明叔激动得两手微微发抖。虽然攒了大半辈子的钱，但平生却还是第一次见到这么多的钞票。或许永远都不会有人懂得，大明叔手里的这一沓沓的钞票，作为隐形的阶梯密码，却是他们内心深处最需要的安全感。

多少年来，汗水、泪水加血水，这些无法戒掉的生存元素，既是他们脸上岁月沧桑的真实存证，也是现代性痛楚在这片土地上，在生活面前被碾压过的余痕。他们用尽半生努力，只为了换来下一代生存的体面和尊严，为他们在城市的风雨里，与生活交换一个温暖如春的屋檐。

大明叔紧紧抱着装满钞票的手提包，神色紧张地坐上前往城市的客车。一路上，原来一坐车就喜欢打瞌睡的习惯，瞬间也荡然无存了。一百公里的路程，大明叔精神抖擞地，紧紧地抱着手提包。这可是装了他们大半辈子攒下的全部积蓄。他连眼睛都不敢眨一下，生怕一闭眼的空当儿，他们毕生的心血，就长了翅膀飞走了。

一路上，未来的无限美好，在一次次循环播放的叠加时空中，大明叔的心里像喝醉了酒一样，抑制不住地百感交集。这可是关乎儿子将来幸福的大事呢。

当时给儿子选婚期的时候，根据房地产开发商交钥匙的工期计算，将婚期定在了这一年的冬天最合适。最后，没有过多的参与，双方父母在尊重晚辈意愿的欢欣里，将婚期选定在了 2012 年 12 月 12 日这一天。之所以选择这一天，是因为双 "12" 意味着诸事圆满。这不仅是他们内心对美好的一种渴望，更是他们隐藏在内心深处的，期待苦尽甘来的迫切。

到站后，天宇早已经等候在了停车站点。他在下车的人流中，看到了最后出现在车门口的父亲。那是自己多么熟悉的一张脸，那张布满岁月沧桑的脸也曾年轻过。可是，如今这张脸上，布满的那些与年龄不符的苍老、憔悴和愁苦，却让天宇鼻子突然间发酸。随着自己的成长，父亲的这张脸却老了，老得已经没有了季节。

天宇的喉咙一阵阵地发紧，一股热辣辣的感觉一阵阵地朝上涌。他强行控制住自己的情绪，紧走两步迎上前，接过父亲手里沉甸甸的手提包，拦住一辆出租车，父子俩上车后，直奔售楼处而去。

远远地，早已等候在售楼大厅的售楼小姐，就满脸笑容地迎了过来，将两人带到了办理房屋合同的窗口。天宇拿起笔，认真严谨地将合同从头到尾反复阅读。最后，他按照合同上的提示，郑重其事地在合同上写下每一个字时，内心却总有一股热浪，在不停地一阵阵地朝上涌。

签完合同，天宇将手里沉甸甸的手提包打开，将似乎依然带有父亲体温的钞票，一捆捆地摆放到工作人员的面前。随后，他又从自己肩上的背包里，掏出一大早在银行里取出的，需要补齐的尚有缺口的首付房款。整个过程，天宇始终都很沉默，全程没有多余的一句话。

拿到楼房钥匙的那一刻，天宇和父亲激动地相互对视一笑，脸上的笑容似乎屏蔽了所有的心事。对于天宇来讲，在城市漂泊数年，每一天都在铆着劲地与命运抗争，所经历过的那些辛酸和艰难历历在目。

一个叫作"家"的房子，对于他，对于父母，对于自己未来的爱人和孩子来讲，意味着他们从此将会在城市安一个家。未来的日子，他们将在这个不大不小的房子里，安放一家人的梦想，以及对人间烟火和现世安稳的渴望与向往。

在城市打拼数年，天宇的性子被打磨得越来越稳。处事的耐心、得体和包容，即使在奋斗的过程中有些跌跌撞撞，但随着生活重心的转移，他在抵御生活风险方面的能力，也越来越强了。

工作后，因为不想背离专业发展，他一直在广告领域，拓展自己的专业半径。随着业务的不断丰富拓展，以及客户资源源源不断地积累，2013 年秋天，天宇和一个要好的同学，合伙创办了自己的广告公司，专门负责室内装潢设计。经过一年的艰难打拼，目前公司的发展形势逐渐向好，并已步入正轨。

同女友自大三恋爱至今，已经经历了九年的爱情长跑。他一直本着先立业，后成家的理念，坚持在有能力承担生活风险后，再给女友一个安稳幸福的家。现在，他终于兑现了自己的承诺，可以给深爱的人，提供一个温暖如春的屋檐了。

想到这里，天宇显然有些激动，眼泪已经在眼眶里打转。他仰了仰头，试图不让眼泪溢出来。紧接着，又赶紧拿出电话，假装要打电话，走到走廊尽头，强行控制好了自己的情绪。

片刻后，他慢慢走回来，走到父亲身边。父亲看着他，同样也没有说话。他们一前一后，相跟着走出了售楼处。

三

成年人的世界，柴米油盐才是生活，百般滋味，也只有尝过以后才知道。每个人都不容易，谁不是为了家人生活，苦苦地撑了一年又一年呢？对于天宇，似乎更不例外。

小区的房子已具备了家的雏形，是开发、建筑、装修、生活设施一体化的商业销售模式，极具人间温情。钥匙拿到手，只要将行李和生活用品搬进去，就可以称作"家"了。

搬进新房的那天，天宇的未婚妻请了半天假，用了一个小时的时间，乘坐地铁从这个城市的另一个城区赶了过来。两年来，在他们这个家里，真的是喜事连连不断呢。天宇之所以将新房选在了新城北区，是因为那个既漂亮又懂事的女友，通过多年的努力，终于在这一年公考上岸。新单位就在新房不远，等与原来的单位工作交接完毕，就可以到新单位正式上班了。而天宇与朋友合伙新开的广告公司，办公地点也选在了与新房的小区毗邻而居。这是不是就是世人常说的"双喜临门"呢？

在自家新房的厨房里，一家人欢天喜地各自分工。大明叔和大明婶负责采买生活用品，天宇和女友则欢天喜地，在一应俱全宽敞的厨房里，极尽努力地展示着他们的厨艺。

这一顿饭，全家人几乎用尽了所有的激动和热情，精心地准备了一桌子的饭菜。一家人在频频举杯欢庆的氛围里，用心地调节语言的节奏和对话的口吻。他们慢慢地喝着杯里的酒，欢喜地品尝着最难忘的菜肴，回忆并述说着家族史上，几代人的前世今生。

这些话题刚开始是欢喜的，但是随着回忆的一点点渗透和逐渐地深入，不断出现的，是一个又一个场景的带入。很多有关于成长过程里，经历过的那些辛酸往事，那些有关于挣扎和爱的一些话题，就顺势滑了出来。

多年后的这一天，回忆起那段往事，对于他们来讲，这是一个有点忧伤的话题。挣扎与错位构成了现实高度的叠加，进一步感受到了几代人的不屈和坚韧。没有人能够估量出，对于内心太想过好的这一家人，他们在心理承受能力上的弹性有多大。更让人无法体会的是，在许许多多不为人知的辛酸背后，那些富有弹性的灰色地带里，他们在小心翼翼的生活背后，到底隐藏了多少常人无法体会的坚忍与坚韧。

尽管在此之前，天宇就已经努力地做好了无数次的心理建设。可是现在，在这一瞬间，在被喜悦与辛酸一连串无止境的替换里，那些不断出现的过往，一次又一次地，在和他的情感暗暗地做着无休止的较量。

最后，在喝空手里的第二杯白酒时，在面对未婚妻好奇的探询里，天宇很想极力掩饰住自己的百感交集。可是，反刍往事的辛酸，在酒精的加持下，压在心底很多年的悲伤，在那一瞬间，都一股脑儿地堵在了他的喉咙里。当他刚想张开口发出声音的时候，却鼻子一酸，眼泪哗的一下，就流了出来。

四

城市留下了天宇，但它又那样吝惜自己的包容。最初，这个城市只是向天宇打开了一道极小的缝隙。

为了留在这个城市，能够拥有更好的生活，天宇只有用尽他的坚忍和坚韧，以倔强的方式，一点一点地，打开了曾向他紧紧关闭的这个城市。可是他想要的生活，却始终在他能达到的距离之外。

这些年在城市，每一个细节都印刻在天宇的记忆里。倒是那些快乐的事，常常只剩下极少一部分格外清晰的镜头，其他部分都模糊了。

从大学到工作十二年来，天宇的生活重心，都围绕着这个城市进行。这些年，他单枪匹马，在这个别人的城市奋斗。毕业后，天宇留在了这个城市的广告设计行业。

为了打开市场局面，他时常需要离开这里，在 A 市与 B 市之间穿行，在一个个攻坚战里，洽谈广告设计业务。无数个艰难的日子，以及经历的那些委屈与辛酸，天宇都选择了默默隐忍。

如果身影能看到自己的背影，这两条正副线，还可以互相交接，且相互懂得的话，它们一定很忧伤。因为它们会知道，自己的主人把快乐都放在了前面。相比倾诉的畅快，天宇从来都是在深呼吸后，选择用身体的疲惫来诉说。总有一天，一个人默默地吞咽下的所有的委屈和忧伤，都会以另一种方式，唤醒人生的某个部分。

这些年生活的颠沛流离，温情在天宇的城市生活里，总是显得那样稀薄。很多时候，由于租房居住带来的不确定因素，天宇在下班后，穿行于城市的大街小巷，为自己找寻合适的栖息之所。对于像天宇一样，在城市里一穷二白起步的人来说，找房子并不是简单的看房子。房租的数字，才是首要考虑的要素。

在可操控的生活成本支配范围内，房租的弹性不能太大，虽然这也会直接关系到居住质量的好坏。但是，居住质量的好与坏，对于天宇这样的人来讲，虽然很重要，但是却似乎又并不重要。还未找到适合自己生存的土壤，又怎能有资格享受 VIP 的待遇？

这一点，天宇比任何人都清楚。

很多个夜晚，天宇一个人慢慢地，迎着自己的影子回"家"。夜，让人更加接近自己。

在同一个时段，天宇清晰地知道，自己在此时并没有能力，让自己在一条直线上，同时住着他乡、城市和远方。

夜晚时分，从天宇身边驶过的公交车，像个装满谜团的盒子，把一些来自不同方向的人，带去一个看似相同的方向。看似随意，却又像是一个蓄谋已久的阴谋，相互牵扯，又相互独立。

天宇跟随着自己的影子朝前走，他不知道自己的下一站，还会遭遇什么样的一个让人始料不及的故事。他清楚地知道，从自己呱呱坠地于大山的那个家时起，父母给予他的这一层供给，就已经意味着自己的未来，要独自面对一次又一次的自我救赎。

不知道命运是什么，才知道什么是命运。一个人在这样的城市街头默默行走的夜晚，天宇看着自己在路灯下拉长了的身影，那些在城市里的艰难和无助，无数次地反复碾压着天宇硬撑着的坚强。

此时，时光在无助的长夜里流淌得很慢，可以捕捉到月亮一点点西斜的痕迹。天宇深情地望着远方，那些一座座拔地而起的高楼，它们真的都与自己无关吗？

他在心里默默计算着在银行卡里逐渐递增的存款数字。那些数字符号代表的，并不是简单的一些数字，它们每一次的递增都意味着，他离城市里"家"的距离，又缩短了一截儿。

天宇倚在一个楼盘的大广告牌下，一声不响地，望着远方那些拔地而起的高楼。他想象着，在未来的有一天，自己可以拥有足够的能力，去抵达颠覆命运的高度。

有多少时刻，每当生活触及冰点的时候，在黑夜里深陷绝望的天宇，也会放下自己的伪装，放任自己陷入在长夜里的精神内耗。错位与惶惑构成了天宇内心的茫然，进一步渲染了他迫切想要改变命运，却又求而不得的焦虑、尊严和危机。

暗夜里，天宇无法清晰地丈量出，自己与城市里想要的那个"家"的距离有多远，更无法去把握有关于美好的未知弹性。他甚至还会有一些恐惧，害怕突然在某一时刻，一个意外的浪头袭来，那样会将毫不防备的自己，一下子打回生活的原形，从底部瓦解自己所有的斗志和努力。他已经不敢保证自己还有能力，去承担生命中的下一段遗憾和痛苦了。

他开始迷茫了，不知道自己还要多久，才能达到符合自己的波长，找到属于自己成功的机会。

无数次经历挫败后，坐在城市的小酒馆里，天宇会看到一群年轻人的迷茫。几个和他一样漂泊在城市里的年轻人，他们聚在一起，放下日间的压力和焦虑，大口喝着酒杯里的扎啤。彼时的他们，在最虚荣的年纪，却一无所有。

在短暂的轻松和欢愉里，他们忘却了之前经历的各种辛酸和艰难。此刻的他们，满怀豪情地规划着几年以后，自己在这个城市里的未来。想通过阶段性的成功，以此来缩短，自己与这座城市的实际跨度与距离。

随着酒精的作用逐渐发挥，他们在一顿情绪输出后，暂时荡开了日间快节奏的高压和焦虑。渐渐地，在酒精的麻醉下，有人率先瓦解了一个人的坚强。在泪水决堤的释放中，让理想和现实不断地切入和切换。

在一次次的自我求证里，天宇有无数次想要放弃在城市里安一个家的想法。可是，如果那样做了，他又觉得对不起自己年轻的梦想。毕业那天，当高校的大门一关，将他们这些当年的天之骄子流放到社会时，他之所以选择继续留在这个读书的城市创业，恰恰是因为它给予了自己的人生很多丰富的可能性。

当初，天宇决定留在这个城市，并不是盲目的，因为他比任何人都懂得自己。他有精神世界的韧性、广度和深度，也有初生牛犊不怕虎的激情和豪情，来作为在这个城市奋斗的底衬。他要赚到很多的钱，在城市的某一个高楼里，买一处房子，安一个自己想要的家。背离那些他熟悉的、他的父辈们经历过的那些苦难和灰暗。

想到这里，他极力克制着悲伤，努力压缩着自己的失望和痛苦。可是，却没有人知道，有些人的悲伤，与难过说一声再见，真的需要很长时间。

五

儿子在城市里买了房子，安了家。大明叔和大明婶最大的心事，终于重重地落了地。是啊，他们也该为自己的未来考虑了。

人活着，房子对我们的意义，更像一个"生活先知"。它可以为寻常的生活场景，带来另一种更舒适的打开方式。房子会让一个人有底气，有尊严，有安全感，有幸福，这就是中国人心中"家"的意义。

在中国农村，房子对于农民来说，就是最大的面子。他们拼命地努力劳作和赚钱，极力地节衣缩食，从牙缝里省了一辈子，铆着一股劲儿地想要盖一栋好房子。或许并没有人懂得，房子对于他们来说，不仅仅是物理意义上的栖息之所，更进一步来讲，一栋体面的房子，不仅象征着自己在村里的身份地位，还可以提升自己在村里的声望。更多的是，也为了让自己和家人，在村里比别人多一分体面和尊严。

大明叔的遗憾，一直空着。儿子在城里置办下的那个一百二十平方米的大房子，却没有足够的能力，可以做一块补丁，用细密的针脚，为大明叔缝补情感上的遗憾和空白。

这些年，未能建起一座高大敞亮的大房子，总让大明叔感觉在乡邻面前矮上一头。

农闲时分，每当乡邻们三五成群坐在一起闲聊时，大明叔最怕别人聊到房子。对于他来说，活到现在，房子是最让他受挫的一件事了。这个每天都在生长的痛点，它的生长速度，似乎远远超过大明叔那张脸的衰老速度。

远比撑起大明叔面子和尊严的房子，大明叔的那张老得没有了季节的脸，却一天比一天地愁眉紧锁。眼看着已土埋半截儿，自己却还没有撑起一座体面的大房子。一想到这里，大明叔的心事，就会像东山坡上的荒草一样，疯狂地生长。他经常在半夜里醒来，坐起身，打开火炕边挂在墙上的小壁灯。借着小壁灯幽暗的亮光，大明叔坐在深夜的苦闷里，卷上一支烟，一口一口地吸着。

大明叔在心里默默地盘算着一个账呢，隔壁的二力子去年刚刚建起了大房子。那房子足足九十平方米，不仅地基挖得深，建房的底座打得也足够高，足够气派。先不说内部装修，光看那气势，立起来的房子，足足比自家的房子就高出一个房尖，在气场上远远地压倒了自己。

想想自己，剩下的光阴还有几十年，这座岌岌可危的老房，不管怎么算，也都撑不起时间的脊梁了。想到这里，大明叔将手里的旱烟吸得更深了。

声音在没有语言的时刻，却到处都是寂静的回响。而村庄，却从来都不习惯用声音去表白。

2018 年 6 月，脱贫攻坚倒危房扶贫政策的普惠，给大明叔的生活，带来了意想不到的惊喜。大叔明原有的六十平方米的危房推倒后，在国家补贴四万元的基础上，其余部分由个人出资，在旧址开工，新建起一座九十平方米的新房。

随着大明叔家的旧址新房交替变奏，时代的变换，就这样写在了大明叔家的一砖一瓦之中。在那些深情的凝视中，伫立在时光中的红瓦白墙，在季节晕染的渐变里，终于消瘦了大明叔因禁多年的心事。

在这一年，"过去式"的村庄，在"现在时"的变化里，开启着与时代相对称的加速度成长。很多像大明叔一样的村民，他们深锁在心底的那些一连串的心愿，再没有哪个角落会被忽略。在时代的变迁里，他们的幸福，就这样写在了新居落成的一砖一瓦之中。

东北的 6 月，正午的阳光丝毫不见羞涩。一束束闪亮的光线透过时光的缝隙，火辣辣地照在这一片热情的黑土地上。

当时钟的时针和分针，重合在 "12" 的一瞬间，随着一片吆喝声的给力场景，房屋的大梁在左邻右舍的沸腾里，被高高举起。

这一刻，大明叔究竟等了多久？时钟嘀嘀嗒嗒，却不愿作答。

院子东侧，临时搭起的简易大棚下，大明婶那小火里慢熬的粥，将村民们熟悉的幸福配方，慢慢放大。在这一时刻，一种力量仿佛被永远置顶。就像许许多多如大明叔和大明婶一样的人们，在历经半生苦难后，终于鼓起勇气，与过去的辛酸，进行了彼此和解。

夜幕下，穿村而过的东拉河，静静地流淌着。大明叔那拔地而起的新房框架，以不动声色的方式，打开了人们想要的美好生活。

房场四周，月色、星光和灯火交相响应。立体而又生动的光阴，终于在一声不响的日子里，换来了一个好的转弯。

六

脐带对于婴儿来说，是至关重要的存在。它在母体内，成为供养婴儿生长的生命线。而农民离开土地，离开了自己生活了几十年的村庄，则宛若婴儿脱离了母体的那条脐带，剪断了与故乡的最后一缕联系。

当婴儿呱呱坠地之时，脐带需要被剪断。人们需要用一把剪刀，来割开婴儿与母体的自然纽带的方式，使其成为一个独立的生命体。从此可以真正实现用口鼻呼吸，体验这个世界带给柔软的肺部，最初呼吸的疼痛。

我一直认为，每一个游走他乡的人，都是一棵移动的没有名字的草木。他的树冠可以高过尘世的各种头衔，声名也可以远播千里。而他的根，这独属于灵魂的穴位，却一直固定在故乡的那方水土之上，由故乡深情地供养着。

其实，对于大明叔的心事，尽管他一直隐藏得很深，但是大明婶却比任何人都了解他的心事。从买房之初，天宇就和父亲商量，让他们将村里的田地盘出去，跟随自己到城里享享清福。可是大明叔和大明婶却无法接受这样的安排，离开了土地和村庄，置身事外，这意味着将他们和土地的关系，被生生地拦腰斩断，从此八竿子也打不着边。

　　想到这些，大明叔心里就惶恐不安。这样的生活，对于像大明叔他们那些人来讲，就好像一粒种子，落在了一片水泥地上。看似外部条件优越，它们却找不到适合自己生存的土壤。显然，就目前来讲，这并不是一个恰到好处的安排，这样的生活只能让他们害怕。与泥土打了一辈子交道，似乎只有村庄，才更符合他们的人生节奏。

　　大明叔心里明白，虽然儿子在城里买了房子，也是他们老两口的第二个家。但城市和乡村是两个不同的世界，一个是缺失自我的生活，另一个是随心自由的空间。离开土地，直接导致的主宰和被主宰悄然换位的关系，究竟是对还是错，他已得到了内心的求证。至少，这种换位在很长时间内，会让他在城市里迷失自我，进而会使他一向引以为豪的创造生活的能力消失殆尽。

　　大明叔还怕万一，万一儿子在外面拼累了，想回家了，只要村庄里有房子，那就还有一条退路，房子会永远站在这里，敞开胸怀接纳他们。

　　累了，故乡有房子，他们就可以回家。老了，想寻求清净，他们还可以回家养老，种菜钓鱼打牌。无论是哪一种归来，都比大城市的车水马龙、灯红酒绿好得多。这个未公开的谱儿，也是大明叔一直坚持的，克服一切困难，都要修建新房子最深层次的原因。

　　村庄和土地，是一枚秘藏的圣符，也是一座精神的殿堂。近些年，村庄里越发地宁静了。随着年轮的增长，村庄里越来越多的年轻人都去了城里。他们一边打工，一边照顾在城里读书的孩子。还有一些年轻人在挣够了钱后，最后在城里买了房子定居。

　　在中国许许多多的农村，有三分之一的老人，因为年老的孤独和无助，选择去了城里投靠儿女。还有三分之二的，像大明叔和大明婶那样的老人，因为过不惯城里的生活，选择再次回到了故乡坚守。用他们的执着，拼凑出了村庄晚年的完整。

那个傍晚，绿意葱茏中，大明叔正在新居的院子里忙碌着。从他认真的欢喜里，我捕捉到了时光的气息，仿佛看到了当年修建新居现场的细节。

此时的大明叔，正在长满藤蔓的葡萄架下，细心地梳理着攀爬凌乱的枝条。在他的凝视里，那些与时光标配的绿色藤蔓，它们紧密相挨，如此相近，又如此和谐。

我站在栅栏之外，默默地看着忙碌在时光深处的大明叔，唯有在心里默默地感谢，感谢它们之间相互找到。

剩下的时间，就用来享受快乐吧。眼前不多的欢愉，似乎才更符合他们的人生节奏。毕竟，他们已经老了，未来已没有多少时间，可以由着他们为自己做主了。

那么，就让生活来回答吧。毕竟，他们之前和之后的生活，都和村庄有关。

2022 年 9 月 8 日初稿于北京芍药居

2023 年 9 月 18 日终稿于吉林白山

刊于 2024 年第 2 期《鸭绿江》散文头条

交替的底色

在时空坐标中有两个我，一个从容淡定地向远方行走，一个却默默地，在心里给过去折了一个角。

——题记

走过时间的墙

无常便是正常，这是世间的本质，也是生命的真相。

自从父亲重病卧床后，全家人的生活，就像那个印着精致花纹的蓝色陶瓷碗一样，被突然间无情地打碎。在剩下的错愕中，捆绑式的生存状态，将全家人从各自走远的生活线上一一拉回，一起手忙脚乱地，收拾一场意外的残局。

而我的生活，则像是那原本连接有序的自行车链条一样，在刚刚穿过某一条秩序井然的街巷时，就在没有防备的咔嚓声中，用奔跑的速度，从秩序中迅即抽离。剩下的光阴，任我用尽千般努力，也无法去把断章的情节，一一对接有序了。

父亲重病后，随之而来的，是我这些年拼命维持的看似稍有秩序的生活，也被彻底地打碎。这一切让我宛若变了一个人一样，从之前的云淡风轻，到现在的重心转移。对于我的亲人，我越来越害怕与他们告别，也越来越害怕接到家里的电话。曾经，那些离开家门，就奔向远方的万丈豪情，在没有过渡中立减为零。它们直接被意外打碎的生活，压缩成了一个沉重的实心球，连细节都被进行了直接省略。

离家的时候，我走近火炕向父亲道别。失语的父亲躺在被时光固定的位置，用他尚有知觉的左手，紧紧地拉着我的右手。他用自己的语言和方式，依依不舍地和我道别。

每次告别父亲，我都没有办法好好地掩饰自己的忧伤。每一次都会感到特别害怕，害怕每一次的离开，也害怕每一次的错过，更害怕那些会让自己承受不了的失去。我踩着自己的沉重离开家，拖着沉甸甸的脚步一步一步迈出家门，走出大门，慢慢地淡出父亲的视线。

每一次绕过房子的拐角处时，我都会扭过头，有意放慢脚步的节奏，向正对着村路的后窗张望，试图再最后看一眼父亲。每一次，我都会看见躺在土炕上的父亲，也正在侧着头，凝视着村路，等待着我的身影出现。他和我一样，在同样的牵挂里，回应着我的期待，等待着看我最后一眼。

这些年，每次离家的情景都如此重复。我的每一次离开，对于留守版的父亲来讲，都仿佛是最后一次离别。在时光铺起的那些迭起的悬念里，每一次这样的场景，也都会让我置身恍惚。仿佛自己的离开像是要去赴一场生死之约，或许再也没有回来的可能。

生活的真实，总是发生在叙述之外。在有选择的省略里，我却无法与这片土地，进行一次黑白分明的黄金分割。我沿着铺着柏油的村路，慢慢地向前行走，一步三回头。每一次，我都想把父亲的这个村庄，深深地收进眼底，且永远地放进心底。

在这里，从我出生时算起，我生命中将近一半的时间，都频繁地与这个村庄的烟火发生关联。在这个村庄里，日常生活的更迭与时代的辗转变迁相互交替。我的目光掠过房屋，掠过院落，也掠过村路两旁的那些夹杂在万紫千红中的格桑花。那些盛开的花，总是旁若无人。它们沿着时光的轨道，慢慢向时间深处滑去。熟悉的配方后面，隐藏在深处的生活真相，在不经意间，浮出记忆的底部。每一处细节，都不曾被流逝的光阴所忽略。

坎下，废弃的村小学在如火如荼的新农村建设中，早已经脱胎换骨。那一排长长的校舍，在有力的时代呼唤里，将自己的过往，渐渐地浓缩在乡村振兴的有序节奏里。经过合理的维修改造后，它们早已经在生活的皮肤下，变成了承载村庄重心与核心的村委会。就这样，一个独特的且充满个性的物象，终于找到了新的时代角度，填充着它们命运的所有细节。

如今，住在这个村庄里的，大多是老人。随着城镇化进程的推进，青壮年随着时代的大潮，不断地涌向城市。曾经，村庄里青壮年有力量的身影，还有那些小孩子们的欢笑和奔跑，如今都早已荡然无存。

这些年，尽管在这个村庄里，我没有户口本，没有房屋，当然我也没有土地，可是，我却无法彻底割裂与这个村庄的联系。每一次回到这里，我的记忆也都总是在倒叙中行走。在不同的时刻，在不同的地方，在穿村而过的东拉河两岸，那些年轻的身影，开始缓缓地出现在我的脑海里。他们像一帧帧黑白照片，那样清晰，又那样遥远。

一路上，一个人影都没有。记忆里，曾经那些充满活力的身影，他们都去哪儿了？

读他的岁月

　　村庄里大部分像父亲一样的人，他们都老了。离开还是留下，已成了他们余生为数不多的选择之一。甚至，他们当中的有些人，已经没有了可以选择的机会。又或者，他们已然为自己的最后，做了这辈子的最后一次选择。

　　躺在火炕上的父亲，便是活生生的例子。

　　四周都是寂静时，父亲的眼神会停下寻找，不紧不慢地搬动着复制的日出和日落。现在的父亲，每天的时间除了吃饭和睡觉，其余的时间，就是躺在火炕上，透过窗子看房后的村路。一个熟悉的人影走过去，父亲的眼神会一直盯着那个身影，视线随着那个身影慢慢地移动，走到他视线的末端，一直走到再也看不见。剩下的时间，他只有静静地发呆，等待着下一个人影出现。

　　从父亲重病卧床起，他就再也无法用脚步去丈量自己生命的直径了。日子随着挂在墙上的日历，一页一页地翻过去。季节的尺寸，像时光一样不断地变短。长着脚的时间，也在始终以一个不变的频率，不疾不徐地牵着万物向前走。每天的时间，父亲都安静地躺在火炕上，躺着躺着，就把时间躺成了一个人的天荒。

　　大多时候，他要么是沉沉地睡着，要么就是一动也不动地看着窗外发呆。父亲的注视，在晨起日落的复制里，就像是一枚钢钉，硬生生地将光阴钉进了时间的墙里。窗外的景色，也在父亲每天不变的注视里，不言缓急地变化着属于它们的四季。

　　天气好的时候，阳光会透过窗户斜射进来，照在父亲的脸上。温婉的阳光暖暖地制造着淡然，在父亲一个人的天荒里，读取他生命中最后的热情。

看着斜射过来的暖阳，父亲似乎也终于为自己眼神里的单调找到了契机。他偶尔会贪婪地长吸一口气，慢慢地移动着他的视线，用他的眼神一遍遍地试探阳光的强度。那眼神像一把槌子，以温柔的力度，敲着时光的大门，敲它该敲的柔软，也在敲它不该敲的坚硬。

累了的时候，父亲还是会长长地叹一口气，用迟缓的目光，缓慢地搬动着他暮年里的日出和日落。他一抬头，仿佛就能把自己的未来一眼望穿。很多时候，父亲会慢慢地移动着自己的视线，将目光拉回，回到离他最近的视线里。

窗外，一只鸟儿落在离父亲最近的窗台上。面前明明是虚空，可是它尖尖的嘴巴，却对着窗玻璃一下接着一下地啄着，似乎是一种倾诉。

父亲的眼神定定地看着那只鸟儿，一动也不动。而今，命运将他一动不动地困在了他从未有过的规划里，已经整整五年了。五年里，父亲对命运的期待，并没有出现好的转机，而是在一直不停地往下沉。无法逆转的绝望和悲伤，让这铺火炕竟成了安放父亲暮年的最后剧场。

现在，父亲每天都在上演着有关于自己的一部哑剧。从 2018 年冬天父亲倒下的那天起，他就再也没有说过话了。他的两条腿也已经不听他的使唤了，它们在村路和田野里奔波了一辈子，到最后却冷硬地切断了父亲与土地最亲密的一缕联系。

日日孤独地躺在火炕上的父亲，一个人藏着很多悲伤。那些悲伤，在近乎空白的等待里打着转，表面看起来却平静得没有一丝伤痛。五年过去了，父亲心里那条逆流的内流河，此岸仍连着彼岸。只是，却早已是一生挣扎，变成了片刻的沧海桑田。

对于父亲来讲，等待死亡已成为他生活的一种惯性，涵括在了他每一个未知的下一刻里。生活就像是同父亲开了一个大写的玩笑，一辈子健谈的父亲，有谁会想到，在所剩不多的倒数的光阴里，命运竟让他以失语的方式去等待死亡。现在，已经发生的和即将发生的每一刻，都是他上一刻的翻版。他已失去了行走的能力，世俗的喧闹也将他置身事外，从此八竿子打不着边。

被群山环绕的村庄，现在大多是和父亲年纪相仿佛的老人了。一座又一座叠加的大山，它们在剩下来的时间里相互搀扶着，在时光的沙漏里彼此相依为命。它们安静地等待着低处，那一眼就能望到头的未来。

走不出的渡口

父辈们的足迹和汗水，正逐渐地从这片土地上消失。本来，我是不相信宿命和定数的，我只相信努力和拼搏。但是走着走着，就走到了一个特殊的时刻，正如我一直经过的村庄。

8月的东北大地上，风一大早就清清凉凉地一阵阵吹来。那些细碎的凉，每一寸都有自己的方向和纹理。它们就像深陷时间，却又无力自拔的人，正循着光阴的脉络，在自己那片离不开的土地上，一寸一寸地铺开。

现在的村庄里，那个总是最早叫醒村庄醒来的人，是与父亲毗邻而居的柳叔。

每天天微微亮，勤劳的柳叔就从睡梦中醒来。他从被窝里爬起来后，总是要坐在火炕上，先抽上一支旱烟，这是他几十年来一成不变的习惯。一支烟抽完，柳叔轻手轻脚地推开屋门，就像害怕惊醒整个黎明一样，轻轻地走进院子。整个村庄静悄悄的，一切还都在睡梦中没有醒来。

干净的柳叔在院门口站立片刻，缓慢地走到院子一角，顺手拿起放在角落里的扫把，从东到西把院子清扫得干干净净。顺带着还将失去秩序的物品，一一摆放整齐。

一早一晚的忙碌，正在和流逝的光阴一起，慢慢地切割着柳叔原本就剩下不多的时光。这些年放弃了农耕路径的柳叔，把大部分的心思和精力，都放在了他的几亩果园上。

开往乡村振兴的列车，为生活不想陷于庸常的村民们，预留了足够可以改变命运的席位。柳叔家靠近房屋西侧的几亩田地，被大片果子压弯了枝的果树，代替了以往常年耕种的玉米大豆。

发展果园是柳叔在经过深思熟虑后的决定。2020 年春天，当土地面临着是继续耕种农作物，还是发展产业种植的选择时，柳叔在心里默默地算了一笔账。现在，种地的成本越来越高，每年除去种子、化肥、农药等成本支出，一年到头的净收入也剩不了多少。况且，这些年为了和生活较劲，他已经提前透支了自己的健康。

更重要的是，随着年龄的渐长，以及长年累月的辛苦劳作，近几年，柳叔患上了严重的腰肌劳损。这样的身体顽疾，导致他越来越不适宜再干体力活了。可生活却不会因为他身体的不适而选择停止。

在经历了无数次的思考和选择后，柳叔终于决定放弃传统的农耕操作。他凭借着丰富的农林经验，将靠近房屋附近的几亩田地，通过果树嫁接的培育经验，顺利地将自己与土地的依赖关系，进行了直接转换。

现在，在这个原本就不大的村庄里，人口密度也越来越小了，只剩下了二三十户常住人家。加速度的城市化进程，强有力地改写着村庄的暮年。在时光交织的网里，村庄里那些不甘心向命运妥协，时刻与生活较劲的年轻人，几乎都通过各种方式转入了城市。剩下的只有无人管理的上了门锁的房屋。留在村庄里的那些年老体弱的留守老人，依然在沉默中守护着一个加速度衰老，以及日渐凋敝的村庄。

恍惚里，我仿佛又看到了那些遥远了很久的过往。还有那些在村庄欣欣向荣的时候，幸福又烦恼的往事。看到年富力强的他们，为了争一块边角地，争得面红耳赤，最后又宽厚地握手言和。

而现在的村庄，大片大片无人耕种的山坡地，被一年一年荒废搁置。看得让人心疼，想起来还会忍不住难过。

村庄的未来在哪里？它们的结局又会是怎样？这个问题不是一个村庄的问题，而是目前中国许许多多村庄面临的问题。我们都在思考，但目前还回答不了，只能把一切都暂时交给时间。

等你的炊烟

这是他们的村庄，有时，也是我们的村庄。更多的时候，它是许许多多父母们的村庄。

事实上，村庄里流失的年轻人，正在以各自的方式寄居在城里。搬到县城里生活的人家，也并没有完全剥离对土地的依赖。他们当中的一部分人，依然会在每年农忙的季节，抽几天时间回到村里，在属于他们的土地上继续耕耘。

每个时节忙碌完毕后，他们会返回县城，靠着打零工为生。这些非城非农版的年轻人，虽然表面上还在依赖着曾经生养他们的土地，事实上，他们却早已经不再眷恋这片土地。大部分时间，他们已基本割裂了与这座村庄的生死相依。

冬日的村庄，显得格外寂静。城市化的进程谁也挡不住，村庄正在以慢慢消失的状态，渐渐地隐入生活的纹理，与时光相依为命。

每年刚一进入腊月，那些平日里都只有"铁将军"把门的空宅子里，忽然就多出了许多出入的身影。小年前后，那些城市候鸟版的年轻人，就不约而同地回到了村庄。

一年到头备受冷落锈迹斑驳的大铁门上，突然就耀眼起来。崭新的对联和喜庆的"福"字，使白雪掩映下的草木砖瓦，乃至日渐老去的村庄开始有了活力。村路上偶尔会看见孩子们在路边玩耍。除夕的鞭炮声此起彼伏地，在村庄的每一个方位炸响。

每年的春节是柳叔家最热闹的时刻。一条类似于脐带的绳子，维系着村庄与亲情的情感纽带。拖家带口赶回来过年的大儿子海笑一家四口，再加上小儿子海岩一家三口，就把柳叔那个六十平方米的新房子，挤得满满当当。忙里忙外的老两口，这些天欢喜得看见什么都想笑。在他们的心里，没有什么是更幸福的事，可以去替代这样短暂的欢愉了。

有些相守，看似遥不可及，其实，却又触手可及。每天晚上，停下一天的忙碌，全家人团团围坐在暖暖的火炕上。他们一边聊天，一边看着小孩子们在火炕上打闹玩耍。这些既熟悉又陌生的场景，会让柳叔感到恍惚。这一切，既像是遥远的从前，又像是正在进行的现在。

那些绽放得最热烈的烟火，它们永远不会知道，在村庄里那些像柳叔一样留守的老人，他们是多么想把这样片刻的热闹永远留住。就像是在他们的生命里，那些明知留不住的黄昏，却也要拼命地想把它们留住一样热切。

这些年，柳叔的两个儿子大学毕业后，都留在了大城市安家立业。但是，如果深挖一下他们的社会身份，他们却是半个城里人。虽然在外读书、工作好多年，但思想活跃的两个儿子却毫不犹豫地将自己的户口留在了村庄里。在他们的潜意识里，甚至从没想过要因为获得城市户口，而撕去这个意味着他们与村庄最后一缕联系的标签。在进与守的思考里，他们宁愿成为游走于城市和乡村两点之间的两栖动物，也不愿意刻意地模糊城里人与乡下人之间，那条泾渭分明的边际界线。

海笑在省城的大学广告学专业毕业后，顺利地应聘到省城的一个房地产公司工作。他把自己的人事和档案关系，放到了现在的单位，由单位给他交"五险一金"。同时，他还在生养自己的村庄里，享受新型农村合作医疗和重大疾病保险的政策待遇。

一直以来，这些都被他的同事们由衷地羡慕，并成为被持久谈及的话题。因为海笑的先知先明，他享有的这些保险保障红利，不仅给了他最想要的安全感，而且也影响了他的弟弟海岩随之受到影响，做了货真价实的"半个城里人"。

事实上，像海笑兄弟那样理论上的半个农民，他们选择在另一种意义上没有离开村庄，这也就意味着，他们将永远是这个村庄里的一部分。除非是他们自己主动放弃自己的权利，否则，村庄将永远为他们守住属于他们的那一部分土地。

如今，农村的土地价值越来越高，新的经济增长点毫不偏移地定格在了农村。一旦哪一天城市扩张，农民就极有可能遇到征地。如果真有那样的机遇降临，对于这片土地上的村民来说，实现财富自由绝对不会再是梦想了。

每个人，都想把自己的一生过得有理有据。可是，谁又敢保证，在自己的人生路上，遇到的每一个事实，都能够在理想中，事事呼应着生活想要的纹理呢？

泅渡的心事

在一笔一画书写的一生里，可以概括的似乎只有两笔。一笔写前半生，一笔写后半生。

前半生，我们为工作，为生活，为子女，每个人都用尽各种挣扎。试图通过自己的努力，可以通往自己想要的生活。后半生，我们每一天却又过得身不由己。更多的时候，还会活得心不由己。

清晨，天刚微微亮，柳婶生活的细节，就从"吱呀"一声打开的院门开始了。

危房改造后在旧址新建的屋舍，里里外外都传递着干净人家的气息。新居靠近村路北侧的工艺铁栅栏，墙体外壁的底部，还残留着几天前大雨过后潮湿的痕迹。墨绿的青苔在太阳的烘烤下，早已失去了水分，缓慢地成为墙体的一部分。远远望去，竟仿佛捕捉到了一丝江南水乡的气息。

房屋的后窗敞开着，干净的农家屋舍里，浓缩着乡村生活共同特质的烟火气息。灶膛里的柴火烧得正旺，已上了年纪的柳婶，怀里正抱着一抱劈好的木柴，从门外走进厨房。走近灶火旁，她放下木柴，顺势坐在了灶火旁的小马扎上，动作麻利地拍打着沾在衣袖上的木屑。

清凉的风一阵阵刮来，柳婶一连串干净、朴素的动作，就像是漏在盛夏的指缝儿里，那一串生命的音符。

从时光之外重新走回来的柳婶，仿佛一截名副其实的木桩，将自己根深蒂固地深植在了这片黑土地上。

顺着时间向下走，柳婶是从城市走回来的"老漂族"之一。在剩下来的光阴里，她安静地坐在属于自己的时间和空间里，随着渐沉的时光，等待着自己所剩不多的时间，一点一点被时光收割。

如果说，日常生活是一条轨道，行走在异域便是脱轨。将记忆的磁带倒回到 2013 年那个夏天的傍晚。指尖落在这里，一切还是不可避免地进入了倒叙。就像是在某个寻找里，回放失踪的星语。

6 月的傍晚，薄暮里的凉风一阵阵地吹过，白天里的热意在凉风里渐渐地消失。在田地里忙碌了一天，刚刚吃过晚饭的柳婶，麻利地将家里井井有条地收拾妥当。她刚要坐下歇一口气的时候，一个从省城打来的电话，将柳婶的生活重心在顷刻间，就转移到了三百公里之外的省城。这一切让原本略显满足的生活，瞬间有如凉风吹过。

小儿子海岩大学毕业后，就留在了读书的省城工作。在省城艰难打拼了六年后，他与在省城工作的女友一起贷款，在省城买了房子正式安家落户。

大城市的无限向好空间，吸引着越来越多的年轻人，源源不断地涌入其中。可是，机会与困扰这两个同时空的互维镜像，在不同的时态里同步生长时，却映射出了彼此之间的虚线关系。它们让生活以液态的形式，变得兵荒马乱。

快节奏的高压城市生活，让人望而却步的高房价，某个节点意料之外的高成本生活，以及彻底打乱了正常生活节奏的工作时长，一系列的困境，都在深深地瓦解着那些像海岩一样，放下了尊严，却换不来柴米油盐的城市漂泊一族。这一切都不可规避地预示着，从城市的某种入口切入时，很多人根本没有足够的平衡能力，去找到抵达某种出口的最佳路径。

在中国，帮助儿女照看孙辈，早已形成了约定俗成的生活体系。这种捆绑式的生存方式，不仅是朴实人家的亲情标配，更是善良的品格使然。

很多像海岩一样在大城市生活的年轻人，孩子出生后，被工作和生活内外交困的他们，在情非得已时，会求助父母，帮他们一起完成承担起照顾孩子的责任。

换作以往，不管多难，海岩在父母面前也从来都是报喜不报忧。他比任何人都清楚自家的情况，每次回乡下父母家的时候，也总是羞于启齿自己的窘境和困境。只是偶尔会在给爸妈打电话的时候，有些失意会像一块光溜溜的石头，掩饰不住地裸露在命运的苍白之中，一次次地出卖着他的焦虑。面对父母担忧的询问，海岩也总是一次次地选择避而不谈。

类似这样的情形反反复复。次数多了以后，善良淳朴的柳叔和柳婶没有太多的犹豫，就在最短的时间里做出了决定。为了让孩子过得更好，成长得更顺利，老两口商量过后，柳婶便将家里的里里外外，正式交接给了柳叔一个人打理。

六点钟的清晨，柳婶背上背着一个沉甸甸的大行李包，背包里装满了柳婶的四季。她搭上了开往省城的长途客车，像一枚剥离了叶脉的叶子一样，背井离乡去了省城照看孙女，正式成为城市"老漂族"中的一员。

走错路的秩序

从农村来到城里，千里迢迢从老家来到一个陌生的城市，对于柳婶这样的"老漂族"来说，是一种实实在在的煎熬。他们在帮助子女照看孙辈之余，往往对新的生活一时难以适应，这已成为城市"老漂族"中普遍存在的现象。

无论是出于无奈，还是自愿去省城给予儿孙辈们代际支持，这些老漂族每一天都在努力地适应着异乡的生活。生活节奏的错位，以及与现居住地的社会融合难等问题，每一天都在他们的生活里无处不在。

在这座快节奏的省会城市里，柳婶是叫醒这个城市醒来的那一批人中的一员。

每天早上四点钟，柳婶就起床了。她快速地洗漱完毕后，将头一天晚上准备好的食材从冰箱里取出来，条理清晰地开始着手准备早餐。记性越来越不好的她，需要记清楚，孙女不喜欢吃大米粥，儿媳不爱吃姜和香菜。每一次，她都在做饭之前，翻看一眼自己潦草记录的备忘录，生怕一疏忽遗漏了细节，给全家人带去扫兴。

为了避免早晨上班的高峰期，儿子和儿媳每天早晨六点半，准时从家开车朝单位出发。每一次送走儿子儿媳后，柳婶再将孙女从睡梦中喊醒。紧接着再给她洗漱、喂饭，然后再迅速整理好这个九十平方米的室内卫生。早八点半之前，她必须得把孙女送到幼儿园。

送完了孙女，柳婶在几个小时紧张的忙碌里，才可以稍稍地缓口气。回来的路上，她可以放慢加速度的行走步伐，步行去距小区来回六公里路程的菜市场，去购买新鲜的蔬菜和食材。

下午四点钟，紧张的加速度，再一次弥漫在柳婶的生活秩序里。提前将晚饭的食材准备妥当后，她一路小跑去幼儿园把孙女接回家。然后，再开始做全家人的晚餐。这是柳婶在这个城市里每天的固定日程，忙碌且有秩序。

当新鲜感过后，剩下的时间便是熟悉一个陌生的城市和环境了。首先，让柳婶感到不适应的就是巨大的孤独。在这个小区里，崭新的十多栋住宅楼里，虽然住了八九百人，但对于柳婶来说却都是陌生人。家家户户都住在高楼里，邻里之间彼此客气而又疏远，并没有什么深入的交流，人际关系比较淡漠。所以无论住多少年，也谈不上有多么熟悉。

在城里，柳婶就像是这个小区里的隐形人一样，每一天的节奏都在忙碌的家务中，围着孩子们转，极少出户。时间一久，她心里也感觉有些憋屈。回想着村庄里邻里之间的真诚与互助，巨大的心理落差让她越来越感到失落。她渴望自己能在孩子们的关注里，得到一些行动上的理解，以及话语上的关怀。

日间的快节奏，以及永远都忙不完的家务，还有寸步不能离开视线的奶娃儿，让柳婶每一天都忙得焦头烂额。好不容易熬到夜晚，盼到儿子儿媳回到家。吃过晚饭，他们要么是看电视、玩手机、逗孩子，要么就是加班加点赶材料忙工作。家里除了电视和孩子牙牙学语的声音，热闹的语言交流氛围，在这个家里似乎已成了一种奢望。

天长日久，这样的生活令性情爽朗的柳婶备受煎熬。有时候，她觉得自己像被判了"有期徒刑"，不知道什么时候才能"刑满释放"得以回家。偶尔闲暇时，她会拿出手机给柳叔打个电话，把家里所有能够想到的事情都过问一遍。甚至连村庄里那个二十多岁的傻宝，都忘不了顺带着问上几句。

其实，这样的电话交流，在一个月当中也只有那么几次。电话打多了，过惯了苦日子的柳婶又会心疼电话费。在她的心里，精神层面的需求，远不如物质层面的衣食住行消受起来那样务实。

很多时候，她一个人哄着孙女玩耍的时候，看着孙女甜甜的笑脸，听着她奶声奶气的声音，内心里患得患失的感觉，才会稍稍得到些许抚慰。在这个偌大的城市里，自己的存在虚无缥缈，仿佛只有在面对幼小的孙女时，柳婶才感觉自己有被需要的一种满足。

很多次，郁郁寡欢的柳婶，脑子里会闪过想带着孙女回到村庄的念头。可是，每一次在面对儿子儿媳的时候，她却又说不出口了。

悄然换位的属性

在省城生活的七年，柳婶每天都太忙了。每一天的时间，都是在照顾孩子和做不完的家务里复制，基本也没什么属于自己的休闲时间。进城七年，柳婶依然没有交到什么朋友。

渐渐地，柳婶的内心一片苍白。她在白昼与黑夜中重复往返，感受着城市文明的冷漠，带给她的习以为常。时间久了，柳婶内心那份久违的期待，也渐渐地变成了同生命一样的呼吸，回应着时代的一种节奏了。

在约定俗成的生活体系里，随着柳婶他们这一代人的渐渐老去，村庄似乎也越来越老了。

很多像柳婶一样的那一代人，他们在中国人口处在流动、分离和聚合的巨大变动中，就像一叶漂泊的浮萍，无力改变被"连根拔起"的宿命。在无力掌控的命运里，他们被作为"从属人口"，卷入迁徙人口的大潮中。人口分离的城乡二元结构和户籍区隔的特点，在村庄里也越来越趋向明显。

据国家卫健委统计，中国现有随迁老人近 1800 万人，占全国 2.47 亿流动人口的 7.29%，其中，专程来照顾晚辈的比例高达 43%。这些"老漂族"作为儿女的免费保姆，他们背井离乡，专门漂到儿女工作和生活的城市，帮儿女们带娃儿。

一边是心甘情愿，一边也是迫不得已。他们既不放心自己的孙辈给别人带，也想竭尽全力帮助儿女减轻生活压力。而面对远离家乡，在一个陌生城市生活的艰难，他们又属实迫不得已。

柳婶孙女上小学以后，每天早上七点半上学，一直到晚上五点半，把所有的作业都做完后，才从学校的托管班被接回家。

脚不着地地忙了七年，直到现在，柳婶才稍稍有了喘口气的时间。每天在接送孩子、忙家务之余，她唯一的爱好就是打麻将。天气好的时候，小区楼下的凉亭里，总会有一些三五成群的老人，坐在那里或是打麻将，或是卖单儿。看得久了，相互熟悉以后，柳婶每天也会偶尔加入他们的阵营玩上几把。

同属于知识分子的儿子儿媳，他们却不喜欢柳婶搓麻将的休闲方式。一听到柳婶打麻将，就会在言语和表情上，表现出强烈的反对，认为母亲应该加入一些健康的阵营来打发时间。久而久之，为了避免言行不和导致的不快，柳婶也就不再去玩麻将了。无处可去的柳婶在闲暇时，只能坐在家里发呆，用剩下来的时间，以反刍往事来排遣孤独。

遥远的人和事在思念里不停地回放，仿佛就站在自己的眼前。柳婶越发想念乡下自己的家了，她惦记老伴儿的一日三餐能否正常。老伴儿的胃不好，如果不按时吃饭，胃疼的老毛病犯了，想喝杯热水都没有人为他递上一杯。

她还担心柳叔去田地干活的时候，家里的大黄狗渴了饿了怎么办。当初柳婶离开家的时候，大黄狗还只是一只小奶狗。现在算起来，大黄狗也老了，给它做的饭食，需要再精细一些了。

柳婶的内心没有建筑，却与乡愁隔着几道打不开的门。在那个城市里居住了七年，她的内心却始终有一种异域感，觉得自己是居住在别人的城市里，一个无根的异乡人。

一个人安静地独处时，她的惦念会一直在沉甸甸的思念里打转，始终让一颗心悬浮在半空中，在凄惶中没有着落。每一个不眠的夜晚，柳婶会透过时间，隔着遥远的乡愁，一遍一遍地复制着自己不变的牵挂和忧伤。

目前，儿子一家的生活已进入了正常的生活轨道。孙女的姥姥和姥爷也举家搬到了这个城市，将房子买在了附近的小区毗邻而居，相互照应起来也相对方便了许多。

柳婶几次试着想开口提出回到乡下自己的家，可又担心自己走了以后，儿子儿媳生活的压力强度会加大。她不知道当下的日子还要持续多久，回家的路明明一直就在那里，可是却也只能远远地望着。

想到这些的时候，她的目光充满了黯淡。无论忙还是不忙，都同样无法让柳婶摆脱内心的苦闷。

越是夜深人静的后半夜，越是柳婶辗转反侧难眠之际。每一个夜晚，她都希望黑夜能够永远静止，只有这样，她才有时间完全属于自己。她可以就那样躺着，待在回忆的温度里，轻松而又美好。

记忆的脚仿佛伸进了时间的河流，每一步都无法平静。"回不去的家"和"放不下的儿女"，这两个亘古不变的主题，困扰着中国的"老漂族"。

调查数据显示，没有朋友，精神上缺乏慰藉，想家和放心不下孩子，忙碌也填补不了的内心苦闷，是这些"老漂族"最大的烦恼。

当最好的年华逝去，主宰和被主宰在不言不语里，已不由柳婶的意念为转移，而发生了悄然换位。当幸福价值这些词被重新定义后，它们像是一个不速之客，把柳婶枯竭但平静的生活，硬生生地撕开了一道口子，压灭了她每一点快乐的念头。

多年后的今天，柳婶回忆起那段家有儿女，却又异常孤独的"老漂族"的日子，仍会摇头叹息。倘若生活需要她再去重新过一遍的话，她不知道，自己还有没有足够的勇气，再去尝试一遍了。

在相对主义的属性里，我们每一个人都渴望一个没有束缚的自己。可是，在叠加的时空里，谁又能知道，向惯性说一声再见，到底需要多长时间呢？

拉回的时间

时间终于又回来了。亲情的联结和放手，需要用理智的思维，去审视亲情的本源和归宿。放手和自由从另一种意义上来讲，则是为了成全彼此，而选择另一种守护。

2020 年夏天，身心俱疲的柳婶在孙女放暑假后，终于选择了放手。她用尽所有的勇气，解开了那条联结了祖孙三代的，斩不断理还乱的，类似于一条脐带的绳子。

终于回来了。仅仅七年，村庄的变化却太大了。柳婶在自己对村庄认识的反方向里，承担着与现实相对称的惊喜和踏实。离开家乡七年，当车辆载着柳婶驶进村庄的时候，她一路上总怀疑汽车走错了路，不敢相信眼前看到的真实。

通往家门口的柏油村路，像一条蜿蜒的黑丝带，平整地连接着村里村外的向内和向外的延伸。一道道整齐的工艺铁栅栏，替换了陪伴着村庄几代人成长，也经历着几代人老去的陈旧的木栅栏。

在与未来相遇的四维空间里，村庄经过的每一个变化，都是一个逝去，或即将逝去的音符。它们在渐变中，已成为一种时代的节奏。在成长的速度里，一个村庄映射的是一个时代的缩影。每一个缩影背后，都折射出一个跳动的时代脉搏。它们在历经无数次的波折里，却从没有过放弃。一直向抵达蜕变的征途上，进行着正副线的情节交接和转换。

七年未见，一直都致力于寻找安全感的大黄狗，早就对柳婶的气息陌生了。它围着自己那块画地为牢的方寸之地，转着圈地朝柳婶狂吠着。慢慢地，在渐渐恢复的平息中，那些藏在记忆底部，封存了许久的熟悉感，被慢慢唤醒。

整个下午，大黄狗都呆呆地趴在窝旁。只要柳婶一出现在它的视线里，它就会立刻精神抖擞地抬起头，支棱着两个耳朵，两眼闪光地看着柳婶进进出出。一直看到黄昏，大黄似乎才渐渐开始习惯。

薄暮中，从时光的远处走回来的柳婶，让时间又虚化了一些。

打成捆的光阴

清晨六点的村庄，炊烟从屋顶缕缕升起，又被风缓缓吹散。

柳叔的果园里，果树上一串串熟透的李子，在一阵阵吹来的清风中，散发着好闻的香气。开放式的果园，大片大片的果树上，结满了青红交替的果子，沉甸甸地拉低了长长的果枝。一排低矮的木栅栏，绕着果园随意地拦上一圈，却仿佛只是一个虚设的存在。如今，这个果园就是柳叔人生道场里的重心了。

这段时间，柳叔三天两头就会摘一批果子，通过驻村干部帮他联系的销售渠道和订单，同村庄里其他几户果农家的果子，被一同打捆批发运到县城销售。

随着又一个订单的到来，让柳叔的心事，在这个盛夏里变得越来越瘦。老两口满心欢喜地，没黑没白地忙活了两天，将成熟了大半的果子摘下来，小心地装进定制的塑料箱内。

看着排在院子里，整齐地摆放好的塑料果箱。柳叔心满意足地坐在靠近木栅栏的果树下，一边抽着旱烟，一边等待着运输果子的卡车到来。

一旁的柳条筐里，还盛着半筐九分熟的李子。这种不适合长途运输的果子，通常都是需要挑选出来，规避被颠簸破相的风险。

光阴一段一段地打成捆，日子老了。不断下沉的命运，席卷着这个村庄的活力。现在，在这个属于柳叔的人生道场里，果园就是他生活内容的主角了。

从春天到盛夏，果树的存在，几乎覆盖了柳叔所有可能经过的生活路径。他的两条腿走了快一辈子，却依然还是在这片黑土地上打转转，始终没有走出这个村庄的半径。

而时光的远处，盛夏的阳光照见的，却是另一种苍凉。它旁若无人地，热烈地照在大地上，照在一座座空落落的院落里，也照在一扇扇贴着对联挂着铁锁的大门上，照出来一个个清冷的特写。加速度的城镇化进程，使这一时刻的村庄，越来越像是走对了方向却搭错了车。

这样的记忆，不知从什么时候开始就定格了。村庄里记忆最好的人，也说不出具体是哪一年，开始有年轻人外出打工，或者是考上了大学。从那时起，出去的人就没有再回来，反而是带动着村庄里更多的人走了出去。

几年以后，先是二十多岁的年轻人出去了，再后来就是三四十岁的中年人也跟着出去了。他们奔赴或远或近的城市，向城市文明讨要生活。

再后来，年轻一点的，直接在外面买房安了家。年纪稍微大一点的，则用挣来的钱，在三百里外的县城里买了房子，将老人和孩子接去居住。时间久了，村里的老宅子就这样次第空置了下来。

蓝天、白云过滤着村庄此刻的宁静。这些年，我总是一个人行走在过去与现在两点之间。我用十余年的时间，将离开还是留下，在那一条回乡的路上完成了循环。

那些空白的日子，我仿佛走了很远。每一次当我硬着头皮，拖着充满疲惫的身体，以及到处都是裂缝的灵魂回到村庄，都会清晰地看到自己不折不扣的孤单。

十余年的时间，我一直都在惯性里行走。在唇亡齿寒、生死相依、人与土地的关系里思考。无数次，在面对自己与土地彼此抽离的那种焦虑时，我变得越来越沉默寡言。随着时间的拉长，它总是非常直接地压疼我的呼吸。而对于这一切，我却只能一个人来慢慢地治愈。

现在，在村庄里，我没有户口本，也没有土地。在人与土地相互依存关系的解读里，这一切彻底地让我失去了在这个村庄里的社会认同。这种社会认同，也让我成为与村庄和土地，彼此心如止水般的过客。

多少年来，对于离开，还是留下，我从未在这个问题上有过纠结。村庄里的一草一木，它们之于我，早已是一个回不去的故乡。它永远拒绝了我，正如我一直在拒绝曾经。

留在时间里的留白

柳叔和乡村一样孤独，但乡村的孤独似乎比柳叔的孤独还要绝对。这种孤独让事事都能一分为二的哲学，在孤独面前都会彻底失语。

现在的村庄，除了意外的一些活动外，偶尔的几声狗吠，便是整个村庄里最有活力的声响了。

看见柳叔的时候，他正疲倦地坐在果树下，等待着那辆可以给他希望的卡车到来。一年四季的忙碌，将柳叔折腾得比实际年龄显得苍老。尤其是这几天连续的忙碌，让他更加疲惫不堪。他真想现在就躺在火炕上，没有任何心事地睡上一个长觉。他不知道自己需要多久，才能驱除紧锣密鼓忙碌了几天的劳累。那张一年四季被太阳晒得黝黑的脸，只剩下无法回填的沉默和孤独。

现在，他连一个免费的笑脸，都挤不出来了。

果树下，熟透了的李子落了一地。柳叔顺手捡起一个红红的李子咬上一口，香甜的味道让他有一些满意，也有一些孤独和忧伤。换作以往，时间倒退回二十年前，果树上的果子稍一见红，就要日夜防备着那些淘气的孩子搞破坏了。

柳叔落寞的眼神，久久地望着房后的那条不长不短的村路。这条柳叔走了一辈子的路，从他幼儿时期，随着逃荒的父母来到这个村庄，这条路就一直在那里。前后不同的是，修到家门口的平整的柏油村路，替换了曾经一到刮风下雨就泥泞难行的坑洼土路。

近几年，村庄里和他年龄相仿佛的那些人，他们在这条路上走着走着就不见了。有些人借助后人的手，将自己埋在了村庄东岭的坟场上，将自己的一生深深地融入了这片走了一辈子，也没有走出的黑土地。有的走着走着，就像一个轰然倒下的大山一样，被生活实实在在地关了禁闭，长年累月地躺在炕上一病不起。

在村庄里，这种方式的消失不在少数。每一个大山的倒下，都在以生命的形式，回填日子的每一条裂缝。

柳叔不敢去想自己的未来，更不敢去想这条从生就注定赴死的路还有多长。他不知道，再过十年、二十年，甚至不用再过多少年，他们这一茬人消失以后，这个村庄是否还能依然存在。

看见我的出现，柳叔的脸上露出了难以掩饰的开心。他探起身，从柳筐里捧了满满一捧的李子，踉踉跄跄地向前紧走了几步。他探着上身，双臂举过低矮的木栅栏，将手里的果子使劲儿地朝我的手里塞着。

望着手心里捧着的那些鲜红的李子，还有那些安静地挂在树枝上的果子，有些尘封在记忆底部，被光阴反复拿捏的细节瞬间聚焦，一幕幕被记忆弹了出来。

我想起八岁那年的夏天，自己是如何召集小伙伴们，运用自己自以为是的足智多谋，将柳叔家房后的那唯一的一棵李子树上的李子，偷得一枚不剩。

那个炎热的午后，在我的细致分工下，小伙伴们各司其职，守在自己站岗放哨的地方。可是，再多的智慧，有时候也无法弥补一个难以预料的偶然。

那天，我被恰巧经过的父亲当场抓住。父亲的突然出现，把一向机灵的小伙伴们，瞬间吓呆在原地。

年轻的父亲几步就冲了过来，一把抓住我的后脖领，将我从果树上拎下来，狠狠地扔在果树下。任我哭得声嘶力竭，都没有打动他的铁石心肠。他强硬地要求我，将斜挂在肩膀上的那些装满两条裤管的李子，一个也不剩地还给了柳叔。最后，无论柳叔如何为我求情，年轻的父亲还是气愤地将他的巴掌"噼里啪啦"地落在了我的屁股上，揍得我鬼哭狼嚎。

如今，那曾经一人多高、密密的木栅栏早已不见踪影。当年被我视作大山一样的父亲，若干年后，却在一个全家人没有准备的瞬间，轰然倒下。这一次的倒下，父亲就再也没有站起来，也从此碾碎了全家人的平静生活。这一切在后来的每一天，都无法规避地进入了另一个循环的内部，淹没了生活原本想要的底色。

我们长着两只手，却没有想要的能力，去遮住另一种意外和忧伤。如今，掉落一地的果子，却再也引不回当年偷果子的人了。我无限地怀念他们，他们都去哪儿了？是不是和我一样，有时低下头来，也会想起来彼此？

面对内心深处一次次无声的询问，我不想回答。低下头，双眼却悄悄地潮湿了。

2022 年 8 月 26 日初稿于北京芍药居

2023 年 5 月 17 日终稿于吉林白山

刊于《四川文学》2024 年 8 期

行走的行间距

　　一条路，铺垫了一个人的一生，也做了一个人一生的铺垫。

——题记

零下三十六摄氏度的自救

　　新的一天，是从较量开始的。

　　每一位走出乡村的人，都是一只随心挣扎的风筝。而乡村，则是真正放风筝的人。越走越远的北北，虽然站在了北方的土地上，他的根，却将永远地留在了他地理上的南方。

　　这次回来，北北做的第一件事，就是赶在第一时间，将自己的户口迁移到自己扎根的南京。

　　回到北方，北北的双脚刚一落地，零下三十六摄氏度带来的刺骨的寒，就让他禁不住打了个冷战。那种既熟悉又久违的东北温度，正一寸一寸地，不断地渗透进北北的每一寸皮肤。

　　每次回到北方，北北的时间都永远那么仓促，这一次同样没有例外。为了保证要办的事情，能够在规划的时间内如期稳妥办理，北北显然是硬着头皮，给我打来了求助电话。

看到手机界面上，触目惊心地显示的那个久违的地区标识，我的心里竟莫名地，甚至是毫不怀疑地，就多了一种预感。虽然在这之前，我和北北已失联多年，但这一次，惊人的第六感觉，让我几乎在几秒钟之内，就坚定地锁定了北北。

接起电话的一刹那，听到那个熟悉的声音，我只是淡淡地应和了一声。为了掩饰心情，我站起身，来到窗边站定，看着窗外大街上的人来车往，试图以此调适一下久违的激动。

事隔多年，在北北面前，我还是没有学会隐藏自己。换作几年以前，或许，我们俩还会循着少年时期的相处模式，任性地互相贬损一通。再或者，还会不管不顾地，又心不设防地吵一架，而丝毫不必担心对方的情绪。

分别这么多年，他还是愿意求我，不可否认，我的心里不免有些激动。不管北北是不是成了地球上另一个频道的人。在我们彼此的心里，却永远都有一份发小的情谊，作为情感延伸的底衬，既遥远，又亲近。

可是，现在时过境迁，一切都变了。从现在开始每一分钟，我都知道，就算我心里藏着多少疲惫和委屈，在面上，我也都要像对待同事一样，极有分寸地保持着应有的边界。毕竟，拥有边界感，才是人与人之间，相处最舒服的方式。

这个变化很陌生，让北北的心理探索，在几秒钟之内，就转了好几个弯。那枚情感的指针，在北北情绪的波动下，被迫控制出相应的节奏，一直在慢慢地移动，却始终无法精准定位。

所以说，什么都别说了，难题就在这里。

近些年，北北逃避回乡的理由有很多，每一个理由看起来，又让人毫不怀疑地，认为可以成立。现在，在故乡的户口簿上，依然写着北北的名字。但这一切似乎也只是表象，他好像已经提前做好了准备，去切断自己与故乡的联系。对于这些，我从来没有怀疑过自己的判断。

到底失乡多久了？北北一直逃避，他不愿意直面这个问题。

时过境迁，很多记忆片段都模糊了。就好像一旦要认真面对，自己就成了那个大逆不道的人。这些折磨人的感觉，北北不说我也知道，灵魂附体了这么多年，没有人比我更懂北北，我总会这样认为。

对于户口这个问题，北北纠结了好些年。前几年，北北带着爱人和孩子回乡过年的时候，曾因户口迁移问题闹得不欢而散。那个除夕夜，北北与四叔争论得面红耳赤，最后的局面当然是不欢而散。那顿年夜饭的结局，是每个人的心里都堵着一口气，像完成任务一样，默默地吃完了那顿沉默的年夜饭。

面对人与土地的脐带关系，北北纠结，却又无能为力。痛恨村庄的是他，对村庄不舍的也是他。没有离开村庄的时候，一家人守着一地鸡毛的日子，多年如一日地坚守。他不明白，既然这么难，为什么还不离开？是不是只有死亡，才是他们选择的最后告别？

仔细想想，一个活在低处的人，成年累月灰头土脸地忙碌着，哪还有什么理想的远方呢？如果有一万次选择，可以任由自己安排命运，离开还是留下这个问题，北北的选择永远也只有一个。他一定会毫不迟疑地选择离开大山，离开这个用几代人的脚印，丈量了他们生命半径的地方。

这种情绪就像一根刺一样，不停地刺痛着北北纤弱的内心。北北明白所有的道理，却缺少足够的坚定，去选择切断自己与故乡的联系。他大概并没有想到，那个原本为生活负重的村庄，最后竟成了自己重负的地方。

回忆，总是坚守在夜深人静里，向着东北出发。是不是没有比这更纠结的地方了？北北也无法回答自己了。

破土的表白

其实，一切只剩下了沉默。

风来了，在北北的沉默面前，都要轻轻地靠边行走。砌入墙体的密度，就像是一页页翻动的生活，钻出了破土的表白。

自从离开家乡，去南京求学、工作数年，因为路途遥远，加上工作和生活快节奏的压力，北北回家的次数屈指可数。甚至，他在和爱人结束四年的恋爱长跑，准备在南京建立一个城市里的家时，他都没有想过，婚姻这件大事，需要回故乡办一个隆重的婚礼。

是的，是那种属于传统意义上的婚礼。是应该为父母准备的，又喜庆，又隆重，让他们在乡邻面前，足以撑起一个称为体面的婚礼。

可是，北北想要的婚礼，就像他们的生活一样，既简约，又简单，只属于两个人的一天就够了。第二天睁开眼，他们依然还要忙碌，总有那么多放不下的压力在排着长队，等着生活对他们进行检阅。

多年来，北北就是在这样的高压下，度过了一年又一年，直到把日子过得再也慢不下来。这时候，他们才猛然惊觉，需要有那么一天，去把心腾干净，完完全全地将时间留给爱自己了。

结婚前几天，北北和爱人紧锣密鼓地梳理完手头上的工作，有序倒排工期。完成周期长，且一直在持续推进的，北北分别按优先级，给它们做了优化处理。有一个完全属于自己的一天，烦恼和压力都绕道而行。这个愿望对于北北来说，很长时间以来，是奢望，也是奢求。

不要问为什么，回头再看看北北生活的细节，那里面全是答案。投胎本就是个技术活儿，一个起点高的人生，可以减轻一半的压力。一种是经济地位上的，另一种是社会地位上的。从前是，现在是，以后也是。

有错吗？没错，一点错都没有。可是，有时候没有错才是原错。想明白了，就无话可说了。

就这样，四叔等待多年的一份美好期待，被北北的标新立异，以一个令众人出乎意料的方式，完成了一个意外的闭环。

婚礼是简约的。虽然简约，但满满的仪式感还是要有。为了求近，且节省时间，结婚证是去爱人的户口所在地办理的。他们约定，举办婚礼哪儿都不去，就在南京城。流过泪的人生谁都有过，但不是所有流过泪的人，都能感受相同。江宁区的 66 路公交车，是见证他们爱情开始的地方。当然，也载着他们抵达过想要去的远方。

南京城大街小巷流淌的六朝烟水气息，塑造了北北和爱人"爱生活、会生活"的城市气质。在南京这座无法复制的城市里，他们一直认为，没有任何一个地方，可以比南京更加懂得，他们在生活这个格斗场上，那些流过泪的人生了。

一份由清贫到丰盈的爱情，勾勒出他们在过往的青春里，共同经历过的那些最意难平的渴望、深情和坚定。

是的，在北北他们的生活里没有海，但他们的心，却在偷偷地向往着出航。在写满他们奋斗、辛酸和欢笑的南京城，所有经历过的苦难，他们都选择了云淡风轻地咽下。

结婚那天，北北和爱人在清晨五点半，就乘上 66 路首发公交车，从南京站南广场西的始发站出发，静静地走过了十九个公交站点，一直到龙江新城市广场的终点站下车。

一路上，北北和爱人手挽着手，就像是牵着一生的执念。他们欢笑着，走在城市的朝阳里。

太阳慢慢地升了起来，马路上的树荫，也随之大了一圈。甬路两旁，那一棵棵高大的法国梧桐，正在寂寞地飘着奶黄的叶子。一片一片，就像是一页页被翻动的生活……

大街上，北北和爱人像孩子一样，仿佛又回到了青葱时代。他们脸上的笑容那样年轻，布满了明亮和美好。

甬路上，他们开心地玩耍着，像两个顽皮的孩子一样，一直重复在做一个动作——两人同时同向迈出的脚步，一步一步又一步。这些快乐直接省略了生活的前戏和后缀，这一刻，它们不孤独，就像是又回到了从前，回到了那个很久以前的童年。

清晨七点钟的阳光，斜角透过城市的每一处缝隙，落在他们的头上、脸上和身上。南京，以其独有的城市气质，慢慢地打开了这座城市的清晨，也打开了北北在人生的节点上，崭新的一页。

渐渐地，城市开始热闹起来，日子又开始进入了一天的喧闹。

无法等高的布局

命运的叙述里，在复杂多变的人生格斗场上，普通人想要逆袭真的好难。

对于未知的一切，北北选择了赌。人生无非只有两种结果，要么正，要么负。而结局无论正负，需要的都是勇气。

北北清楚地知道弯道超车可能带来的风险。他也更加知道，对于自己这种出身的人来讲，假如不选择冒险，最后的结局只有一个。不用费劲也会猜到，那就是只能陷入一辈子的庸常。生活向好的可变系数，极有可能地，也只会像一条拉直的心电图一样，从这头就能看到那头。

北北不想要这样的人生。他也曾质疑过自己的坚持，怀疑自己能不能足够坚韧，把命运的底色重新书写。

这些年，我和北北的失联，一部分缘自地域的影响，一部分也是因为两个环境造成的生疏。大部分原因，则是由于在不同的赛道上，拼命内卷带来的心理变化。总觉得自己过得不够好，不想自己的不如意，让对方发现，或者了解。

就这样，我们各自都在硬撑着自己的坚强，一边拼命内卷，一边悄悄隐藏。

渐渐地，在各自的命运底色悄悄地发生变化的同时，我们的感情也随之空白了这些年，彼此开始变得陌生。可是，无论怎样变化，我都相信北北，就像相信我自己一样，相信他的坚韧，更相信他一定能创造一个奇迹，拥有一个崭新的未来。

北北的优秀品质是独特的。当然，他的出色也是独一无二的。后来的北北，凭着由内向外散发的真诚、踏实和阳光，还有常人缺少的那些坚忍和坚韧，在这些稀缺的优质属性加持下，实现了弯道超车的逆袭。

当原始资本积累到一个可操控的数字时，北北在商界的渠道客户资源，也开始有了一定的积累。在南京这个城市，北北仅用八年的时间，就以越狱的方式，颠覆了自己出生既定的命运。他以弯道超车的能力，在南京的数码港注册了自己的电脑公司，为联想品牌电脑做代理。

当资本积累达到了相对宽裕后，北北在南京这个城市，也拥有了他人生中的第一个房子。房子不大，但八十八平方米的城市空间，终于结束了北北多年来，在那个城市里的颠沛流离。也给了他一份在异乡的城市里，一直在寻找的归属感。

生活渐渐稳定下来后，日子开始洒满阳光。慢慢地，北北的客户资源开始与日俱增，收入也随之一点点攀长。晚上躺在被窝里想想的时候，北北会觉得自己的运气还真是不错。在同学当中，和那些官二代、富二代不能比，但比起一部分同学，照目前的发展状况来看，是实打实地比他们强多了。

有了自己的房子以后，北北在怀揣梦想多年，却一直居无定所的那颗流浪的心，才终于"啪嗒"一下，落到了心房该有的位置上。也找到了从小到大，自己从未有过的踏实。

人生的每一次拔节，都踩在北北最有动力的节奏上。背负的几十万房贷，让生活也从抽象还原成了具体。恰好现在的北北，也结束了单身狗的生涯。这一刻北北知道，今后的一切问题，都要发生逆转。是要把成熟来当作偏方，学会低头弯腰的时候了。

北北更有信心让自己接下来的生活，可以按部就班地进入正常的城市生活轨道了。

呼与吸的较量

日子又回来了。一开始就被一笔带过的迟疑，很快就被生活打回了原形。

走在大东北的冬天里，冷，正一寸一寸地，渗透进北北的身体里。这种久违的感觉，让北北突然想起了多年以前，大雪纷飞的冬天，我们俩围着劈柴的四叔，欢笑着奔跑的情景。还有那一天父亲受伤的脚踝，不断涌出的鲜血。这一切让北北心里的感伤突然泄露，他小小地崩溃了一下。

熬过来的北北，从事业和生活的困境里走出来后，一切都在稳定向前发展。

这次回来，北北是专程为了办理户口迁移的问题。这一次，他铁定了心，忽略一切干扰，也要给自己找一个理由留下来。是的，留在城市里，在南京，而且是永远。

爱人的户口，早在几年以前，就从安徽老家迁到了南京。孩子的户口从一出生起，自然也跟随妈妈一起，落在了南京。反倒是自己的户口，从几年前除夕夜那次，因户口话题闹得不欢而散后，一直被搁浅至今。

虽然是山里人，但见多识广的四叔，却懂得保留农村户口的种种优势。只要户口还在，这块宅基地上的房子，就是永远可以被视为家园的地方。把根扎在土壤里，而不是石头上，就像是把户口留在村庄，而不是迁移到没有人情冷暖的城市。

这些年，四叔亲眼看见，发生在这片土地上的现代性的痛楚。之前的一批人，他们现在正在切身经历一种悔恨。当年，因为向往城市户口的优越，这些人毫不犹豫地托人找关系，甚至不惜花费重金，将自己的户口，从农村迁往城市。现在，又有多少人想叶落归根。可是，一切却都回不去了。选择离开，他们舍不得对村庄的依恋。决定留下，又失去了自己的身份认同。最后，就算人留在了村庄，心却仿佛寄居在了异国他乡。

他们变了吗？他们好像又没变。说来说去，户口的内核更强。

四叔认定的事情，从来都是九头牛都拉不回。他总是这样自以为是地坚持，安心地活在很多年以前，就被命运规定好的方式里。

他哪里知道，之于北北，之于我，之于很多像我们一样的人来说，命运的卑微与苍凉，更是曾一度让我们陷入绝望的地方。逃离，也永远都成了我们坚持的方向。从小到大，看够了自己的父辈们，那些在风雨中求生存的情景，又凄凉，又不服输，又找不对方向的那种无力感。多少年来，一直都在无情地，揉搓着我们内心柔软的痛点。

有些事压在身上，实在是太久，也实在是真的无法释怀。

可是，倔强的四叔偏偏不懂。这份费解就像一堵墙，伴随着两代人的心理认同，长久地横亘在两代人之间，不仅硬生生地拉远了父与子之间物理上的距离，也毫不留情地拉大了两代人之间的心理距离。

四叔变了。近些年，他火暴的性情，变得越来越柔软。他已经在不知不觉里，变成了爱上酒精味道的那个人。

对于北北的背离，四叔有时好像想得通，有时又好像想不通。表面上，他总是表现得不以为然，呈现出一种"加强版"的豁达。其实，这些也只是他迷惑外人，甚至是迷惑自己的一种表象。在四叔的内心深处，他就从来都没有释怀过。

是的，对于从未走出大山的四叔来讲，低处的苟且，又怎能让他懂得，人要到能托举和滋养他的地方去，才能实现生命的另一种脱胎换骨呢？

对于这一切，后来的我们都选择了沉默。毕竟，两者都说不通的时候，解决一场 PK 的惯有方式，要有一方低下头来，委曲求全地去妥协。似乎只有这样，才符合问题投射的波长。而在户口这个大方向上，完成认识上的升级，则是最大的问题。

毕竟，不管是向上兼容，抑或是向下包容，在当时的四叔和北北之间，他们谁也做不到。

是不是俯首，才能交出臣服的理由？一切进行到这里，我还是无法回答。

隐形的阶梯密码

从工作初期，北北就与四叔的期待背道而驰。尤其是北北跻身商界后的动荡不安，让一辈子没有走出大山的四叔，每天睁开眼，一想起来就坐立不安。

四叔对于自己的晚年，变得诚惶诚恐。他越来越担心，晚年后的生活会老无所依。在他的内心，隐约有着一种被抛弃的忧伤。在他看来，回到北方，才是北北最好的职业方向。哪怕是回到长春工作都行，至少，是属于他们共同的北方，而不是一抖搂翅膀，就彻底地飞到南方扎根了。

很多次，四叔都极力地声讨北北，催促他放弃南京的商业，回来参加公考。四叔希望北北能够像我一样，在机关单位工作，可以过衣食无忧安稳的生活。

四叔始终认为，南方再好，也不如在自己的北方生活踏实。在南方扎根，就好比把一粒种子扔到了水泥地面上，任烈日烘烤，直至最后生命枯竭。

让种子落在适合生长的土壤里，一点一点发芽儿、扎根、生长，那才是北北应有的样子。一个穷小子哪有那么好的运气，轻易就可以过上理想的生活。回到北方，工资低一点也不要紧，谁的生活不都是像弹皮筋一样，在有松有紧的弹性状态里，才变得柔韧有余。再说，生活品质也都是量体裁衣，有多大的经济实力，就过多高的品质生活。

听起来，四叔的坚持不无道理，可是他也只是看到了表面。机关生活自有它的优越，可是相比这些优越，想好起来的艰难也数不胜数。尤其是对于我和北北这样的人群，命运起点低，职场内上层人脉资源匮乏，且没有任何社会背景的人来说，我们经历的艰难和迷茫，只能冷暖自知罢了。

回到小城工作后，当年满满的工作激情和斗志，也在看透了一个又一个生活的真相后，渐渐地冷却了。那个叫作"理想"的热辣滚烫，早已清醒地完成了那些一次又一次让我们在此岸非彼岸的希望和失望里的沉浮。

大城市靠能力，小城市看背景。尤其是在生活节奏慢的小地方，一个人想要达到的高度，也并非仅由个人努力所及。有多少次渴望，就会有多少次迷茫。积极向好的人，又有哪一个没有在深夜里，因那些无法摆脱的迷茫和困境，而暗自哭泣过呢？

至于这种隐藏的状态，刚开始，我们并没有学会隐形处理。时间久了，人总是要学会成长。生活教会了我们万事藏于心，但情绪崩溃时，也会一次次饱受自我怀疑的煎熬。更不知道烂透的，到底是生活，还是人心。

经历得多了，人似乎也就变得通透了。生活看似容易，却让人总是身不由己。越挣扎，越是被一次次摁在规则里，被迫活在被规定好的方式里。

再后来，由于时间和空间的暗力挤压，我们渐渐地，都变成了自己不熟悉的那个人。那些在梦想的路上奔跑的欲望，也被现实一次次地踩在脚下碾压，直至面目全非……

北北经商，表面看起来似乎动荡不安，实则潜力无限。我总是相信，凭借北北的努力，以及他优秀的表现，向未来争取一个想要的高度，去兑现一份美好，这一切都不是问题。在商界，努力的人如果不出意外，大多都会得到应有的匹配。这是一条清晰的实线，给那些"在梦想的路上奔跑的欲望"回馈的从来都是势均力敌的标配。

而机关，则永远是机关。现在的远方，就像是一页页虚账，模糊却又清晰。那个叫作"真实"的情绪，也只有在暗夜里，才会浮出心底，才敢释放自己的脆弱和忧伤。只是，一切都没有被说破而已。

四叔不懂，我们又何必较真，去跟一个底层逻辑的局外人，去摆事实、讲道理呢？于是，我们从来不跟四叔犟嘴。在他的絮叨面前，像大山一样沉默，也变成了我和北北惯有的姿态。

这些年，我和北北偶有联系。每每心里难过，有些心事过不了心里的那道坎儿，却又不敢与近处的人交流时，我们也会心不设防地，相互打个电话，探讨各自的工作和生活。倾诉的节奏，彼此也都把握得恰到好处。职场属性不同，探讨的问题自然会有偏差。但这一切，并不妨碍我们之间的坦诚交流。

这些年，按着时间给出的剧本，在生活的虚实之间，我们各自演着人生这出大戏。尽管我们都在极力地想要保留那个真实的自我，但现实却不允许我们选择真实。

真实不好吗？那么请原谅，我真的不想回答这个问题。

走进职场，在往上走的灰色地带里，我们都丢失了自己。一次次的生活重创，渐渐地教会了我和北北学会成长，也教会了我们另一种处世之道——见人说人话，见鬼说鬼话，见不同的人说不同的话。

是的，一直到现在，想到北北的时候，我必须骄傲。

在我和北北之间，不管我们多久没有联系，也无论我们用什么样的方式去惊扰对方，我们在一起的交流，也永远是定义在"说人话"地带上的交流。那种亲人之间的惦念和信赖，治愈着我们经历的各种创伤。

在我和北北之间，存在的真实永远同在。我懂他在异乡的不易，他也懂我在职场的无奈和艰难。一切交流也仅限于此，再说多了，也会隐隐担心，怕对方不能承受生命之重。

走出大山后，过去的生活都被北北毫不留情地，一股脑儿地丢在了脑后。他就像一只风筝，拼命地挣脱了四叔的手心，越飞越远。再后来，他和故乡的联络渐渐地就淡了。这种淡不是关系的淡，而是消息的淡。

四叔和北北一直都在暗暗地较着劲。一场虚实相间的 PK，在父与子之间从未停止。生活没变，他们的矛盾和焦点也没有转移，谁都不肯低下头，轻易地主动示弱。

父子二人之间，就像是复杂和矛盾的结合体，一个选择新欢，一个选择时间。一个忙着在大城市拼命内卷，想通过自己的努力，实现弯道超车的逆袭。另一个则孤立于时间之外，守着故土，重复着节衣缩食的生物性无能和无力。他们相互淡薄，彼此冷漠。在对方看不懂的疲惫和委屈里，倔强地在自己的赛道上拼命内卷。

这就是他们，是在那片黑土地上，不小心就走进了死巷的那对野生的父子。一个拼命地，在寻找合适的机会逃出去。另一个顽强地，将自己的根须，深深地扎进那片融解现在和未来的土壤里。

时间对于他们，长短不一已是生命的一种形态。剩下来的时间，还会发生什么呢？

一条路铺垫的一生

在拥挤的人群中，幸福按照约定，发出时间对折的声响。

这些年遗憾的是，在低配的生活面前，四叔接住了北北的倔强，北北却没有接住四叔的柔软。

他们在心里都有一个心结。这个结，是个严丝合缝的死结。面对这个捂在心底的死结，感性让他们在选择面前，插入了太多别人的判断。理性又让他们清楚地知道，即使自己是错的，他们也依然选择了将错就错。于是，怨恨、疏离、冷漠，一系列陌生的方式，变成了他们之间相处的惯性。

现在，所有的人都看到了一个结果——除了两败俱伤，四叔和北北之间，似乎也只剩下了一堵高高的心墙。很多时候，手指划过彼此的微信，也懒得相互吱一声了。

无解和误解，一个关于命运的方程式，却成了一道令人费解的数学题。虽然只有一字之差，但在那么多年里，却始终无解。这样的问题，在很长的一段时间里，都困扰着很多像我们一样，找不到答案的那些人。以至于在将错就错面前，我们都宁愿选择用被误解的方式，去修复内心隐藏的伤痕，也不愿意尝试主动向前一步，将恩怨一笔勾销。以至于后来，我们都活成了别人眼里，那些不可避免的例外。

我曾经试图努力地去说服四叔，或者是北北一方。可惜惯性已经让他们习以为常。我也只能心知肚明地，配合他们恣意生长的野生惯性。

我承认，我无能为力了。

可是现在，一切却都变了。而这一切变化，直到几年以后，这个关于"是错不是错"的问题，我才在一个清晨醒来的瞬间顿悟。

毕业后，北北将自己的未来，大写在了南京那座城市里。南京的过去和现在，都满满地填充着厚重的历史和文化底蕴。在北北的规划里，南京不仅仅是他奋斗的起点，更是他最终追求的落点。他要在自己弹性十足的轴线里，将南京作为自救的符号，改写自己的命运走向。

从拥有记忆以来，命运一次又一次地，把北北拖入绝望之中。每一次，又被南京这座充满能量的城市，赋予新的希望和可能。在这个城市里，在很多不为人知的艰难和辛酸里，北北顽强地完成了一次又一次生命的自救。在这座充满无限可能的城市里，倔强的北北一个人默默地承担了所有风雨后的压力。

一座城和一个人的关系，刚开始是命运，接着更多的是情感。工作八年后，南京这座城市在一种快节奏的有机秩序里，重新定义了北北和他的生活。

多年的打拼，锻造了北北白桦树般的正直和倔强，也让北北拥有了重新与命运对话的勇气。在城市安一个家的愿望，终于在北北三十岁那年实现了，他在南京城一隅，买下了人生中的第一套房子。有了房子，也就意味着北北今后的人生，将在这座充满包容的城市里，慢慢地扎下根来。

这个城市和北北一样，有太多的委屈。这座城市也和每个人一样，有太多的谅解和包容。一个人与一座城的对话与相互融合，也反衬着人生太多的完美和不完美。

当北北每一次细细端量着南京城时，在这座充满厚重历史文化气息的城市里，他仿佛都会看到，那个身处生活内部的自己。这一切让他的内心，鼓胀着一种被唤醒的力量。这座城市的气节和品质，以及它大写的包容和从容，早已将自己的忧伤，慢慢地挤出了心门之外。

可是现在，岁月又重新回来了。生活，有时就在一念之间，呈现出不同的路径和结局。

一分为二的脐带

现在，我面前的北北，一种莫名的忧伤，慢慢地将他包围。这一刻，北北知道，从公章落下的那一秒起，他与故乡的联系，就像婴儿与母体的脐带一样，在这一刻已被拦腰斩断。

北北面无表情地从户籍工作人员手里，接过办理好的户口迁移材料。在他的脸上，这时候我却并没有看到开心。在之前的预想里，北北应该有胜利者的得意，还会有成功者的狂欢。而现在，它们都去了哪里？为什么在这一刻，都选择了集体失踪？

从现在开始，故乡，也从此只是故乡了。

一向乐观的北北，现在看起来有些忧伤。他低着头，强忍着心里千头万绪的悲伤，将所有的材料小心地装进挎包。这一刻，横亘在父子之间的 PK，才终于有了一个尘埃落定的结果。

北北默不作声地，转身慢慢地，走出了派出所的大门。

故乡，越来越远了。

从现在开始每一分钟，北北都在极力地克制着那些拥挤的难过。可是，那些一股脑儿地挤在自己喉咙里的忧伤，这个时候却着急地一起拥挤着朝外拱。这样熟悉的冬天，还有这些熟悉的场景，以及那些被大雪渐渐拉回的记忆，无数细节将画面连接起来。它们像过电影一样，不停地在北北的记忆里，来来回回地走，从这头走到那头，又从那头走回这头。

生活向来如此，在看似平静的时候，突然来个急转弯，将你猛闪一下。北北在短短的一天，就完成了又一次成长。

就在这一刻，他竟然很想很想父亲。他想给自己多年来，一直千方百计地都想逃避的，那个越来越陌生的人打个电话。他不知道自己要说什么，也不知道自己会说什么，他就是很想听一听那个人的声音，再好好地读一下他的倔强。

走在大雪纷飞里，我们没有说话。我配合着北北的节奏，沿着那条长长的街一直往前走，也不知道要去哪儿。我心里在想，如果北北一直不说话，那我就一直陪着他往前走，不要停下来。

走着走着，只见北北从大衣的口袋里掏出电话。他出神了一会儿，开始一个键一个键地，郑重其事地按下了手机上的数字键。

北北从来都是一个情绪稳定的人，他的表情总是管理得很到位，情绪也从不会轻易地写在脸上。但这一刻，我却明显地察觉到了他的情绪变化。

接听等待过程中，我看见北北抬起左手，调整了一下戴在头上的羽绒服帽子。显然，一种不安的情绪，正蛰伏在他的等待里。

当电波的另一边，那个熟悉的声音刚一响起，北北的倔强，在一瞬间就败下阵来。他努力地调整好情绪，刚一张口，喊出一声"爸"的时候，声音就哽咽了。只见北北的眼泪，唰的一下，瞬间就决堤了……

是不是人一旦身陷熟悉的环境，就会和平日里不一样，变成了另外一个自己？

此时的北北，已无法回答这个问题。

时间的缝隙

这一次，对于北北多年的不归和晚归，村庄并没有沸腾。

留在村庄里的那些人，他们都老了。现在的他们，已经没有了多余的力气，再去关注自己生活以外的事情了。唯一引起沸腾的，只有四叔家院子里的，朝着北北一阵阵狂吠的，那只起跳不停的大黑狗。

面对北北的出现，四叔和四婶不停地流淌的眼泪，稀释了他们之间具体的渴望。多年来，竖在父子二人之间的那堵高高的心墙，也在四目相对的那一瞬间轰然倒塌。

村庄太安静了，到处都变得寂寥冷清，村路上半天也见不到一个人影。曾经枕着几代人梦想的村庄，正在以最快的速度，渐渐消亡。

村庄里，曾经毗邻而居的房屋，几年里，竟近乎消失了一半。

2016 年，在异地搬迁的扶贫政策普惠下，村庄里有八九户上了年纪的老人，都搬到了县城居住。一直到现在，有条件没条件的，也都在尽最大所能朝县城迁移。没人住的房子，也都推成了平地，种上了农作物。

面对越来越空的村庄，四叔似乎从未有过一丝动摇。他说，自己会一直守在村庄，不朝城里搬，也不去养老院。而且，他也将自己和四婶的晚年，进行了提前铺垫。四叔说，就守在村庄，百年之后埋在这里，哪儿也不去。

四叔说这些话的时候，他一口一口地，吸着手里的那支旱烟。西斜的阳光铺满院落，正一点一点地，向后慢慢移动。缓慢的节奏悄无声息，仿佛可以一直陪着四叔，慢慢地走到天荒地老。

我扭过头，看向站在我身旁的北北。此刻的北北表情平静，他没有说话，但我却分明看到了北北眼睛里的泪光闪闪。

之前的我们，千方百计地想要把村庄遗忘。多年来，我们从不肯花费一点时间和精力，去对村庄进行一次有温度的回顾。因为隐藏太深，又怎么会有人知道，在我们的无情里，住着太多那些我们不愿被提及的往事和忧伤。

时光这么短，短到我都很难再按时间的进度进行拖曳。我从北北和我的童年开始，就这样轻轻一拖，就拖到了村庄的暮年结束。我想尽力拉长四叔的青春，却在时光的一去不返里，失去了寻找的方向。

甚至，我们从来都没想过，有一天，在我们故乡的家中，只剩下了苍老的父母和沉重的院墙。远方除了遥远，却终究一无所有。

脱胎换骨后的村庄，柏油路铺向家家户户门前的村路。一排排整齐划一的工艺铁栅栏，仿佛在提醒着我和北北，那些有关于村庄的前世和今生。

对于走出村庄的人来说，那些像我和北北一样，切断了连接故乡的那条脐带的人们，都是一只随心挣扎的风筝。他们在带着自由飞走的同时，也就意味着，从此失去了故乡对自己的身份认同。而村庄，也成了真正放风筝的那个人。有一天，当那条牵扯着风筝的，唯一的那根线断了的时候，风筝就再也收不回来了。

北北明白，在失去故乡的自己面前，留守版的父母，就是那根牵扯着他，与村庄的最后一缕联系了。北北已经没有勇气，再去想后面的事情。他变得越来越害怕，害怕自己会成为那只断了线的风筝。更害怕的事，他自己从没敢说出口。

北北不说话，可我却比任何人都清楚，他那深藏在心的惶恐。北北最害怕的，其实也是我最不愿面对的。每一次从父母家离开，我都会无法避免地忧伤。我们有着同样的害怕，害怕有一天，在对故乡的认同里，村庄从此彻底地，变成了我们握也握不住的乡愁。

北北离开的那一天，村路上依然像往常那样安静。村庄东部的那片静静的白桦林，在我们深情的注视里，依然沉寂如常。它们在大雪纷飞里，默默地目送着我和北北离开村庄。

四叔和四婶一路快步疾走，追随着载着我和北北慢慢远去的车辆，一直追出很远。直到车辆拐过村庄的尽头，我们回过头，看见四叔和四婶渐渐变小的身影，还在依稀向前移动……

坐在我旁边的北北，一动也不动地看着后视镜，眼泪一直在缓缓流淌，一句话也不说。他清楚地知道，其实，所有的难过，都无非是在为自己的忧伤，找一个恰当的理由。

迁移，一直是北北的心事，更是北北的愿望。他怎么都没有想到，那一天，在派出所办理户口迁移的情景，会让自己的心一直隐隐作痛。

当一切需要对接的事项都一一沟通完毕后，户籍工作人员手脚麻利地从打印机里抽出那张带有温度的户籍迁移证明。她拿起一枚红红的公章，小心且用力地盖在落款处的一刹那，北北的心突然就狠狠地疼了一下。他知道，公章落下的那一瞬间，那条连着自己与村庄的脐带，就这样永远地，被人为地一分为二了。

从此，面对那个熟悉又陌生的村庄，故乡也只能是异乡了。

是的，一切都在朝前走，再也没有交集了。至于未来，我们熟悉的村庄将何去何从，一切就交给时间去定义吧。

2022 年 9 月 16 日初稿于北京芍药居

2023 年 12 月 28 日终稿于吉林白山

小城慢

一

为了一种安定的生活，而选择一座小城。

十年前，在那个我读书的城市，午夜的泉城，我环膝坐在宿舍的楼顶，遥望繁华的城市夜晚。想到次日清晨，就要离开自己奋斗的城市，回到一个远离现代气息的小城，那里的工作节奏和未来都不再属于我，生活也将变得面目全非。这一切都将深深地、没有准备地迎接着我。想到此，内心茫然而又充满惊惶。

深夜，突然感到有那么多的无助和凄惶，紧紧地将自己围困，哭到累了睡着，醒来继续哭，脸上满是未蒸发的湿润。此时，满是辐射的显示器屏幕，轻透的音乐毫无意义地循环播放。

次日清晨，我精简了自己所有的行装。朋友、拥抱、耳语；行李、忧伤、车票；空气、房间、街道……这里的一切，全部残留着我曾经奋斗过的气息。

当我驻足于小城的时候，时间安静得仿佛停止了流逝。我在小城的8月里，看到了它的宁静与安详。尽管这样，我依然无法确定，这一来，是否就是我小城生活的开始。

此刻的小城，夕阳顺势摊开掌心，将余晖毫不保留地洒在缓缓流淌的珠子河水面上。生生不息的珠子河，就这样不疾不徐地缓缓向前流淌。

看着这一切，内心终于进入了极度安宁的状态，在慢下来的时光里，少了几分焦躁，多了几分轻松。

二

小城慢而简单，但小城却从不会冷落每一天的生活，尤其是中国传统的节日。小城小，人一多便显得热闹异常。

端午节，小城的清晨相比任何时候，都要来得早一些。就连那些喜欢睡懒觉的人们，这时，也会赶在太阳出来之前，踩着节气，去野外采摘艾蒿，去河边洗脸应景。

太阳还没出来，生活的细节，就已经从这一刻开始了。

走在小城的大街上，如同爬行在荒原中。大街小巷全是艾蒿、灯笼和粽子的身影，一切声音仿佛都不如人们脸上的笑容来得真切。此时，生活就在街面一一铺展开来。

在小城，焦虑常常是立体的，从四面八方来，再朝四面八方去。安静在每一个焦虑的时候，也都能让人安心。时光这种稀缺的元素，在这里，似乎很难被人想起。

这时，在绿水青山处袅袅升起的炊烟，渲染着小城的宁静。小城里的烟火人家，一粥一饭、一窗一月，朴素的光阴就这样在慢慢流淌的时光中，在生动的炊烟里，绣柴米油盐，绣儿女情长，绣慢下来的光阴。一绣，便是一生。

原来，小城恋的，原本就是一朵烟火。左手诗意时光，右手柴米油盐，将光阴慢慢坐老。

三

岁月的脚步踏着似水流年，无形，却有痕。

我没有开车，我不知道我的车跑哪儿去了。我虽然早已认准了它逃跑的方向，但我却至今没有勇气，把领养它的计划提上日程，因为我有比领养它更重要的事情来做，那就是——生活。

它不在也不要紧，索性就让我循着小城的足迹，沿途去走访这里的一草一木吧。读懂了这里的一草一木，也就读懂了一种生活。

小城小，它深居在交错缠绕的群山之中。这种特殊的地理环境，限制了小城往高处和宽处发展。

走着走着，就走到了这个村庄。迷离的小雨让颇具姿色的村庄，看起来又多了几分宁静。

一踏上这片已逐渐熟悉的土地，文武开江的气势便瞬间相互开火。脱贫攻坚的氛围，使我从众人眼里的不食烟火气息，瞬间变得与地气如此相爱。在人烟里浸泡得太久，壮志满怀的气势，早已失望地打马而去。只剩下沉默，还在与喧嚣长久恋战。

行走在干净的村路上，看着村庄的农家小院里，鸡鸭鹅狗觅食时的欢快，那么多的陈旧感堆积在熟悉的记忆里。曾经供养我从村庄里走出的烟火气息，已在我这些年匆忙的行走中，因我的冷落，变得忧伤而遥远。我能看到村庄的村路通向哪里，却看不到我的远方在哪里。

离开的时候，看着村民们淳朴的笑脸，我的内心突然豁然开朗。一个人，就是一座城，城里载着什么样的景色，由生活在这里的人们自己决定。

我庆幸这里没有冷漠，我来时，温度还在。在这个古老的村落里，那些门里院外的、窗前屋后的新痕、旧迹，或深或浅，都留在了时光深处。生活曾经在这里挣扎过的痕迹，在时光的覆盖之下，一切也早已经变得无迹可寻了。

四

慢下来的时光，慢慢地生活。

每座城，都有属于它自己的节奏。小城，却似乎总是不疾不徐地，将每一天的日子，都从头到脚，慢慢地抚摸一遍。

人处于抉择时，不能因伫立、犹疑过久，而遗失未来或往昔。一念起，就决定了一辈子。至今，我都无法确定这个抉择——回到这个小城，它能否意味着我命运的彻底改变。

希望与彷徨，总是在关键时刻，构成我内心的两面。

机关，人数不多，但关系却并不会因为这人数不多组成的圈子，而变得简单。灿烂的笑容背后，常常是让人感受到的无限心机。在机关，个人的社会背景及经济状况，往往成为现实中，人们是否敬仰一个人的唯一标准。一个人的优秀程度，能否达到众人眼中预期的目标，似乎与个人的努力也总是无关。

这一切，直到进入小城机关工作十余年，我才深深地明白了，当年那位优秀的学长，在酒深人醉后，掩饰不住的深深的失意。

那一年，回到小城机关工作两年后的师兄，借出差的机会，回到校园看望旧友。一番热烈的寒暄后，大家相约在校园附近的酒店小聚。那晚小聚后的畅然，却让我看到了他酒醉后的真实。

酒过三巡，已进入微醉状态的师兄，一改酒醉之前意气风发的姿态，K歌的时候，竟唱得自己泪流满面。当时，我虽然读不懂他那满脸失意的泪水，但我却永远记得那晚，他唱的那首《英雄泪》。

是紧张，为着各自的利益，不惜相互倾轧，空气里都渗透着紧张的氛围。然而，小城里的机关生活，人与人之间的矛盾和不可理喻，却不仅仅局限于这些。这一切，直到后来，我在饱尝机关生活的无奈和无助后，我在读了阎真的小说《沧浪之水》后，才深深地明白了一切。明白了当年那位优秀的师兄，为什么在大家看到的光鲜背后，极尽一切地掩饰，却还是一不小心，在酒精的麻醉下，释放出的失意和泪水。

事隔多年，那位出色的师兄，如今，在属于他的城市里，在他的小城机关生活里，是否读懂了阎真的《沧浪之水》，读懂了他原本的意念和理想，也在不知不觉间，随波逐流走上了官场的另一路？

五

相对于快节奏的现代生活，小城的慢，慢得仿佛会让青苔，也能够记住石头的籍贯。

小城的大街小巷，似乎从不会见到行色匆匆的路人。小城小，在这里不用担心迷路。小城远，一旦有大人物经过，就会沸腾多日。小城静，如果有根针在午夜掉在城里，小城也会打一个激灵，在瞬间清醒过来。

夏日的午后，走进逼仄的胡同里，老旧的事物让我恍惚。泛着光的青石板，容易让人想到陈旧，想到岁月。一砖一瓦，都沉默不语。

此时，一只瘦弱的小猫在阳光的抚摸下，惬意地趴在青石板下。对于意外的声响，以及我的到来，它只是懒洋洋地抬起头，不经意地看了一眼，然后又趴下，什么都不想，只享受着它当下的安宁和闲适。

原来，无法改变生命走向的，总是另外一个轨迹。

此刻，我踟蹰在小城的老街，倾情跟青石板交谈，一步又一步丈量着自己走过的曲曲直直、深深浅浅的路。在小城的慢时光里，找回丢失的自己。

六

我们看遍了风景，却只想与一个人，过细水长流的余生。

盛夏的晌午，清澈透明的阳光，洋溢着火一般的热情，倾泻在我的办公室桌上。桌上，高傲地生长在水瓶里的富贵竹，似乎极其享受这样的柔软阳光。在这座小而得当，且又精致的城市里，时间安静得仿佛都停止了流逝。

工作之余，捧着一本书，坐在窗前看人间。窗外，视野里红墙、白杨、青瓦与青山绿水浑然一体。记忆里，却是一段一段远逝的时光，拼接着小城生活的片段。

阳光，就这样一点一点地，慢慢地从干净的办公桌面走过去，就像走了一辈子。这时候，极希望有一个温暖的人，能够走进自己的心里，从内心找回那种已经遥远了许久的，一见钟情的喜欢。

可是，生活中无论是喧嚣，抑或是宁静，那种在河边洗衣服的干净美好，以及那种一见钟情的喜欢，都已经成为一个遥远的渴望。或许，一辈子都不会再出现了。原来，在这个世界上，从来没有一个故事，从头到尾都是幸福的。毕竟，幸福不是故事，不幸才是。

对未来，我笑着允诺，内心却一片潮湿。

七

时间本身就是一个圆圈，在这个东西南北分明的小城里，有多少人的婚姻是与爱情结合，又有多少人的婚姻，却是与现实相守呢？这一切想要做到泾渭分明，似乎有着相当大的难度。

这些年，我一直是安静的。安静地行走在小城里，静静地看山，看水，看机关生活，看世俗纷争。其实，看山看水，看机关生活，到头来看的却依旧还是人。小城在深深的传统中，静谧前行着，就像城中心那条明净的小河一样，不疾不徐。

小城春秋，光阴知味。在岁月的流淌中，每个人婚姻生活中的那味药，到底有着怎样的滋味，大抵只有深尝过后的人们，才有资格道出其中的冷暖和个中滋味。

邻居的一段婚姻，曾经让很多人羡慕得红了眼球。工作和家境俱佳，二人才学相当、相貌般配，在世俗的眼光中，婚姻男女的最佳组合条件，也大抵不过如此了罢。

从热恋时的如胶似漆，到婚后的柴米油盐酱醋，初始的婚姻生活还算甜蜜。但是，随着一个不速之客的到来，短暂的甜蜜生活，顿时画上了冰冷的休止符号。完美的爱情组合开始出现了清晰的裂缝，这一切让曾经隐藏在生活深处的那些不堪重负的现实需求，从此占了上风。

随着家庭新成员的到来，身份已发生具体变化的男人，却依然活在自我的世界里。工作之余，痴迷于酒局和麻将局中流连忘返。而女人的世界则随着小生命的到来，面对的是彻底被颠覆的一切。工作的忙碌、夜晚照料婴儿的疲惫、哺乳期带来的种种不适，以及家里家外的人情世故，面对爱人不负责任的无期自我放纵……生活终因疲惫与绝望，导致二人的争吵和矛盾持续升级。原本努力维持的美好，就这样被无情地打碎在现实版的美好婚姻中，日子就在问题叠着问题中艰难前行。

每天清晨和夜晚，二人相见时的对话内容，几乎不曾有过改变。一个是期待地询问对方，能否有个清醒的认识，迅速认清自己的身份和角色的转变，给爱人一个清晰的未来。另一个的回答，则是坚定地回复：人生短暂，活好自我的每一天，不为任何人改变。

话音未落，便听到了女人的心，冰冷地碎了一地的声音……

忽然有一天，当我一下子想起生活中，有一种声音仿佛消失了很久。方才醒悟，原来是隔壁邻居的争吵声，在我的忙碌中，已被忽略了许久。

再听见声响时，已是婚姻刚刚解体不久的男邻居，家中住进了新的女主人。新的家庭组合，刚开始看到的画面，也依旧是似曾相识的如胶似漆。然而，令人失望的是，持续不久的美好，在人们的期待里，随着刚刚找回的熟悉感，又随着新生活内容的出现，而被无情地打碎。

随后不久，隔壁邻居家中的争吵声，又随着新生活的开始持续不断。后来，似乎便再未偃旗息鼓。具体情节我一直积极地努力屏蔽，生怕知道后，会影响了我对美好生活的向往。因此，我迅速找到新的住处，搬离了那个被生活打碎过的小区。

原来，小城虽然与众不同，但也终归难以逃出流俗。

八

小城节奏慢，慢节奏的长镜头里全是生活的缩影，离不开，也走不进。

现实中的婚姻，那些看似门当户对，让世人羡慕的美好婚姻，又有多少是真正的精神上的门当户对呢？有多少人，在小城世俗的眼光中，

一念之间，铤而走险，选择了放弃精神上的门当户对，而选择了如大地
一般现实的婚姻呢？

　　当年，尽管内心极其渴望一个与自己在精神上能够门当户对的温文
尔雅的男人出现，尽管内心极其需要一个在生活中敢于担当责任的温暖
的爱人，可是，有些时候，人在其中也迷茫。直到后来我才明白，抛弃
了精神上的爱情，选择了如大地一般现实的婚姻，就是绝望后的现实妥
协。可是，当时面对那么多的劝阻，却不懂良药苦口，也苦心。以至于
后来，自己为当初的那个荒唐的决定，而付出了沉重的代价。

　　也许，当有一天，爱和孤独都有了着落以后，一个人才不会再为自
己当年的荒唐，而耿耿于怀了吧。

　　写到这里，我站起身，走到窗前。窗外斜对着的街道拐角处，那
一对出现在我的视野中，十年如一日地坐在街边卖瓜子的年老夫妇，此
刻，他们正安静地坐在那里，用目光注视着面前的人来车往。

　　不大的摊床上，摆着黑白分明、种类不多的几份瓜子。没有刻意的
叫卖声，似乎却从不缺少顾客。顾客多时，一个忙着称秤，一个忙着收
钱找钱。没有买卖时，两个老人只是安静地坐在那里，看着街上的人来
车往，偶尔拉着家常，不争不吵，就这样从日出，慢慢坐到日落。

　　把一生简单的日子串起来，最后，就串成了相守。或许，生活在小
城里的人们，当感情的方向遗失于往昔时，看到街道拐角处那一对卖瓜
子的老人，会不会从他们相守的细节里，看到自己想要的情节呢？

　　慢时光，让人一生只够爱一个人。原来，有些相守看似遥不可及。
其实，一念之间，却是触手可及。那些看似平常的人和事，还有那些自
己对于生活的理解，这些细碎的生活细节，早已构成了这座小城生活
里，不可缺少的日常。

九

时光那么慢，前方又太远，哪一处才是歇脚的岸呢？

不经意间，我的执念便遗落于小城的大街小巷，遗落于小城人们每一个凡俗的日子里。思考的时候，大片大片的阳光，倾泻在这座时光小城里。闭上眼，再睁开，日子就跟着慢慢醒来了。

小城里的时光缓缓地注视着我，它不急于争分夺秒，依然慢慢地向前流淌。

尽管我一直没有勇气，去想象自己的未来。我一直试着努力让自己融进这座缓慢的时光小城，但一直挣扎的内心，却清楚地知道，自己最想要的生活的模样。

法国作家罗兰·巴特曾说："理想的生活就是有点钱，不要太多。有点权力，也不要太多。但要有大量的闲暇，大量的闲暇做什么呢？读书、写作，和朋友交往、喝酒、听音乐、旅行，等等。"

如果说生命是一场修行，我们终究要学会与另外一个自己和谐相处。我不知道这座小城在未来，能否兑现给我一份精彩。但我会努力做到，让自己在众多的社会元素中，成为那一个不甘落后的、出色的元素。我可以接受命运，但我不会怀疑生活，我不想活成别人，我只想在离世时，成为全世界唯一的自己。

还好，在小城，所有的光阴都在。

2018 年 12 月 6 日终稿于吉林白山

刊于《文学港》2021 年 7 期

父亲的村庄

在人与土地的对话中，最终都是人俯首称臣。只有在一切将要抓不住时，人们才念起它的好，哪怕是创伤，都散发着天荒地老的气息。而父亲的村庄，正如许许多多鲜活的事物一样，被打上记忆的标签，安置在内心的某个角落里。在时光的交错中，与记忆各自鲜活。

——题记

老　井

时光中，总有一些锁不住，却又挥之不去的忧伤，隐隐缠绕在心间，形成了光阴的脉络。

想起村庄，便总会想到滋养了一辈又一辈的村头的那口老井。在我的孩童时代，老井与村庄一直默默相守，相互照应。它远离喧嚣，隐于山林，水质清澈甘甜，供养着一代又一代的乡里乡亲。

记忆里，一直以来，父亲总是第一个叫醒村庄醒来的那个人。每天清晨四五点钟，天刚蒙蒙亮，父亲总是在起床抽完一支旱烟后，在山村的寂静中，"吱呀"一声打开大门，从墙根拿起扁担，担起水桶，走向老井。继而，村庄就在这一刻，紧跟着父亲的脚步声醒了过来。紧接着，家家户户的院落里，便相继传来扁担"吱悠吱悠"的悦耳的交响乐。

此时的村庄，家家户户的房屋上空，升起了袅袅炊烟，空气里仿佛都飘散着粥香的味道。乡亲们的院落里，鸡鸭鹅狗觅食时欢快的叫声，也相跟着打破了此时村庄的宁静。

这时，村庄的活力仿佛都从这一口老井开始了。夏季的老井尤其热闹，只有几十户农舍组成的村庄，全村共用村头的那口老井。清晨的老井，经过一个夜晚的沉睡，醒来时水尤清冽甘甜。

清晨时分，乡亲们总会不约而同地相继来到老井边，打出甘甜的井水，一担一担地挑回家，将家中的水缸蓄满水，以备一天生活所用。

村庄只有一口井，通往老井的一条路从村庄中穿过，穿连乡亲，穿起一个个充满烟火气息的日子。每天清晨，生活的细节就在这样的细水长流中，一直通向最有凝聚力的老井。

井台边，挑水的乡亲越来越多。但是，老井永远都无须有沉重的担忧，乡亲们绝不会因为挑水的拥挤，而发生争执与口角。大山的宽厚，养成了山里人互相礼让的淳朴本色。太阳慢慢升起来了，通往老井的路上，也变得更加热闹起来。

等待的过程中，男人们会卷上一根旱烟，极其享受地三五成群，坐在井台四周的石头上。他们互相打趣着，唠一唠庄稼的长势，聊一聊自家孩子的趣事，说一说家长里短的囧事，笑声一阵阵响起。

跟随着大人们前来凑热闹的孩童们，则蹲靠在大人们的脚边，兴奋地玩着石子，一阵阵清脆的笑声，给老井带来了最有生活气息的声音和活力。

老井用它的甘甜，滋养着全村。时间一长，老井便有些不堪重负，井水常常因为夏季雨水的搅扰，而变得混浊不堪。

农闲时分，乡亲们终于可以小憩片刻了。这时候，父亲的心事却多了起来。其实，不用父亲开口，乡亲们总能读懂他沉甸甸的心事。每当这个时候，乡亲们总会不约而同地自发安排好时间，找一个晴朗的日子，在父亲的带领下，开始了惊天动地的淘井运动。

他们热火朝天地从早上到中午，从中午到夕阳西下，一刻不停地忙碌着，直到清淘到井底冒出的全是清幽幽的井水了，井下的人才长舒了一口气撤了上来。

这时候，乡亲们便像打了一场胜仗一样，围坐在井台四周，满足地抽上一顿旱烟，全然忘记了一天的忙碌和疲惫。走时，还不忘探头看一看，井底慢慢渗出的清澈的井水。然后，才带着满满的成就感，相跟着各自走回家门。

次日清晨，老井里的水又恢复了往日的清冽甘甜。通往老井的那条路上，又响起了扁担"吱悠吱悠"的交响乐，一阵阵欢快的笑声，响彻在整个村庄的上空，将生活的纹理再次铺展开来。

夏日的夜晚，井台边是村庄里最有凝聚力，也最热闹的地方。吃过晚饭，村里的劳力们都不约而同地来到了井台边，放松着一天劳作后疲惫的神经。东家带来自家菜园里新摘下的黄瓜，西家带来果园树上熟透的李子。乡亲们围坐在井台四周，分享着相互的劳动果实。邻里乡亲之间的感情，就这样在温情中不断延伸。

父亲的菜园子此时便是最骄傲的时候。它像一个宝藏一样，在父亲辛勤的劳作里，新鲜的果蔬像获胜的大将军一样，竞相展现着自己的丰硕成果。门前的菜园子不大不小，记忆里，家里一年四季的果蔬，从来没有中断过。每一年，父亲都会按照瓜果蔬菜的生长次序，把他的菜园子安排得井然有序。春有草莓，夏有黄瓜，秋有李子，冬有秋季储存的是父亲自己嫁接的果树上生长的小苹果。

村庄由于深居大山，受地理条件限制，家家户户的菜园里，种的瓜果蔬菜都是自给自足，没有买卖交易。可是，尽管家庭人口不多，父亲的菜园里，每年种的瓜果蔬菜却是多得吃不了，最懂他的心事的便是母亲。

炎热的夏季，每天晚饭过后，母亲便会把成熟的瓜果蔬菜摘下来，端到井台旁边洗干净，放到一个大盆里。紧接着，母亲再用水桶打出一桶清凉的井水倒进大盆里，以供前来乘凉的乡亲们惬意享用。

每当这时，坐在井台旁边的父亲，脸上总是挂满了自豪的笑容。他一边抽着旱烟，一边和乡亲们拉着家常，满足地看着乡亲们一脸幸福的吃相。老井便在这热闹的日常里，依傍着村庄和田野，带着一种诗意的情调和理想的情怀，在烟火明灭之间，深情地望着这一片热闹、和谐的生活画面，淡定而又从容。

然而，每一种事物都无法停滞不前，老井也不例外。

随着时光的渐老，老井也老了。如今，在新农村建设的温暖氛围中，深水井俨然一位获胜的大将军，在曾经贫穷的村庄里，以淡定的姿态，从容地指挥着甘甜的优质水源，井然有序地流向家家户户的自来水管道，给宁静的村庄增添了一份幸福和自在。

此时的老井，像一位上了年纪的老人一样，在村庄里彻底失去了用武之地。它寂寞地守在村庄的一隅，张望着村庄里与往日不同的车鸣人欢，承受着被现代文明冷落的忧伤和疼痛，俨然社会的缩影，在季节更迭与风雨侵袭中，变得荒凉而忧伤。

生活中，总会有许许多多的事物，俨然老井一样，被打上记忆的标签。在新旧事物的交接中，它们相互交替、连接着，像齿轮一样，一环紧扣一环,推动着时代飞速向前发展。

而曾经鲜活的经脉,则渐变为一种遥远的地址和符号,渐渐地隐入时光的纹理。正如父亲的村庄,正如村庄里的那口老井,正如人们心中梯次到来的春天……

老 屋

农民、汗水、生存与挣扎,一大串的生存符号在曲线中,跳跃在父亲的年华里。

老屋老了。如果不是因为要回乡处理一些旧事,我是不会再回到那个地方。此时的老屋,仿佛像一座被遗弃的孤岛,孤独地守候在被现代文明抛弃的村庄里。曾经烟火温存,而今,却像被掏空心脏的老人一样,在风雨中飘摇,被岁月无情地荒芜着,变得荒凉而忧伤。

人生的愉悦和幸福,本来就只是挣扎或伤痛之间那短暂的间隙。老屋,是父亲用尽全身的力气和温度,耗尽心血的杰作。

年轻时的村庄,家家户户住的都是泥草房。居住的房屋看似简单,但修建时却是一件耗时耗力的功夫活儿。山里人的温情,让看起来并不俊俏的泥草房,却是带着满满的温度,骄傲地拔地而起,像乐观的哨兵一样,为山里人守候着幸福的家园。

老屋诞生于父亲的最美时光里。那一年夏日的农闲时分,父亲便开始像小燕子一样,忙着为一家老小搭建温暖的家园了。铡草、和泥、脱坯,然后将脱好的土坯,在太阳底下通风日晒。待房屋框架形成以后,就该是干透了的土坯精彩亮相的时刻了。

垒坯看似简单,但却是一道非常细致的工序。趁天气晴好,在众乡邻的热心帮工下,一鼓作气完成所有的工序。这时的老屋,像新生的婴儿一样，在村庄里挂号问世，骄傲地成为村庄里一员。

泥草屋虽然并不俊俏，但是父亲总是不遗余力地，精心地打扮着他的家园。每年的春节前夕，父亲便发动全家老小，用买来的报纸，开始精心地打扮他的家园了。记忆中，最兴奋的时刻，便是每年父亲从山外的小镇，成斤买来的那几大捆报纸，所带给我的愉悦和满足了。

八九岁正是对知识渴求的时段，大山里的文化贫穷，让对知识充满渴求的我如饥似渴。梦想就是在那个时候，走进了我文字的伊甸园。每天我小心地解开打捆的报纸，铺在炕上，一个字一个字认真地读着。入迷时，全然忘记了父亲分配给我的那些任务，直到院子里的活物们飞上蹿下狂叫不已时，我才在惊慌中放下手中的报纸，飞快地跑出去，安抚着那些我手下乱作一团的兵将。

糊上一层新报纸的老屋，虽没有脱胎换骨的巨变，但却有焕然一新的新颜。父亲用他的坚韧和乐观，为一家老小，在艰难的岁月里，构筑了一个温暖如春的家园。

年轻时的老屋，似乎从未与富裕有过亲密接触。它承载了几代人的辛酸和挣扎。在老屋的怀抱里，曾经因为住满贫穷，偶尔伴有父母焦虑的争吵。也有因为孩子的淘气，在父亲的恨铁不成钢里，在他愤怒的巴掌下，时时传来的鬼哭狼嚎的求饶声。

富裕可以让人们减少生活里的奔波，少去艰难带来的焦虑。对于这一切，之于老屋，仿佛永远陌生。尽管这样，年轻的老屋依然在父亲的精心呵护下，如同一个家庭的灵魂一样，一直以坚强的姿态，为全家人守候着幸福的家园。

然而，老屋的平静仿佛只是短暂的。

八岁那年夏天，由于家乡交通闭塞，兄姊都去了山外寄宿求学。勤劳的父母每天总是天一亮就出发，到离家很远的田间劳作，直到繁星满天的时候，才从几里之外的田野里归来。

在母亲的叮咛里，年幼的我每天放学后，不仅要喂饱家里的鸡鸭猪鹅狗，还要笨拙地做好全家人的晚饭。偌大的一个院落里，小小的我穿梭于门里屋外，像大将军一样，忙乱地指挥着那些围着我连唱带叫的大大小小的活物，大有指点江山的气势。做完这一切的时候，山村里的夜晚已是漆黑一片。

家乡是一个贫穷的角落，由于交通闭塞，小时候那里不通车，没有电灯，更没有电话。老屋孤单地坐落在大山脚下，在村子的最东头。每个这样的夜晚，我不敢一个人待在只有一点萤光的土草房里，总是一个人坐在大门口的石头上，在漆黑的夜里，竖着耳朵侧耳倾听着小路上的脚步声，等待父母劳作归来。

每一次稍听到一点声音，便拖长哭音，大喊着爸爸和妈妈。时而哭一会儿，喊一会儿，时而边哭边喊，直到他们的脚步声出现在小路上，他们听到我的哭喊回应着我，那时我的哭声才会戛然而止。

时已深秋，一天放学后，由于连续几天发烧，意识有些模糊。我昏昏沉沉地喂饱家里那些因为饥饿而乱作一团的活物后，便开始强打精神，着手准备晚饭。

尽管贫穷，但山里人的头脑里却从不缺乏智慧。他们总是就地取材，把生活安排得井井有条。四根长方形的木条钉成井字形，便成了居家过日子的烟火大使，供山里人热饭所用。

然而，它虽然给人们的生活带来了便利，也给充满烟火的生活带来了无形的隐患。那个傍晚，北方的烟囱，在颤抖的阵痛中，定格了我生命以来最清晰的记忆。时至今日，在时光的折射下，想起来，我的心仍会隐隐作痛。

尽管头脑沉重，但我还是极有秩序地将烟火大使放入锅中。淘米做饭自然少不了它们的亲密伴侣，点上柴火，一切都在井然有序中进行完毕。

做完这一切，扭头看见水缸空了。于是，我便拎着家里的小水桶，去附近的老井里，一点一点地朝家里拎水。

每一次回来，屋里的炊烟都一次比一次浓烈。由于缺少安全意识，进屋后，打开锅盖，想看看米饭蒸的情况如何。刚拎起一半锅盖，只见锅里的火苗呼的一下蹿到半空，只见锅中的"木井"着得火光四射，木头锅盖也呼呼地蹿着火苗。而我前额的头发和眉毛，被迅即跃出的火苗瞬间烧焦。

我惊恐地扔下锅盖，惨烈地叫喊着朝外奔跑，声嘶力竭地呼喊着乡邻前来救火。大火在陆续急速赶来的乡亲们的帮助下，终于扑灭了。而老屋的房盖，却烧得寸草未留，火后的老屋一片狼藉。父母被赶去报信的孩童喊回时，日已落暮。

望着被烧得一片狼藉的老屋，母亲痛心疾首，父亲扭头看见战战兢兢地躲在邻家大伯背后的我，转身抄起扁担就来揍我。我在众乡邻的庇护下，惊叫着，哭喊着，四处奔跑着，躲闪着父亲的狂怒追赶。

夜晚一片漆黑，我挣命地奔跑着，终于逃掉了父亲的惩罚。深秋的寒风阵阵袭来，我瑟瑟发抖地依偎在家附近的一个豆秸垛旁，昏昏沉沉睡了过去。

一觉睡到第二天早上，醒来竟发现自己睡在自家院子里临时搭起的一个塑料棚子里的木板床上。原来，在众乡亲的帮助下，大家在火后残留的老屋里，挑拣出还可以勉强使用的生活物品，又点着明火，连夜搭盖了一个可以避寒的塑料大棚。

忙碌完毕，大家才想起我这个此次火灾的肇事者。大家焦急地在黑夜里分头寻找着我，呼喊着我，可是，在严重的高烧下，还又惊又怕的我，根本没有听到这一切。

老屋在全家人的伤痛中，在全村人的热心帮助下，进行重新修缮，获得新生。经历岁月的淘洗，在不变的光阴里，变化了的是人事，是情怀。老屋修缮后，父亲依然在他生活的生产线上，循着既定的环节，一步一步地，扛着生活的大山艰难前行。而究竟要走到哪里，或许，他自己也看不到未来。

而我此时，却一天比一天地痛恨老屋，痛恨它的寒酸所带给我的苦难；痛恨它的闭塞，所带给我的贫穷；痛恨它的贫穷，所带给我的自卑。于是，走出老屋的信念，就这样疯狂地生长。我一次次地，想尽早冲出它的怀抱，冲出这个贫穷而又落后的村庄，想逃离、背弃、遗忘，走进更广阔的天地。

随着时光的走远，往事凋零。工作后，在城市艰难地打拼与挣扎，在人与人之间冰冷的寒暄中沉默。城市可以栖居，但未必可以归属。

此时，村庄里乡亲们的古道热肠，在城市的冷漠面前，越发让人感到怀念。有多少美好的往昔，已被岁月荒芜。而当人们意识到往昔的美好时，岁月却早已不在那里等你。

一把生锈的铁锁，锁住了尘封的岁月。即使你身在老屋，也只能用记忆的碎片，来还原生活想要的模样，却无法再次找到一屋子的春夏秋冬。

走近破败不堪的大门，我摸索出临行前，母亲小心地放到我手心里的那把印迹模糊的钥匙。一把生了锈的铁锁，锁住了父亲一世的春秋和最美时光。

打开锈迹斑斑的门锁，眼前的老屋，正在以忧伤的姿态，在静默中迎接我的归来。时光无情地侵袭着老屋的门窗、栅栏和院落，早已找不到它曾经充满温度的本来面目。

院落里长满了青草，破败不堪的大门，有气无力地支撑着时间的脊梁。带着倔强，带着委屈，留下一地的斑驳。此时，尽管我心里有一万个不愿意，但也不得不承认，老屋老了。

晚年的父亲在重病失语后，不得不离开了他热爱的老屋。当我和哥哥商量着，是否将父亲的老屋，通过易地搬迁的方式，与县城的扶贫房屋进行置换时，一直安静地坐在旁边的轮椅里，在认真听我们交谈的父亲，却突然像孩童一样，瞬间泪流满面。

他无声地哭着，用自我出生以来，在对父亲的认知中陌生的方式，焦虑地表达着他内心的渴求。他不停地用手指着窗外，流着泪伤心地看着我。而此时的哥哥和我，已无法抑制地，由之前的泪流满面，早已变得泣不成声。

直到这时我才明白，老屋对于父亲，是盘根错节的不舍。老屋之于父亲，如同一个乡间的灵魂，渐变为一种曾经的地址和符号。老屋在，父亲就在，没了老屋，父亲的灵魂只能浪迹天涯。

老屋，那几个字很短，却贯穿着父亲生命的始终。直到那时，我才明白，只要老屋活着，父亲就活着。我本以为时光还很长，但父亲却和老屋一样，在时光的淹没下，空荡荡得如没有炊烟的村庄的上空，成为大地上一道抹不去的伤痕……

村 庄

看见山的时候，山还叠着山。村庄多年来就这样安静地幽居在大山深处。

村庄不大，五六十户人家，却构成了这片黑土地上，最有烟火气息的村落。它在远离喧嚣的大山深处，守候着村庄的日出与黄昏。村庄是随着父亲这一拨人的到来，才在那个小镇的地名志上落上了户口，才名正言顺地，有了一个自己对外交流的文化名片。

村庄开始时，只有几户从山东逃荒定居在这里的人家。山东人闯东北并不是盲目的，东北人少地多，只要能出苦力开荒，就有饭吃，就不会被饿死，能吃饱也就成了人们赖以生存的第一要素。

逃荒要有目标，山东人闯东北主要是投亲靠友。于是，这个最初连户口都没有的村庄，从最初的几户人家，像滚雪球一样，越滚越大，最后形成了一个五六十户人家组成的村庄。

人有时，就如飞鸟口中的一粒种子，一旦滑落到某个地方生根发芽，很多的东西就再也难以改变了。

父亲挑着简单的行李，跋山涉水从千里之外，跟随着一拨逃荒的家乡人，来到了这个村庄。从此在这里扎根落户，一辈子再也没有离开。

很多次，我都恨恨地责备父亲，为什么不离开村庄换个活法，是舍不得这片让人疲惫的黑土地，还是没有勇气开始另一种全新的生活？每每这时，父亲总是抽着旱烟沉默不语，我气愤地猜测，或许两者都有吧。

村庄三面环水，只有一条出行的旱路，且不通客车，成了一个典型的死胡同。每每出行，村民们都要顺着这条弯弯曲曲的山路，一直走出十多里地的大山，才能搭乘上每天只有一次往返的，通往县城的客车。自古以来，小村里的祖祖辈辈，就是在这同一条崎岖的山路上，踩着前人走过的脚印，一直走到今天，我亦如此。

小时候，村庄里的一草一木都成了我拼命逃离的对象。我痛恨那个村庄，痛恨它的闭塞所带给我的贫穷，因为贫穷所带给我的自卑。因为贫穷和自卑，让我顽强地同命运抗争。因为抗争，我一直不甘示弱地，努力提升自己。终于有一天，我如一只被父亲放飞的风筝一样，飞出了那个令我一直痛恨的村庄。

然而，根却因种子的不舍，从来就不缺乏力量和热情。脱胎于草木的炊烟，无论飘向哪里，都离不开村庄的牵引。无论我如何拼命地逃避与挣扎，生活还是让人没有准备地，有力地将我打回了原形。

2005 年腊月，是我刚回小城工作的第一个冬天。小城因地理条件的限制，交通和信息闭塞，经济难免会显得萧条，财政开支便相对困难。因此，全县工薪阶层的月薪，也只是人均六七百元的标准。

由于父母家在乡下，我一人独居小城，每月还要拿出六分之一的工资，来支付房租的费用。尽管自己已经极力节衣缩食，但是繁杂的人情往来，每月总是弄得自己捉襟见肘。

我的生活一直处于简单、平静的状态中，我不敢像有些家境好的同学和朋友那样，经常地呼朋唤友大聚小聚。因为他们即使花空了工资，也不会为衣食住行担忧。毕竟他们还有自己的父母，作为他们强大的经济后盾。而我如果同他们一样的状态，则要想着怎样用下个月的工资，来弥补这些因意外的支出而出现的窟窿。这样月复一月，自己月月凄惶。

尽管这样，生活还是出现了危机。时已腊月，在工作和生活的交往中，红白喜事和大事小情接二连三，这些支出不仅让我掏空了所有的积蓄，花光了手里的工资，还使我的衣食住行也出现了问题。

已近春节，收支已出现了不小的负数，父母从电话里知道了我的窘状，一辈子要强的父母怎么能容忍自己的儿女欠债过年呢？

由于家乡交通极其闭塞，想要出行，则需清晨四五点钟就得翻山越岭，走十五里地的山路，赶那辆一天只有一趟的早车。

寒冬腊月，父亲在严寒的清晨里，天微亮就吃力地踏着积雪，朝十五里外的车站赶路。来到县城时，已是上午十一点钟。父亲下车后又冒着严寒，步行来到单位找我，将从怀兜里掏出的，带有体温的一千五百元钱递给我。

接过父亲给的钱，我的心情沉重如铅。在父亲的催促下，我匆忙地跑了几处还上了外债，等还债归来，看到父亲还站在单位的门口，抽着一支快燃尽的旱烟平静地在等我。

看见我回来，父亲那张沧桑的脸上，带着几分笑意和爱意。他询问我，是否还清了全部外债。我没有说话，只是表情生硬地点点头。

父亲又说，下午两点的车，过年了，得添几个新盘和新碗，让我陪他去市场，买几个盘子和碗带回去。

我带着父亲去了小城唯一的一条商贸街。在那里，一条并不长的步行街，摆满了卖年货的小摊。父亲走了几个卖炊具的摊位，最后和一个摊主讲好价格，蹲在摊位前，精心地挑选着他的年货。我则冻得两手插在衣袋里，缩着脖子站在旁边等父亲。

买年货的人来人往，父亲安静地蹲在那里，精心地挑选着他的年货。这时候，我才发现，父亲的两鬓已是斑白，这一切我竟然从来没有注意过，他的头上是从什么时候开始，被寒霜染尽青丝。

这么冷的天，父亲穿着从我上中学的时候，就穿的那件棉衣。这么多年过去了，这么旧的棉衣想必穿着，也保存不了多少温度了。这一切，为什么我竟然从来没有想过和留意过？为什么我从来没有想过，要为父亲在寒冷的冬天，添一件厚厚的棉衣，为他增加一点点温度？为什么这么多年，我只在乎自己的成败得失，而从来没有想过，自己的双亲如何在困苦中艰难度日？浓重的自责情绪，一直紧紧地包围着我。一阵阵热辣辣的暖流，不停地涌在我的喉咙里。

这时，父亲挑好了年货。他付了款，站起身来，将盘子和碗递给我，表情愉快地问我想要点儿啥，他去给我买。

我本想平静地回答父亲，说我什么都不需要。可是，想说话的时候，我的声音竟一下子变得哽咽了，眼泪汹涌地流了出来。父亲微笑的表情看见我突然流出来的眼泪，一下子僵住了。

没等他开口，我抱着碗和盘子快速转身就走，父亲在后面紧紧地跟着我，一直回到我租住的小屋。他没问我为什么哭，我也没有解释自己为什么突然就流了眼泪。

整整一个多小时，我都在边做饭边流泪。那天的眼泪不知道为什么，就像滔滔江水，止也止不住。

最后，我竟无法控制地，边做饭边抽咽着哭泣。父亲就一直坐在我的小床上，默默地抽着旱烟，一支接一支。

做好饭，我把简单的饭菜摆在临时搭设的"餐桌"上，流着眼泪埋头吃着米饭。我的眼泪成串儿成串儿地落在碗里，鼻子里还不时地，发出难以抑制的抽噎声。

父亲那天的胃口特别小，一小碗米饭几乎没动。他不停地抽着旱烟，时不时地默默为我夹着菜。我把和着饭菜和眼泪的米饭，拼命地朝嘴里扒。

那顿午饭，几乎是父亲在陪我，他却粒米未动。而本没有食欲的我，只是大口大口地，朝嘴里扒着饭菜。我不敢抬头，以此来掩饰自己难以抵制的忧伤情绪。最后，就这样在我的抽噎中吃完午饭，再后来就是送父亲去客运站，乘坐一天只有一次往返的客车。

想着到站后，父亲还要冒着严寒，在漆黑的夜晚里背着年货，爬十五里的山路走回家，我心疼地哭着朝回走。到了单位，走进办公室之前，我强行控制住自己的情绪，擦干了眼泪走进去，强作平静地完成了下午的工作。

无论父亲走向哪里，最终都走不出他的村庄。随着光阴的流逝，父亲的村庄老了。它静守在时光深处，从春到秋泅渡。尽管它有一万个不愿意，但也只能有气无力地，沉默地承受着正在逐渐消失的无法逃脱的命运。

老去的村庄，一花一草一木，盛开、凋零、残败。此时的村庄，随着城市化的进程，少了青春的活力。时间已把曾经充满活力的村庄，雕刻成了一个巨大的空巢。

生存，永远大于情怀。青壮年因为生活，背离乡土。孩童们因为求学，远离家园。昔日的热闹，安静地隐入乡土的纹理，与流逝的时光相依为命。

花开花谢，草长草衰，静守在时光深处的村庄，终于在迷茫中，盼到了出头之日。生活并没有因村庄的苍老和破败，而对它无情忽视。在苍凉中，父亲的村庄被新农村建设，意外地注入了新鲜的元素。那条通向山外，困扰了几代人的黄土路，在新农村建设里，犹如一条蜿蜒的"黑丝带"，铺进了百姓的家门口。

村庄在暮年中，沉静地承受着与时代对接的惊喜，合理的新农村规划，勾勒出这个落后村庄的新格局。

而此时，晚年失语的父亲，早已因身患重病，再也无法站起身，用尽全身力气，与他难以割舍的黑土地，进行再一次的亲密接触。

而此时，当我用力伸出手，触摸到往事的温度。那一刻，我才发现，自己离村庄很近。

2020 年 5 月 18 日终稿于吉林白山

2021 年，获"孙犁散文奖"和

"吉林省第六届公木文学奖（吉林文学奖）"

刊于《青海湖》2021 年第 5 期

远程代码

最有价值的遇见，莫过于在某一瞬间，重遇了自己。

——题记

够得着的远方

把自己活成别人的远方，我好像从来都没有认真地思考过这个问题。我只知道，对于北方的人来说，南方就是他的远方；而对于南方的人来说，北方就是他的远方。

这些年，每当听到关于远方这个话题，我一直都在不动声色地，努力地回避着，这个比悲伤还悲伤的话题。

长白山的 6 月，阳光和空气一分为二。一半热烈，一半清凉。回城的路曲折且又漫长，近些年，这条回家的路，如同一个盖了章的通行证，几乎贯穿了我所有的周末和假期。生活里，也早已丢失了曾经认识里的诗和远方。

很多次，我安静地坐在靠近车窗的位置，望着车窗外疾驰而过的那条熟悉的山路。如果不出意外，按照规定的生活向前行走的话，在未来长达一辈子的生活里，我会不会是在这条路上，一直走到死？

想到这里，一个人的忧伤，就像老屋的房顶上，那些永远一样的晨昏，缓缓升腾起的炊烟一样，无法治愈。

端午节，从乡下的父母家回到城里。一进屋，我就迫不及待地洗去一路上的风尘仆仆。做完这一切，在疲惫的陪伴下，倒在沙发上，很快就昏昏沉沉地睡了过去。

父亲重病后，我宛若变了一个人一样，从之前的云淡风轻，到现在的重心转移。对于我的亲人，我越来越害怕与他们告别，也越来越害怕接到家里的电话。曾经，那些离开家门，就奔向远方的万丈豪情，在没有过渡中立减为零。它们直接被意外打碎的生活，压缩成了一个沉重的实心球，连细节都被进行了直接省略。

少年时，我不懂父亲手中的烟，为什么每一天都在他的沉默里缕缕升腾？我常常纳闷，父亲为什么要在一个个沉默的夜晚，总是一个人坐在茫然的黑暗里，一支接着一支地，抽着他的旱烟？那些无法控制的，一阵阵剧烈的咳嗽背后，又默默地吞咽下了多少不为人知的辛酸。

黑暗里，父亲那张近乎表情空白的一张脸，在他指间的烟火明灭之间，不时地亮起。思路一向清晰的我，却总也无法计算出，父亲那张表情近乎空白的脸上，到底暗暗地隐藏着多少焦虑和悲伤。

现在，父亲在他的岁月里，已躺成了一张弓。他总是蜷缩着身体，面朝后窗侧卧，沉默地看着窗外的四季。躺在火炕上的父亲早已失去了声音，从大病的那天开始，他就丧失了语言交流的能力。到现在算起来，已经长达五年的时间了。

每天的二十四小时，父亲是火炕最亲密的伙伴。除了一日三餐被搀扶坐起外，剩下所有的时间，他都不声不响地躺在火炕上，躺在那个属于他的被时光固定的位置。

没有入睡的时候，父亲也总是紧锁眉头闭着眼。他并不是想睡觉，而是唯有选择闭目，才能让他在绝望的重压下，被黑暗贴心地保护。剩下的时间，他唯一还可以为自己去做的，似乎就是努力地，维护那一丁点儿的最后一丝的尊严和体面了。

目前的安静透露出来的信号，似乎已经为他够得着的远方，埋下了深深的伏笔。他连解决目前苟且的能力都没有了，这对于曾经奋力挣扎一生的父亲来说，是何等的打击和嘲讽。父亲不能说话，不代表心里不明白。

在村庄里，和父亲年龄相仿佛的那一代人，现在已经越来越少了。他们用自己的一生，攒了很多很多的故事，在村庄的地名志上，进行了有序的远程排序。

在东北风呼啸声中，我仿佛听到了有关于他们的未来。

口袋里的远程代码

午后的阳光，柔和的光线斜射在靠近窗子的书桌上。抽屉里，还保留着几盒封面陈旧的校园民谣磁带。在渐渐被遗忘的远方里，见证着那些回不去的青春岁月。

这些带有年代感的民谣磁带，A 面是绿色葱茏里，河水平静的岸边，站着形单影只的歌手老狼，目光深邃地抬头望向远方；B 面则是一群青涩的少年，在黄昏的斜阳里欢快地奔跑，他们一直待在阳光里，呼应着青春里未经允许的重叠。

随着记忆的一再潜入，那些躺在我记忆深处的他们，像一块沉重的磨盘，压疼了我的肩膀，也压疼了我的呼吸。

我没有办法对这里的一切置之不理，也没有办法切断自己对往事的串联。这里的一切变得都太快了，我决定绕开这个话题，沿着我的成长轨迹，从一个城市的视角说起。

现在，我打开了那些有序排列的字符，仅挑出与我有关的"J"字符，来与这个世界对话。那么，从现在开始，将过去与现在连接的，都要从这个远程代码说起。

多年前的一个秋天，我终于可以逃离开这片时刻都想背离的土地。我的方向是 J 市，我的远方在那时也是 J 市。

出发前，我背着简单的行装，将所有能够证明我社会身份的资料，全部都装进了一个贴身的口袋。装进去以后，总觉得还是缺少一份安全感。于是，我又翻箱倒柜地寻找出一枚别针，给这个口袋又加上了一道保险。

摸着口袋里的它们，心里终于长长地舒了一口气。现在，它们是离我最近的远方。从此，我离家越远，就越需要它们带给我距离之外的踏实。在治疗安全感缺乏的问题上，无论生活里有多少道药方可选，这个熟悉的配方，对于我来说，却永远都是不二的选择。

随身携带的物品里，似乎什么都可以丢失，唯独那张迁往 J 市的户口迁移证明，还有那张千金不换的入学录取通知书不能丢失。如果丢失了这一切，也意味着我的生活秩序，将会出现阶段性的断层。

我是一个内心极度缺少安全感的人，也就是说，在我的内心里，可以被定义为安全的那一部分，压根儿就不允许空空的断层出现，哪怕只是片刻。因此，我生活里的每一分每一秒，一直都在警惕地抵制，那些陌生却又熟悉的符号被重新定义。

对于痛苦，抑或是喜悦，我一直都比较克制。这些年，我的早熟，我的懂事，我的沉默，这些与精神属性息息相关的一切，都过早地定义了属于我的印象。我的喜怒哀乐总是严丝合缝地抱团取暖，它们执拗地隐藏在生活的皮肤之内，不允许我轻易地出卖它们的尊严和矜持。

毕竟，生活和活着是两回事儿。

所以在我的抵达里，我未来所有的投射，就是那个口袋里装满的我的远方。更多的时候，它们是和尊严有关。

阳光导航的成长半径

事实上，从接到 J 市大学的录取通知书后，我就没有好好睡过一个长觉。离心似箭的念头生长得太久了，这一次，我终于找到了一条可以沿着阳光导航的直线。而且这一次的离开，是可以名正言顺地离开大山的理由。

等待开学的日子漫长而又煎熬，这种日子就像一条勒在脖子上的自紧扣，越想挣扎勒得却越紧，越想摆脱越被勒得喘不过气来。如果一切允许，我恨不得立刻长出一双飞翔的翅膀，离开这个我做梦都想逃离的地方。

剩下来的时间里，我最需要练习的就是忍受等待的煎熬。只有这样我才能实现自己的星河梦想，才会越来越具备进退自如的能力。

每天，我习惯坐在山坡上，放牧父亲的那头耕牛。时间总是在悄无声息中走远，它从不会在乎我，更是在漠视中忽略我所有的心事。它不懂我的星河梦想，更不知道我为了这份梦想，所忍受的那些不为人知的精神煎熬。

只有我自己更懂自己，我真的想通过自己的不懈努力，向未来争一个出人头地的机会，让自己的亲人可以彻底地摆脱这片土地对他们的束缚。我想让他们过得更好，最起码，比以前好，比以前的之前还要好。

远远地，我会望着那头慢条斯理地啃着青草的耕牛发呆，看着它在草地上慢慢地移动。我想让时间快点走，到山的外边去，那里有我想要的远方。

正午的阳光，与远山近水一样时时邂逅。在我此时的物象里，那头耕牛是主角。从父亲到母亲，他们的目光和心思，几乎全在那头牛的身上。然后，才是将剩下的一小部分关注留给了我。对于他们自己，却丁点儿未剩。

在乡村快乐和不快乐的日常生活背后，想要过好这一生的成本实在是太高了。他们一早一晚都在属于自己的土地上，灰头土脸地忙碌，用坚硬的生活触角，切割着无法被生活温柔以待的命运。

我的逃离和抽离，或许才是拯救他们未来的，最匹配的路径吧。

挣扎了半辈子，我的双亲始终没有走出自己的生长半径。他们年复一年地，复制着看不到未来的日子。生活的艰辛在每一个细小的苦涩里，都藏着陌生。可是他们每一天，还照旧复制着他们的辛苦与困顿，沉默地消化着所有的辛酸和苦累，就像什么都没有发生过。

我常常会一个人坐在山坡上，看着远方发呆。当我离开以后，他们会不会将我空出来的重心，通过转移的路径，变成那有限的确认码之一，留一小部分的关爱，给他们自己呢？

想到这里，心里的这根刺，又深深地扎疼了我。

一天一夜的绿皮火车拉着长笛，哐当哐当地奔跑在抵达 J 市的路上。我坐在靠近车窗的位置，出神地望着车窗外疾驰闪过的风景。

想到剩下来的时间，可以由自己做主，用来寻找想要的远方。此时，世间万物在我面前，都展现出它们的美好。这一切带给我的愉悦，让我看见什么都想笑。在迫不及待的逃离中，我已经提前开启了幸福的模式，开始享受 VIP 的待遇了。

身后永远是故乡了，我却没有一丝一毫的忧伤与恐惧。对于那个又穷又闭塞的村庄，我知道，自己已不再需要它，我将要走向更远的远方，告别我痛恨了很多年的灰头土脸的人生。

那么，既然我已选择与它告别，从此，它是不是就可以，在我能够达到它的距离之外了。并且，无论今后的生活有多少道选择题，我都希望自己以后的生活，都不要与它再有任何交集。

火车的速度很慢，它载着一脸淡定从容的我，向 J 市的方向一路行驶。也将我从虚实之间的，那个富有弹性的灰色地带里慢慢抽离。

这样的离开，仿佛给了回忆充足的弹性空间。往事就这样载着火箭，从记忆里呼啸而来。

多元的复变函数

我曾有三百六十五个白天，总是在与黑夜谈判。那年夏天，我好像一直都在生病，每天都有气无力。但没有任何人能看出我的不适，包括与我最好的同寝女生。

每一天，一串串的脚印，就像拉直的心电图，重复着两点一线的轨迹早出晚归，在校园里度过一个又一个复制的晨昏。

很多时候，我会经常怀疑自己已经失语。原本正常的发声系统，明明已从冷宫里得以解救，却分明在时刻想与我划清界限。惯有的各项指标表明，它早已产生了能够自动屏蔽外界干扰的效应。

我曾经一度坚持，我的青春期只有无声，没有叛逆。

其实，对于这样的坚持，却恰恰是因为自己想极力地回避一段叛逆而已。那一截儿时光，它就像一个多元的复变函数，隔着一个充满迷雾的分水岭，将我的青春划成了两个分明的季节：一边是早春阳光，一边是深秋寒凉。

每天，我除了回答老师的提问，再就是和同学探讨难题。其余的时间，说话对于我来说，根本已变成多余。属于未知的时间，早已被一大段空白填满。

一本厚厚的政治黄皮书，所有的问答题，都被我在早出晚归的校园晨昏里，背得滚瓜烂熟。即使那道挑战同学们底线的长达两页的最长的问答题，也在我的攻坚里，只字不落地甘拜下风。奋战在各种题海战术中，繁重的学习压力不仅没有压倒我，反倒让我感到充实而快乐。

若干年以后，我常常会回忆那段时间，寻找自己对于青春的答案。也终于在某一个顿悟的瞬间，解锁了困扰自己很多年的困惑。这一切恰好符合，我多年来不动声色的镇定，这一向是我的特点。

走向社会后，这个特点也一直与我不离不弃。世俗的喧嚣常常会挤进，每一个可能的存在里。它们让我感到疲惫，可是却偏偏没有人看明白这一切。

那些喧嚣的人，他们从没有勇气，去面对别人的成功和喜悦。还总会去将一个人的努力和成功，进行各种恶意的揣测和诋毁。我管不了那些由远及近的喧嚣，只能坐在渐沉的时光里，假装不在意，然后直到自己真的不在意。

就这样坐着，坐着，突然有一段很温暖的时光，就开始回光返照了……

教室的一角，我坐在午后的时光里，淡定地将飘远的思绪再次拉回。这个时候一切似乎都不重要，最重要的就是，我又要千方百计地，寻找机会逃学了。

说到逃学的话题，你一定不会相信，一个品学兼优的尖子生，怎么会沾染上逃学的习气。甚至，逃学竟成为我中学时代，一个无法摒弃的习惯。

那一年，一向学习优秀的我，因为青春的躁动，一反常态地颠覆了一个尖子生的形象。每天，我都会千方百计地寻找机会，约上邻班的几个淘气的同学逃出课堂。

男女同学混搭的五人逃课小分队，我们机灵地躲过看门的大爷，翻过学校的院墙。脚一落地，我们就犹如飞出笼子的小鸟一样，撒了欢地朝小城东边的体育场跑去。每一次逃课归来，我又会在愧疚和忏悔中煎熬。一天又一天，就这样不停地反复。

其实，这个习惯在当时我也解释不清。我只知道，南山上的小树林，还有小城里的那个体育场，就像芭拉拉小魔仙，对我施加了魔法一样，让我欲罢不能。

说到这里，你们一定不要怀疑我陷入了恋情。其实，我一直遗憾的，恰恰是我的青春期里没有恋情。五人小分队虽然男女混搭，大家却都从来就不懂情为何物。

现在回头想想，如果一切还能够洗牌重来的话，或许我会给自己勇气，去喜欢其中的一个男生，因为他一直是我学习的楷模。一起逃课的时候，那种偶尔一眼万年的眼神交流，足以温暖我的整个寒冬。我们懂得彼此的心思，可是却从来没有勇气，进行过面对面的语言交流。纯洁的心思，也宛如在河边洗衣服的那种干净美好。只是那一切对于后来的我们来说，也只能是对美好的回味了。

毕竟，当时让我们心动的并不是那个人，而是那段时间，那种单纯的喜欢和美好。

青春里的兵荒马乱

课堂上，我彷徨着一张脸，目光游移地盯着班主任老师。看着他拿着他的几何教案，在黑板上用粉笔画来画去，脑子里却飞速地转着，在寻找各种逃离现场的办法。

南山上的小树林，还有小城里那个唯一的体育场，为什么总是无法控制地，成了对我极具磁力的终极路径？那时候，我却无法定义去做自己。

是的，这的确是我。属于我的那些兵荒马乱，彼时我还没有足够的能力可以校正。

过去很多年以后，我一直都在想，是不是自己就是传说中的磁场北极？而小城里的体育场，还有南山上的小树林，则理所当然地，化身为吸引我的南极。否则为什么，我一直都无法让自己属于课堂里的时间和空间。

逃学于我，并非在游戏厅与虚拟战斗。当然，我也没有躲在寝室里梦游，更不会去闹市中穿行。因为我根本没有多余的钱，去尝试那样奢侈的放松与享受。可是，我却真的很想换个地方呼吸。每天，只要一坐在教室里，我就会感到巨大的压力包围着我，让呼吸都变得窒息。

我虽然是山里人的孩子，但血管里却天生流淌着不安分的血液。我不甘心出生既定的山里人的命运，挣扎着想逃离大山，不再重复父辈们"脸朝黑土背朝天"的生活轨迹。那样的艰辛和贫穷，让我刻骨铭心地痛苦和难忘。

每次想到这些，都让我痛下决心，一定要彻底颠覆这样的苦难生活。可是，年轻的梦想在懵懂的年龄，却险遭夭折。

晚春后的一个下午，体育场里我和几个逃学的同学，正在兴奋地玩着排球的时候，一个像承重墙一样高大的身影，严严实实地挡在了我的面前。

我定睛一看，确实是父亲那张被火辣辣的太阳炙烤成赤黑颜色的脸庞。他恶狠狠地瞪着我，什么也不说。

看见父亲，当时正笑得面若桃花的我，笑容顿时僵在了脸上。我呆呆地望着父亲，半天都没有出声。

那天下午，父亲一言不发地，带我回到了学校。他强硬地命令我收拾好自己的书包。那天下午，我在父亲无声的坚定里，跟着他去车站买了回家的车票。

下车后，在漆黑的夜里，我跟着父亲深一脚浅一脚地走在大山里。在那条让我一直绝望着的崎岖小路上，我的泪水流淌了一路。

回家后的整整一个星期，父亲没和我说一句话。他甚至连正眼都不看我一眼，每天只是沉默地吃饭、干活、睡觉。

每天清晨，吃过早饭后，我跟在父亲的身后，走向遥远的大山，在大东北满是晚春气息的田野里辛苦劳作。炙热的太阳，将我的皮肤烤得只剩下了一个季节。东北的风一遍一遍地吹着，渐渐地将我的疲惫吹成了日常。这样大的劳动强度，让我不堪重负。

很多时候，想着自己将来的时光，将要和自己的父辈一样，每天都要在这片黑土地上辛苦劳作。就这样年复一年，慢慢地走过时光的隧道，辛苦悠长，直至终老。而自己的梦想，则只能在一念之间呼啸而过。

想到这里，绝望的情绪会使我突然把泪水洒在大地上，顷刻间泣不成声。而父亲听见我鼻子里发出的异样声音，总是不动声色。他任由我把自己绝望的情绪，发泄得淋漓尽致。而他自己却能淡定地，做到无动于衷。

说谎的六月

每个傍晚，我拖着沉重的脚步，跟在父亲的身后，艰难地走回家。吃过晚饭后，我都会一头扎在炕上，在浑身酸痛难忍的煎熬里沉沉睡去。

一天夜晚，我在睡梦中突然醒来。望着月光下满屋的凄凉，出路在哪里？我痛苦地思索着。听着房屋的角落里，老鼠在黑夜里放肆地"吱吱"叫着的声音，我痛苦地闭上了双眼。

天未亮，我悄悄地从炕上爬起，一个人走在了那条每次行走，都会让自己心惊肉跳的，渺无人烟的山间小道上。清晨，我坐上了回城的客车，又回到了学校。

此后，尽管小城里的那个体育场我再没有去过，但是，我逃课的路径，却发生了方位性的转移。

东北的六月总是在说谎。清晨时分，天气明明还冷飕飕的，可是上午十点刚过，阳光就开始偷换概念，冷热分子便开始了迅速转换。炽热的阳光像火箭一样的速度，迅即辐射向大地，热烈地亲吻着我们。

每一次，我会偷偷约上同寝的女生，带上书本，看准时机溜出教室。我们像铁道游击队里的女战士一样，神出鬼没地爬到操场旁边的南山上。

我们俩背对背地，坐在那块朝阳的大石头上，将藏在衣袖里的试卷掏出。没有任何过渡和铺陈，我们总是会直接地、毫不拖泥带水地，将自己的注意力，全部转移到了题海战术中。

就算热得受不了，我们也只能坚忍着，等待下课铃响，试图以混进人群的方式蒙混过关。不背书包逃学的好处有若干，最重要的一点是，溜回教室的时候不容易被发现。就算真的被发现了，也适合找出各种看似能蒙混过关的理由。

我一直认为自己的行踪很隐秘，但不知道从什么时候起，自以为是的高明的逃学行为，却早就被班主任看在了眼里。但他从不责备我，也不会像对待别的那些逃学的同学一样，对我进行大声训斥。

每次逃学回来，我都会在下课的时候，看准时机，混在一群同学中间涌入教室。偶尔也会心虚地询问同桌，是否有被老师询问的嫌疑。

随着逃学的次数增多，我的胆子也变得越来越大，应付科任老师询问的经验，也越来越多。不管我是否逃学，我的成绩在后来始终也都是名列前茅。我总是自以为是地认为，这就是老师偏爱我的理由。

可是，在时间之上，叛逆的成本也会放慢它的脚步。在很多年以后，我才在熬过许多生活真相的暗夜里，读懂了自己。

乡村编年史上的日子

命运给了我一个很低的起点，而我却不甘心一辈子臣服于它。我决定选择越狱的方式，开启颠覆命运的模式。但彼时的我，却完全低估了忍受煎熬的局势。

当选择进入命运这个切入口后，我才知道，什么都不懂的时候，我曾拥有全部。

在那个身高拔节疯长的年龄，我却没有足够的能力，把自己成长的胃口，从冷宫里成功解救出来。每天清汤寡水的饭菜，常常让我在上完两节课左右时，肚子便会不争气地，发出有声的抗议。

每天给自己定量的那份饭菜，总也填不饱我那成长的胃口。可是，如果再来第二份，就会超出自己可支配的预算。虽然吃不饱，我却羞于启齿让别人知道。我怕同学们笑我不够淑女，更怕增加的生活费，让父母的压力与日俱增。

在我所有的记忆里，名字叫作"饥饿"的那个词汇，在我成长的岁月里，刺激我的强度都足够深刻。所以在后来的日子，我会忘了各种自以为是的难忘，却无法忘记那些辛酸的每个细节。

饥饿让我常常变得有些恍惚，我常常两眼盯着黑板，看似全神贯注地听讲，眼前浮现的却是各种各样诱人的美食。

有时候，我常常恍惚，眼前总是浮现出那张带血的犁铧。做事一向条理清晰的我，却经常会失去辨别的能力，分不清哪个是犁铧，哪个是父亲。

恍惚的时候，我尽量让自己离往事越来越远。我不愿意走近往事，那么它是不是就在我能达到它的距离之外？我的记忆在每天的二十四小时里，总是沉陷在一边拼凑，又一边遗忘里。到底是记得还是遗忘，治愈它的解药却一直在时间里。因为对于这种持续，我根本就束手无策。

在那个离城市很远的大山里，在一年年不变的晨昏中，父亲踩着二十四节气，在中国乡村的编年史上，恨不能用一天犁出一年的光阴，犁出全家人的希望和幸福。

那些看不到未来的，充满弹性的日子，渐渐地，把父亲犁成了一张弓。在一辈子岁月也走不出的田垄间，听命于缰绳和重轭所安排的命运。

那个闷热的正午，田垄间的父亲挽着裤管，在岁月的尘埃里，满头大汗地手握犁铧。他吆喝着喘着粗气的耕牛，想要追上理想的远方。而那头一年四季都身不由己的耕牛，在火辣辣的艳阳下，心不由己地拉着全家人的四季，吃力地向前行走，背上的沉重，仿佛在拉着全家人的生活。被父亲的挣扎，打磨得锃亮的犁铧，将脚下的黑土地，撕开了一道道新鲜的裂痕。

豆芽儿一样的我，戴着一顶破旧的草帽。我学着父亲的样子，挽着裤管，满头汗水地，把梦想顶在头上。我握着缰绳，迎着火辣辣的太阳，牵引着那头耕头，一步三回头。

正午的阳光下，我和父亲的影子一长一短。长的是我想着自己的远方，在生活面前奋力奔跑的身影。短的是父亲弓着腰，扶着犁艰难前行的日子。我的眼里全部都是未来，我跌跌撞撞地走在前方，顺着垄沟数着单薄的日子，沿着岁月的方向逆流而上。

我是不甘心被这样安排命运的，大山的灵秀虽涵养着我的每一寸肌肤，可村庄里单薄的青山绿水，却难以供养我的精神饥渴。失语、焦虑、疏离、颓废，成为曾经固守土地上，农民的体验与感受，继而转变成了这一代人的身份认同问题。

显然，在父亲的安排里，我的生存与身世，早就被挤到了十年，甚至几十年之后。这意味着我未来的全部岁月，在父亲的规划里，都将与这里的一草一木捆绑式生存。他完全忽略了我豆芽儿似的生长状态，非常自信地，对我进行着山里人的包装和打造。

在安排我的未来里，我一直认为父亲太过于武断，他哪里知道我近乎疯长的心事。我并不想成为名副其实的山里人，不想生活陷于庸常，更不想太过粗糙地度过这一生。

我一直在暗暗地，同另一个自己，进行无休止的较量。我要寻找合适的方式，冲出大山，以身份的转换，来实现生存方式的改变。而且我的志向相当宏伟，我要用越狱的方式，在我的家族史上，改写未来的生命走向，实现对命运的颠覆。

我是多么干净利索的一个人，又怎么会甘心承受，这成天灰头土脸的人生呢？

多年以后我才明白，不安是需要载体的，世上是有绝望这种东西的。只有绝望，才会让你深刻地经历脱胎换骨。至今，我都是这样认为。

因为那种绝望，才让我的人生，在绝处逢生中得以靠岸。才让自己知道，天底下尚有即使丢了性命，也不可以辜负的那个人。

人与土地的一条脐带

那个闷热的正午，功不可没的秩序感，真是拯救坏情绪的良方。父亲、耕牛和我，连贯有序的动作，终于完成了令父亲满意的拨乱反正。

回头望一眼时间的田埂上，犁铧走过的黑土地，留下的是一垄垄与时光拥吻过的深深浅浅的痕迹。父亲蹲在地上，如释重负地卷上一支旱烟，放到嘴边，慢慢地一口一口地，美美地享受着。

突然，毫无征兆的几声响雷，在天空中炸响，让人猝不及防地打了一个激灵。

此时，那头温驯的耕牛正站在地头，安详地咀嚼着发黄的旧时光。响雷的惊吓，让它疯狂地挣脱了我手里紧握的缰绳。它拖着犁铧，没有目标地，横冲直撞地，在田野里四处奔跑。

这头耕牛永远不会知道，它一时间的任性，硬是把我家枯竭、平静的生活，突然地撕开了一道血淋淋的口子。在那一刻定义的，人与土地的关系，恐怕在我一辈子的记忆里，都是一道无法愈合的伤口了。

父亲的脚踝在追赶耕牛的过程中，被锋利的犁铧划开了一条深深的伤口，顿时血流如注。我潜伏着的委屈和绝望，在那一刻被突然无限放大。这突然之间发生的真实，一切都在没有准备地，深深地迎接着我。

面对着父亲在生活面前的挣扎，而自己却又无能为力的那种单薄的疼痛，在这一系列的突然里，被撕裂得更深，更难以治愈。

那一刻，我的心里有了一场海啸。我泪流满面地站在那儿，任由命运的海潮将自己淹没，可却没有人懂得我的悲伤。

若干年后，那一幕带给我的深刻，没有经历过苦难与伤痛的人，是不会明白这种煎熬的。坚韧也就是在那一刻，深深地植进了我生命的脉络里。

随着日子的推移，思绪却依然在错位中，经常回到往事中穿行。以至于在后来的岁月里，那令人惊恐的鲜血，常常会让我在经常的恍惚中，令我毫不防备地打一个激灵。它会将我的思绪，从飘远中迅速牵回，强迫我进入疯狂的学习状态。

转角过后，又是一个炎热的夏天，距离我们的中学时代终结只有三天了。这意味着三天以后，我们将结束这一段人生里程的拼搏，在下一站各奔前程。

中午放学时，班主任宣布，下午全校的毕业班，将各自组织本班师生毕业合影留念。有条件的女同学，中午回家后都打扮得漂亮些，为了在毕业照上留下一生美好的记忆。

老师说这些话的时候，我正在埋头整理着书桌。那一刻，一切外界的干扰与我的沉默比起来，似乎都将在不动声色中无声隐去。

我从来没有那种动辄就涌来的兴高采烈，也从不会有突袭而来的莫名忧伤。与同学们的欢呼雀跃相比，我的思想总会在不动声色中，归隐于时光森林。于无声处，解读别人无法读懂的安静。

同学们都放学回家了，教室里安静了下来。在安静里，容易让人忘记时间。那天中午，本来被饥饿折磨得有气无力的我，却突然忘记了饥饿。

其实，我表面的平静永远止于外表。极力掩饰的自卑，似乎总难与自己强烈的自尊进行私了。我在煎熬中，等待着下午的到来。一个人守着被自尊伤得面目全非的心事，连哭泣似乎都显得有气无力。

下午时分，家境好的女同学们，一个个都打扮得花枝招展地，兴奋地等待在教学楼前，准备合影留念。

闷热的教室里，偶有几丝风掠过。面对着窗外热闹的场景，我满头大汗安静地坐在教室里，平静地做着模拟试卷。

那天的解题思路不知道为什么，比起往常竟然异常清晰。或许只有这样的平静，才是安放心事最好的去处吧。我在热闹之外，不动声色地这样想着。

一字一句的多重解读

我从来不知道，班主任会有那么大的脾气。那是完成度很高的一顿情绪输出，它给我留下的内伤至今还在。

那天下午，不管班主任怎样软硬兼施，催促着让我出去合影留念，我都只有一个坚定的态度，铁定了心不会妥协。不管他怎样软硬兼施，在我面前走来走去地训斥，我从头至尾都不言不语，始终平静地坐在座位里做着卷子。直至最后，班主任气愤地对我彻底放弃。

那天下午，在同学们返回教室之前，我偷偷地溜出教室，一个人来到了操场旁边的那个南山上的小树林。

和往常不一样的是，那一次，我什么都没有做，就一直安静地坐在那块大石头上，看着山下的操场。我不想哭，可是眼泪却莫名地犹如滔滔江水，在奔放中一串串地流淌。直到晚自习的铃声响起，我才从南山的小路上，迅速跑回教室。

晚自习开始后，一整晚，我都不敢与班主任的眼神对视。他似乎也已经忘记了，几个小时之前，我带给他的不悦，依然若无其事地带着同学们一起，在黑板上用他的几何角尺，画来画去剖析难题。

日子就像赶路的车轮，不停地向前转着，不知不觉就转到了秋季。

那个暑假结束后的秋天，我如愿以偿，去了南方的一个省会城市 J 市读书。在那个朝气蓬勃的校园里，我曾经潜伏在学习之外的能力，被充分挖掘。它让我在新的环境里，展现出自己与众不同的耀眼的光芒。

美好的自信，将伴随我多年的自卑，立减为零，洗出了与我久违的治愈和美好。

可是，那么多年，却没有谁会看到，我内心隐藏着的忧伤。每当翻看同学们的影集，看到他们的毕业合影时，那种疼痛的忧伤，都会时隐时现。谁都不会知道，那张缺席的毕业照后面，隐藏的那个难以启齿的秘密。

那一年的夏天，我真的不知道，自己的拼命苦读是在弥补什么。但我却知道，自己是亏欠了什么。我只知道，那一份浓重的自卑情绪，从来没有离开过我。

那段时光里，我经常会在深夜里，饿着肚子昏沉睡去。又会在季节的转换中，因为缺少体面的换季衣服，而饱受青黄不接的困扰。在青春的感知里，那并不是一张简单的合影，它代表着那个年龄的自尊和骄傲。

那个夏天的午后，同学们美丽的夏装，与我身上不合时宜的春装，形成强烈的对比，揉搓着我青春爱美的强烈自尊。我不想在那张合影里留下永远，于是，才有了后来在教室里，我默不作声的坚持，以及班主任的气恼和训斥。

若干年后，在一次师友相聚的酒酣人畅后，我才有足够的勇气，恍如当年那样的自尊，向他们道出青春隐性的困扰。尽管这样，我依然无法在自我救赎的过程里，将那时的自卑与渴望，细细列出总和，将它们妥善安放。因为没有人会懂得，在那个炎热的夏天，我表面的平静之后，极力维护的一个人的自尊。操场的小南山上，那个最好的去处。在那里，我是用怎样的方式，来释放那个年龄的压力，以及安放那些无人读懂的心事。

多年以后的那个夏天，在 J 市的街头行走。我一度产生了某种错觉,以为只要一直走下去,我就能将多年以前,那个卑微的自己,彻底忘记。

而事实证明,无论走到哪里,我注定都要成为,一个连接过去与现实的人。我的文字将会像那些旧照片都打不开的旧时光一样,和校园操场旁边的小南山相互守望。

我知道自己这一生,还会经历各种空缺。但那张缺席的毕业照,就像是一个年华,搁置在我的记忆里,让我怀念并厮守。而这一切,就如同一段失语的青春岁月,怀揣着许多的故事,与夏天不期而遇。

2022 年 8 月 19 日初稿于北京芍药居

2023 年 5 月 6 日终稿于吉林白山

刊于《延河》(上半月刊)2024 年 4 期

一个人的坐标

交错终究不再是错。错过，才是真正的过错。

——题记

一

穿过冷硬的时间，时光的手在沉默中，按下了 2015 年那个冬天的快门。在时光的穿梭机里，我的记忆被重新聚焦，返回多年以前……

2015 年冬天，母亲因为旧疾复发，再次住进了省城的医院。我们那个家庭，也因多年来母亲旧疾的反复住院治疗，经济状况一次又一次陷入赤字危机的不良循环。

多年来，由于生活的贫寒与生存的挣扎，母亲身体的顽疾在时光的销铄中，慢慢掏空着她的活力，宛如她所扎根的那个村庄一样，随着城市化的进程，早已呈现出一个空心的状态。

那个下午，姐姐的电话扰乱了我忙碌中的宁静。在她焦急的讲述里，我才知道，母亲已经长达一个星期没有进食，瘦弱的身体多日来一直处于疼痛的煎熬中。尽管这样，在此期间，在我每一次的电话问询里，母亲却一次次坚忍着身体的强烈不适，假装若无其事地和我聊着家常，以此回应着我焦急的问询。

其实，从第一次的电话中，我就捕捉到了母亲的异样。在她若无其事的回应里，一份隐约的担心，不安地跳跃在我的猜测里，如影相随。直觉告诉我，母亲是在说谎。可是，这个世界上有太多的身不由己，它可以让一个人背负着生命以外的沉重，硬生生地接受生活的各种纠正，却无法具备一个进退自如的精神和勇气。

这些年，由于深受工作的困扰，我身不由己地，困于方寸之地的忙碌之中，深陷无力摆脱的困境。那些看似稀缺的优质属性，它不但没有帮助我，成为上升途径的垫脚石，却在难以言说的迷茫面前，仿佛成了一块困住自己向外延伸的绊脚石，使我深深地陷入一个看似不可替代，却又在折射的现实面前，呈现出的微不足道的那种迷茫。它让我深陷困境，却又无法抽身。

多年以后我才明白，其实每一个人，都有那么一段沉默的时光，是付出了很多努力，却得不到结果的日子，我们把它叫作——扎根。可是在当年，那个根须向下生长的漫长过程，那些虚无的承诺，犹如一个摆渡的时光老人，将我一次次滞留在人生的渡口。它使我的生存状态处于一次又一次的挣扎中，让我满身疲惫，却无法朝向外面的世界出走。

自此，那段时光便成了我人生中的一个序章，在关键的时刻，改变了我的人生走向。以致在后来的很长时间，它都一直让我陷入身不由己的两难境地。

尽管我一直都在试图拼凑和审视父母的生活，却并没有太多的时间和精力，去关注他们艰难的生存状态，以及不为人知的辛酸。

夜深了，偌大的办公楼里，为了一个迎检任务，我还在一眼看不到头的忙碌里，一一梳理着那些无边界的考核细则，忘我地日夜奋战。突然，一阵急促的手机铃声响了起来，打破了这深夜里的寂静。在姐姐的电话里，一向从容淡定的我，却焦急得乱了方寸。她语无伦次的叙述，验证着我多日以来的担忧。

在姐姐强行克制的难过里，每一个关于母亲病情的叙述，都像是一串串省略号一样，将生活的真相省略进那个夜的最深处。以至于后来，在每一个相似的深夜响起的手机铃声，都会让我感到无法平复的惊心动魄。

二

如果非要给生活一个开场白的话，我们那个家庭里生活秩序的错位，这一切还得从 2005 年说起。

2005 年春节刚过，母亲就陷入了肝昏迷的生命垂危状态中。其实，在此之前，母亲已经病了很多年，但每次犯病，她都只是靠村医给注射几个消炎的点滴，来与疼痛对抗。

这一次，面对每天腹部疼痛难忍的母亲，全家人围坐在一起商定过后，决定带母亲前往省城的权威医院进行全面治疗。在全家人的集体轰炸里，任凭一家人磨破了嘴皮，母亲虚弱的回答都依然铿锵有力，在母亲有原则的坚持里，继续着她的倔强，自始至终都不肯有丝毫妥协。

在生活的底色面前，柔弱的母亲硬生生地，将自己活成了钢铁的属性。

多年来，母亲总是一个人在夜深人静的夜晚里脆弱，又在白天的人来人往中坚强。在她不被察觉的柔软里，多少次，我窥视到她一个人在夜深人静时，长期对抗自我的脆弱。多年以后我想，母亲在当时隐藏的那种柔软，即使是遮蔽，那也是真实的一部分。从母亲的坚忍里，我看到了自己的影子，至少，那也是我长大以后惯有的日常。

很长时间以来，我在深夜里醒来，睁开眼，总会看到灯光下的母亲，安静地坐在她习惯坐在的位置。很多次，她都在一边悄悄流泪，一边还在缝缝补补，抑或一个人静静地坐在椅子上，长久地凝视着一个物象，出神地想着心事。

母亲是从什么时候开始，用她自己的方式，悄然释放那些不为人知的脆弱，这一切我已无从说起。但关于母亲的柔软，这一个清晰的印象，贯穿了我对母亲最深刻的认识，在我的记忆里，足以安放母亲卑微的一生。

每一次，我都在安静里久久地注视着母亲，与其说是我不愿意打扰她的独处，不如说是我不忍心惊扰，她将自己层层紧密包装的柔软。在母亲不为人知的泪水背后，到底隐藏了多少卑微的人和事，这一切，我不得而知。

许多年以来，母亲就是在她内心的迷茫和失察之外，在白天和黑夜之间，将自己走出黑白分明，哪怕是适当地脆弱一下，她都从来不肯轻易示弱。在无法抵达的美好里，母亲就这样冷静而深情地活着，将坚强与脆弱在自己认为的合适表达里，适时转场。

距离母亲的第一次住院治疗，虽然时间已过去了很多年，但那种被生活的浪头，一下子打入困境的创伤，在母亲的心里却从未愈合。

母亲知道，只要住进医院，也就相当于将近乎一辈子攒下的那点家底，全部填进了无底洞。或许还会在意外中，将一家人多年来努力维持的正常生活再次打碎，她不愿意因为拯救自己，而将全家人再次推向苦难。

多年来，在被意外不可抗拒的纠正里，父亲和母亲并没有放弃对美好生活的渴望。他们依然勤俭持家，努力抗拒并小心地规避着一个又一个意外的风险，极力地修复着被意外打碎的生活。

对于一个本分的农民家庭来说，疾病的无情侵袭，往往是充满毁灭性的，它会从底部彻底瓦解一个家庭的强大支撑。这些年，每一次当全家人的生活刚刚步入正常的生活秩序时，意外的一个浪头就突然袭来，将好不容易建构起的正常生活再次打碎。

尽管现实已如此丢盔弃甲，但父亲和母亲依然没有放弃对美好生活的渴望。他们在成本最低的生活线上，用尽全力修复着被生活的变故击打得千疮百孔的痕迹，努力构建着庄重而体面的生活。

可是尽管这样，我们家的苦难，却仍然被毫无逻辑的变故无情打碎，一次又一次地，陷入冷硬的纠正之中，丝毫没有移位。

灯光下，紧闭双眼的母亲面色苍白，从她紧蹙的眉头之间，可以看出她坚忍的疼痛。对于母亲来说，在生活的真相面前，她比任何人都清楚全家的经济状况。距离 2003 年的那次大手术，已经过去了两年。自上次手术后，母亲的身体便虚空得犹如一片在风中慢慢飘落的枯叶，在苦苦挣扎中，等待着时光老人将她渐渐淹没。

我不敢对任何人说出我的担忧，更不知道母亲未来的日子还有多远。以致在后来每一个相似的春天里，我的内心总会生发出，同样隐约约的不安，这种不安一直折磨着我。它让我不敢说出口，我害怕一旦说出口，它就会变成，让我无法面对的一种绝望和挣扎。

在母亲的病痛面前，我仿佛是一个缥缈的存在，单薄而又无力地席卷着母亲的期望。

是啊，彼时，我只是一个刚刚参加工作不久的职场小白，我从一穷二白里出发，又在苍凉的月光里，走得黑白分明。微薄的收入只是一个单纯的数字符号。一方面，它要支撑着简单的生活需要；另一方面，还要沉重地应付，来自四面八方的人情往来。

这一切突如其来的意外，常常会使我在没有准备中，陷入青黄不接的窘困。在循环反复的经济赤字面前，我常常会在前来催租的房东面前面红耳赤，也会在突如其来的人情往来面前手足无措。

那段时间，我从没有刻意追求身材的苗条，却日渐消瘦的体态，还有在日常生活中极尽掩饰，却又难以隐藏的，那些与现实困境的无声对抗，无一不在悄无声息地叠加中，释放着一个人窘困的信息。这一切尽管我从不向母亲诉说，但所有我初入社会的艰难与窘困，还有那些丢盔弃甲的生活片段，这一切都早已在丝丝入扣中，落进了母亲不动声色的观察里。它们将我彼时单薄的生活状态，省略进语言的最深处，无声地渗透进母亲的认知里。

彼时那个一穷二白的我，又怎么能在生活的暴风骤雨面前，给母亲带去一份足够踏实和安全的感觉，为她在生命的薄凉里，提供一个温暖如春的屋檐呢？至少，在那时，在母亲给我的定位里，我并没有足够的能力，在短时间内颠覆生活的真相。

母亲不说话，不代表心里不明白。类似这样一系列的生活细节，对于细心的母亲来说，都无疑是一种深深的暗示。也正因为这一切，而使母亲故意隐瞒病情，固执地拒绝适时治疗，导致病情因久久拖延而迅速恶化，埋下了深深的伏笔。

三

当简单的生活，被一股巨大的不可拉力从外部瓦解，命运的一切馈赠，都早已在暗中标好了价码。

我以为那些窘困的生活片段，会被自己在这个带点对峙的特别地带里，不露痕迹地隐藏在内心的迷茫和失察之外。但那一次，我最终没有。以至于在后来的很多年，我都无法原谅自己当时身在现场的虚弱。

多年以后我想，如果那天不是因为姐姐的果断，母亲在自己的固执里还会坚持多久？一个星期后的下午，在省城那家可以治疗母亲顽疾的权威医院里，一直处于昏迷状态中的母亲，被推进了手术室。

进手术室之前，按照惯例，作为病人家属，我们兄妹三人被喊进医生的办公室。在生死面前，人们对亲情的渴望，早已大于对生命的敬畏。在主治医生例行公事的术前告知面前，我们兄妹三人神色紧张地站在墙边的人体结构图前，随着主治医生手中的那根小橡胶棒，紧盯着那张人体结构图上的焦点移动。

主治医生指着母亲发病的位置，神情凝重地向我们讲述着母亲身体不为人知的变化。他说母亲的肝脏部位，由于之前几次手术的创伤破坏，加之病情的拖延，已形成钙化。CT 片子上显示的阴影部分，经初步会诊，怀疑是恶性肿瘤，在侵蚀着母亲最后的坚强。或者更有可能，母亲还有此次进入手术室的大门，将永远不会活着回来的可能……

听着听着，我眼前的一切景象，已渐渐变得模糊，有一种撕裂的痛楚，弥漫在我全身的每一处神经。

彼时，我听不清医生在说什么，只看见他严肃的表情下，嘴巴在一张一合。我在悲伤的绝望里，早已失去除了麻木之外的全部表情，仿佛有一种被掏空了的感觉，将我在瞬间淹没。

傍晚，手术室那扇紧闭的大门还在静默。我们兄妹三人在沉默中，安静地坐在正对着手术室门口那排毫无温度的长椅上，焦急地等待着那扇大门的开启。我们不愿意相信有最坏的可能，自以为是地认为母亲只是太累了，她需要找一个没有疼痛的地方，在一场麻醉中，安静地进入休息。

窗外，华灯初上的城市上空，一片片雪花克制而又冷静地在空中飘舞，像一串串省略号一样，在东北的狂风走向里，省略进夜的最深处。

是的，我的世界下雪了，我坐在省城的高楼里，一切却不是我想要的模样。

这些年，命运里潜伏着的一个又一个意外的浪头，总是在一切没有准备中，将一个人无情地打回生活的原形，在颠沛流离的生活秩序之外，彻底把一个人变成另一个人。而我，却没有足够的能力，将变故变成惊喜。

风一遍一遍地吹着。记忆里，那个下午拉长的时间纬度，虽然刚刚进入黄昏，就已经昏得山穷水尽了。

四

时光的倒影里，我坐在窗前，闭上眼，试图将自己的思绪，安置在母亲那些过往的曾经里。

穿过时光的韵脚，循着岁月的脉络寻去，从眼前一件件闪过的老物件里，我仿佛拼凑出了母亲那狗尾巴草似的命运纹理。

此时，岁月的风，停留在那扇虚掩的门前，它们就这样作为一个载体，将记忆拉回到母亲曾经的年华里。光阴不偏不倚，恰好落在多年以前那个苍凉的冬天。它就像是一座桥，厮守着一段年华，安静地站在岁月的两端，我在这边，年在那边。

在我五岁那年的时间节点，我们家的生活秩序开始了第一次错位，正是这个看似寻常的时间符号，却在不寻常中，让辛酸乘虚而入，渐变为与我们这个家庭亲近的开始。

进入腊月，年就开始了倒计时。家家户户都开始忙碌着准备年货。在年关将至的信号里，我家的腊月却显得分外冷清与凄惶。由于生活的艰难与操劳，加之长期的营养不良，母亲瘦弱的病体，再也难以顽强地与疼痛对抗。刚一进腊月，她就病倒住进了医院。母亲的入院，让一度贫寒的家境更是陷入了困境。

寒冬腊月，山外，在那个几十里外的小镇里，父亲陪着母亲在一秒接着另一秒的煎熬里，数着他们在那个冬天里寒冷的每一天。而在山内，作为家中老大的姐姐，带着家里的一帮孩子，承担着对家庭的责任和基本生活的照料。

在那个异常寒冷的冬天里，姐姐每天都要带领哥哥上山，拖一些枯枝回家，点上炉火做饭取暖。她以常人难以想象的坚韧，透支着自己潜伏的能力和坚强，照料着一家的大大小小。而且姐姐还要想尽一切办法，极尽温柔和耐心地，哄着时不时因想念爸妈，而哭号不休的我。

从一个黄昏到另一个黄昏，我都会在每一个望眼欲穿的期待里，跪在火炕上，趴在窗前，眼巴巴地望着大门口。那样的时刻，连北风都会知道，我是在想念着父亲和母亲，想象着他们会突然走进我的视线，满足我长久以来的期待和想念。

每一个寒冷的夜晚，姐姐都会将家中的炉火烧得火红火红，带着弟弟妹妹。围坐在炉火旁边烤火取暖。昏黄的灯光下，我们望着火炉内噼啪作响的火苗，静静地听着窗外呼啸的东北风，牵挂着远方的亲人。红红的炉火热情洋溢地燃烧着，映红了兄弟姐妹们瘦弱的脸庞，温暖着那个冬天腊月里的苍凉。

那个下午，屋外的大雪下得纷纷扬扬，呼啸的北风一遍一遍地吹着，整个山里的世界，都只剩下黑白分明的两种颜色，黑的是树干，白的是雪。由于雪下得太大，看着门外深过脚踝的大雪，姐姐在思索片刻后，决定选择罢工，带着弟弟妹妹们，在家里轻松地玩耍一天。

那个傍晚，凛冽的东北风一直在一厢情愿地刮着，将屋顶的苦草刮得哗啦啦地响，直刮得人心里像长了荒草一样地慌乱。

那一刻，除了彼时的光阴落在墙上，那个腊月里，在苦难的另一种回返里，一切走得都没有例外。多年以后，每当我看到寒风中的大雪，都会出神地凝视，想起多年以前那个苍凉的冬天。或许就是在那一个冬天，命运的一切苦难和馈赠，都早已在暗中标好了价码，等待着一个合适的时机，将生活的变故变成惊喜。

正当我们兄弟姐妹三人围坐在红红的炉火边烤火时，门开了，一股寒气顺着打开的门缝扑面而来，一个雪人走了进来。看着走向我们的那个高大的雪人，我们都惊呆了。不敢相信在这样大雪封门的恶劣天气里，父亲会在这样的意外里突然出现。我们惊喜地跑过去，将从风雪中夜归的父亲团团围住，懂事地帮他拍打落在身上厚厚的雪花。

原来，是父亲不放心家里的孩子们，暂时安顿好母亲后，徒步从几十里外的小镇，在深及小腿的大雪里，深一脚浅一脚地赶回家，看望家里大大小小的孩子们。

开心归开心，我还是更惦记父亲手提包里是否有我渴望的美食。就在哥哥姐姐忙碌地为父亲准备晚饭的欢快里，我偷偷地打开了他的手提包。

父亲仿佛看透了我难以启齿的小心思，笑着告诉我，他带回来一个大菠萝，不过这个菠萝要等着母亲病好出院的时候一起吃。父亲还嘱咐我，一定要看好它，千万不要因为管不住嘴里的馋虫，而提前给偷吃掉。

看着那个可爱又陌生的大胖果子，听着父亲的叮咛，我郑重其事地点着头，开心地捧起那个散发着好闻香味的大菠萝，爬到凳子上，小心地把它放到了箱盖上。

第二天天未亮，父亲早早起床，给家里的孩子们做好早饭后，就起身冒雪徒步返回几十里外的小镇，回到医院照顾母亲。

以后的每一个日子里，被上山砍柴的哥哥姐姐锁在屋里的我，总会一次次地爬到凳子上，捧过那个大菠萝，贪婪地闻着它的香气，等着时间一点一点走过去。每一次，我都会极力地想象着菠萝果肉的样子。每一次，我又都在极力地抵制着它对我的诱惑，牢牢地记着父亲对我的叮咛。因为我知道，能吃这个果子的时候，就意味着母亲可以平安出院，回家过年了，这意味着她再也不用痛苦地承受与病痛对抗的折磨了。

而那个让我充满好奇的菠萝，以其特有的神秘和安静，宛如达·芬奇的密码一样，安静地陪着年仅五岁的我，度过了那一个又一个漫长的等待。

时光穿越苦难，也见证重生。就这样在菠萝香味的陪伴里，日子艰难地走到了除夕。

那一天，父亲和母亲到家的时候，天已经黑了。听到外面撒欢的狗叫声，姐姐刚一打开屋门，父亲和母亲就出现在了我们的面前。看到他们的出现，我们惊喜地跑过去，将母亲团团围住，抱着她的腰，惊天动地地哭成一团，仿佛要将多日来的担忧，以及所受的艰难和委屈尽数释放。

除夕那天的夜晚，我终于看到了菠萝果肉的样子。切开的菠萝依然香气浓郁，遗憾的是它只能作为一道陌生而又精致的风景，呈现在全家人的眼前。由于搁置时间太长，菠萝的果肉已变成了黑色。

我们没有立刻扔掉它，而是把它摆在桌子上，一边闻着清新的菠萝香味，一边在欢声笑语中吃着团圆的饺子。我敢说，那一缕香气，或许是我们全家人，在相互扶持艰难前行的岁月里，闻到的最好闻的香气。

那个除夕夜晚，菠萝散发出的香味，在后来的岁月里，陪伴我走过了一个又一个艰难的生活片段，让我懂得了一个又一个生活的真相，还原了虚掩的门后，那一份简单的生活日常。

五

风吹过城市，吹过那些我不能解释的时光，也吹开了一扇虚掩的门。在时光的倒影里，于一声叹息中，道出生命的真相。

挂在墙上的钟摆，在嘀嘀嗒嗒的时光流逝中，一点一点变换着抵达的方向。在秒针有节奏的向前行走中，总有一些不安的元素，在诚惶诚恐中等待。

夜晚六点钟，距离母亲进手术室的时间，已过去了整整四个小时。可那扇承载着母亲命运走向的大门，仍然紧紧闭合。在四个小时的起承转合里，它只是时光流逝中，一个很小的单元。但在那一天，却像是走过了长长的一生。

在阿拉伯数字排列中，因为世界语言文化的差异，"4"在中国的文化倾向中，并不是一个吉祥的数字，它相当于消失，而且不复存在。因此，对于大多数中国人来说，它并不讨喜。之于我们，也同样如此。

那一刻，我们多么希望，在目不转睛中，惊喜地看见那扇大门缓缓打开，在深情的呼唤里，时光老人将母亲的生命，从死缓变为无罪释放。可是，我们又特别害怕，在这样的一个时间节点，出现另一种意外，将全家人原本平静的生活拦腰斩断。

多年以后，当我再次想起那一段等待，竟一度产生错觉。它让我满身疲惫，陷入一无所依的苦苦挣扎，却终究无法上岸的绝望。以至于在后来的日子里，当我重新梳理自我与外部的关系时，我已经无法将那种一秒接着另一秒的煎熬，细细列出总和。

那个夜晚，在长时间的沉默和克制中，那种坚忍的前所未所有的脆弱，终于因父亲打来的那个电话，而让我卸下了所有的伪装。

接起电话，听到父亲的声音，我一直在努力克制的悲伤，终于被一股巨大的不可抗力，从内部突然瓦解，瞬间分崩离析。电话的另一端，父亲一声不吭地听着我的哭泣，以及我断断续续的叙述，他背负着生活的沉重，还有那些年因忽略母亲的病情所引发的情感亏欠，在面对我强烈对峙的情感特别地带里，久久沉默。

每一段婚姻，都是势均力敌的结合。而父亲和母亲的婚姻，至今我都无法确定，在与狗尾巴草的命运相叠加的人生走向里，是什么样的一种力量，在一生磕磕绊绊的争吵中，让他们的相守，看似相互抵触，却又彼此贯穿一生？

夜晚八点钟，手术室的那扇大门，在极力克制的冷静里，终于被缓缓拉开。随着医生疲惫的身影一起出现的，是彼岸的惊喜。

经过手术后的病理分析，母亲肝部的那个大面积阴影，均因左半部分三分之一的肝叶化脓发炎所致。目前，已通过手术切除，排除是恶性肿瘤的可能。这意味着母亲的黄昏，在时光的沙漏里劫后余生。

那一刻，城市的夜晚是温柔的，而这一切却都和母亲有关。

她一定不会知道，在她沉睡的时刻，在步步惊心的等待里，明明是六个小时，我却感觉自己像是走过了整整一生。在等待里，我是多么害怕时光把母亲淹没。因为我知道，许多人终会如此，在时光的侵蚀中败下阵来。

而彼时，在那个苍凉而绝望的下午，我分明是在那扇紧闭的大门之外，听到了另一种声音的存在。我无法找到一种合适的表达，唯有在默默的祈祷中，愿母亲的黄昏与时光相安无事。

写到这里，在彻夜失眠的城市里，我的目光已消瘦成两枝残荷。此时，我站在北京季节的路口，请允许我在城市夜晚的温柔里，为母亲深深地宿醉一回。

六

从生活的塌方里踉跄走出后，母亲犹如那飘落一地的槐花一样，被融入走向的命运，又带回到了多年来任她苦苦挣扎，却始终都无法背离的那片土地。

2018 年冬天，晚年的父亲，因重病导致全身瘫痪并失语。在突如其来的变故面前，我肩负着工作、家庭和社会的多重角色，疲于奔命地穿行于城市和乡村两点之间，随时切换着生活所需要自己的各种角色。

那个村庄太闭塞了，它三面环水，只有一条出行的山路。村民们每次进城，都要在天未亮就动身启程，爬十五里的山路，去另一个村庄，乘坐一天只有一次往返的客车。

曾经，因为它的闭塞和贫穷所带给我的自卑，深深地影响了我很多年。以至于现在有很多时候，我都还没有从那样自卑的一种状态里，完全走出。

多年来，每每面对一些美好的表扬和赞美，我总会并不自信地，将这些归结为对方的一种礼貌和回应。坚持在有选择的自卑里，宛如当年那样，像拼命地保护着自己的自尊一样，掩盖着那份没有分量的底气。

父亲和母亲那个原本就不大的村庄，因大部分为老弱病残的留守，使村庄里到处都充满了暮年的气息。其实，那个村庄也有非常热闹的时候，但那都是在我小时候的事情了。那时候，村庄里到处都是青壮年的身影，还有小孩子们的欢笑和奔跑。多年以后，随着城市化的进程，生存大于情怀，小孩子远离家园向外求学，青壮年因为生存背离故土，村庄逐渐变成了一个巨大的空巢。

　　而和父亲一样的那些人，他们对自己的现在和未来，在做了充分的分析和把握后，选择了一辈子留在村庄。在他们的感知里，唯有村庄才能带给他们真正意义上的踏实和安全。

　　父亲那一代的农民，他们把一辈子的深情，都深植在了那片深厚的土壤上。他们用自己的方式，为不离不弃的坚守，做了最好的诠释。

　　父亲生病后，我曾尝试将父亲和母亲接到城里，和我一起生活。但是每一次，又都在父亲的各种抵抗里，任由时光将他带回那片熟悉的土地。伴随着父亲的生活塌方，我的生活轨迹，也游离于正常的轨道之外。它让我背负着工作和生活的沉重，不断地变换着生活需要我的各种姿态。

　　作为儿女，我们最为无奈的，就是面对父母的逐渐苍老，而自己却又无能为力的一种苍凉和背离。我一边深陷于忙碌的工作之中，一边又不得不在难得的缝隙之外，寻找最大的可能，照顾和安抚父亲和母亲剩余的暮年时光，以此来减轻，内心对他们的愧疚和亏欠。

　　每一次回到村庄，我都会看到父亲特别孤独地躺在炕上，表情凝重地望着窗外。每一次听见我的声音，看见我的出现，父亲的脸上都会瞬间堆满惊喜，远远地伸出尚有知觉的左手，等待着我的走近。

　　一直以来，父亲就一直这样，用他自己的方式，迎接我的每次归来。父亲虽然无法表达，但我却完全明白他的想法。

　　像父亲一样的那些人，他们之所以坚定地选择留守家园，分明是在为自己的后来做好了准备。在这片土地上，他们付出了一生的力气和美好。最后，当他们的生命走到尽头，却只能借助后人的手和力气，来将他们安放在那片难离的土地，融解他们一生的岁月沧桑。

　　黄昏的夕阳里，坐在轮椅上的父亲，正在慢慢地吃着手里的一块蛋糕。尽管吃得极有耐心，却又吃得一身碎屑，引来几只叽叽喳喳叫着的小鸡，围在父亲的脚边争抢食物。

母亲端来一盆清水，小心地放在父亲的脚边后，又拿来一条毛巾，温柔地围在父亲的脖子上。她一边认真地为父亲清洗着脸和双手，一边絮叨着父亲的任性。在流逝的光阴里，母亲正在用自己的方式，表达着她对父亲的深情。

多年来，虽然我不知道父亲和母亲的感情到底有多深，但我却知道，在生活的一地鸡毛里，他们曾经所有针锋相对的片段，在我的成长过程里，都全部相逢。

曾经，在他们的相守轨迹里，面对父亲和母亲那一地鸡毛的生活日常，让我曾固执地以为，他们的婚姻早就死了，或者只是还没有进行埋葬而已。

甚至，在此之前，在生活的真相面前，我一直不能确定，父亲和母亲的家庭组合，到底是错位，还是过错。虽然，表面看起来，这无非是一道非常简单的判断题，但对于那时候的我，虽然身在现场，却终究无法做出一个正确的判断与把握。以至于在后来的许多年，他们会时常出现在我的错觉中，让我会自以为是地将父亲和母亲的结合，归结为零度情感。

父亲和母亲的相守，始终以一种频率极高的争吵方式，活在彼此的存在里。他们常常会因为生活的艰难，在充满焦虑的生存状态中，忘记了似水柔情，让他们彼此在人生的失控感面前，放下了隐藏的能力。

而这一切，直到许多年以后，我方才懂得，其实，无论是过去，还是现在，他们都从没有刻意地去伤害彼此。他们一边彼此心疼地深爱着对方，一边又恨不能，用满身的锋芒去刺痛对方。以至于后来，当一种熟悉的存在，逐渐变成了一种习惯，他们从此也硬生生地，将彼此活成了对方的刺猬。

随着时间的推移，日子在干净的美好里洗出治愈。夕阳下，在黄昏的光芒里，坐在父亲身旁的母亲，正在麻利地穿针引线、缝缝补补，用她自己独有的方式，解读着村庄最古老的语言。

在母亲的脸上，那份安详的宁静和温柔，足以深情地安放另一个人的余生。在父亲生命里最苍凉的时刻，母亲选择了用寸步不离的相守，诠释着他们那一代人独有的情感法则。曾经，他们争吵一生，恨不能将对方狠狠地剥离于自己的生命之外。可是，当生活真正地要将他们分开的时候，他们却惊惶失措，谁也离不开谁了。

此刻，温柔的黄昏里，风吹过村庄，吹过那些我不能解释的时光。在父亲和母亲相对静坐的时光里，我循着光阴的脉络望去，雨水洗过的一草一木，正在以在场的方式，解读着关于村庄的起承转合。

在宁静的村庄上空，我看到最后一缕炊烟，宛如一个人的坐标，正恰到好处地，隐入时光的纹理。

是啊，恰到好处。

2022 年 8 月 22 日初稿于北京芍药居

2023 年 12 月 26 日终稿于吉林白山

刊于《散文选刊》2024 年 11 期

城里城外

你千万不要见怪，城市是一个几百万人，一起孤独生活的地方。

——梭罗

踱过的光阴

新的一天，是从声音开始的。

生活秩序慢慢进入正常后，日子开始变得平静忙碌，墙上的日历一张张翻过，就像是一页页翻动的生活。它充满希望地沿着时光的轨道，悄无声息地向时间深处滑去。

一上午的忙碌，终于摁下了暂停键。抬起头的时候，墙上的石英钟长长的指针，刚好指向中午十二点钟。正要坐下来稍作休息的时候，办公桌上的手机就响了起来，一个电话打进来。手机屏幕上，触目惊心地显示着一个名字，遥远又亲切。

接起电话，电波那头告诉我，他回来了，在我的城市，而且就在单位的办公楼门前在等我。这个声音有穿透时空的魔力，惊得我有些愣神。

回过神后，我站起身，穿上厚厚的羽绒服，锁上门，走出了办公大楼。刚一推开单位的大门，寒风夹着雪花，瞬间就扑面而来。

门外，我看到一身雪花的北北，正站在单位大楼的门前在等我。这就是我的死党，从小到大，无论是给我惊喜还是惊吓，从来都没有预警机制。然而，不管时空跨越多远，在我的感知里，他从来都在我的生命周围，陪着我从未远去。

几年没见，北北的身材比起之前的细长挺拔，明显地健壮了一些。这种健壮的衬托，反倒让北北独有的气息里，又多了一份沉稳，少了一份年少时的灵动与调皮。一件深蓝色的休闲羽绒服穿在北北的身上，在白雪的映衬下，将北北的气质衬托得越发干净儒雅。

北北的这次归来，给了我足够的缓冲时间。这种缓冲，当然包括时间和心情。面对眼前的真实，我和北北看着自己对面的笑脸，不约而同地向彼此伸出了自己那只温暖的右手。

时间过去了很多年，距离2012年春节的那次相见，这一次，我和北北又有八年未见。我们的两次相见，均以"八"作为隔点出现。多年不见，看着眼前的北北，我始终无法相信眼前的这份真实。此北北还是彼北北吗？

一切都变了，又仿佛一切都没有变。

高大的北北依然像多年以前，满脸阳光地站在我的面前，时空却在悄然的错位里，发生了不可思议的逆转。

时间又回来了，我们的相见依然还是站在楼前，但是我们的脚印，却从济南那个城市，转移到了长白山脚下的这片土地上。彼此体会着这份不敢确定的真实，心里却觉得，对方已经变得让自己陌生。

到底是什么不一样了，是心情和境遇吗？我无法回答自己。

现在，我开始有点怀疑自己，是不是自己的感觉出了问题。否则为什么，站在我面前的，明明还是那个叫作北北的人，是那个和我一起从小玩到大的死党，但是又说不出为什么，面前的这个北北，现在他传递给我的，却是一种说不出的，物是人非的陌生感觉。

想到这里，鼻子竟有一种酸酸的感觉。

回到小城，在机关工作数年。生活慢慢稳定下来后，我把自己滚烫的激情和斗志，全部囚禁在了这个方寸之地，从此画地为牢。

一个人安静下来的时候，我常常会觉得，自己走进了时间的墙里。每一个三百六十五个日子走过，回过头的时候，我都会发现，自己早已把一个个希望，都种在了时间的内部。在虚构的温度里，它们一个接一个地，被时间一一收编。

光阴缓缓流淌，日子慢慢走过去，生活也渐渐变得平静，且充满忙碌。一切都在慢慢地向好的方向转弯，日子也开始洒满温暖的阳光。可是，隐约之中，自己却好像一直都在期待着什么出现。

现在，我终于明白，原来是有太多的不甘，一直隐藏在那个写满倔强的后面。它铆着一股形而有力的劲头，正在准备着蓄势待发。

回过神的时候，我看见北北满脸阳光地走向我，笑着向我伸出了他的右手。没有太多的话语和解释，只是一个相视而笑，就解开了那个我们曾经自以为，永远也解不开的心结。

逆流成河的悲伤

现在，时间已排在了"公元 2020 年"的序列上。这次和北北相见，距离我毕业初期，在济南的那次相见，时间已整整过去了十六年。

一路上，北北没怎么说话。但我看得出，北北是有话要说的。

我们肩并着肩，在大雪纷飞里慢慢地行走。就像是走在多年以前，那条熟悉的村路上。在那个拖着一爬犁木柴，吃力行走的耕牛左右，我和北北分散在它的两旁，跟在四叔的后面，配合着那头耕牛慢慢行走的节奏……

前面不远处，门上方的一个绿色广告牌上，大写着"小树林砂锅炖"的小酒馆，出现在我们的视线里。我和北北心领神会地，相互对视了一眼。我们没有说话，脚步却不约而同地朝着"小树林砂锅炖"走去。

走进去，我们选好一个靠窗的位置坐下来。这一次，北北依然江山不改，霸道地抢过菜单，不由分说地点了几道我们从小就喜欢吃的东北菜。

北北的声音还是那么好听，听到他敞亮的声音报给服务员的菜名时，我的心还是轻轻地震颤了一下。"酸菜炖排骨火候炖得大一些，葱花爆鸡蛋多放些绿色的葱花……"他的叮嘱在提醒我，这么多年过去，毕业初期，我们在一起吃的那顿午餐，他一直都没有忘记。

这么多年过去，我和北北一动不动地，困在自己的原地。在南北各踞一方的拉锯战里，争吵、冷漠、怀疑，各执己见，浪费了太多的时间。弄得两个人，彼此里里外外一身冷酷，感情空白了很多年。

北北一口气打开了好几瓶啤酒，还郑重其事地将两瓶啤酒放到我面前，用我熟悉的语气撑着我，告诉我要把它们喝光，这是他给我规定的任务。

静下来，有时候是一件好事，有时候又不一定是一件好事。当所有暗自流泪的自由，都挤在心脏，总会有个人，或者有件事，会成为一个人的远方。

这么多年过去了，坐在我对面的北北，似乎是变了，又似乎没有变。他撑我的语气，还是充满了我熟悉的感觉，那样霸道，且又让我温暖无限。

北北这次送四婶回家，回南京之前转道小城，是提前做好了规划。他留足了充足的时间，准备和我好好叙叙旧。如果不是这次需要送四婶回家，我们之间距离 2012 年的第二次相见，不知道还要排到多远。

仔细想想，这些年来，除了电话、网络交流，像这种面对面的交流，除去在济南的那次简易午餐，我们还是第一次。这种熟悉的场景，距离上一次毕业初期的见面，时间整整跨越了十六年。每次联系，各自也都会有意过滤一些细节，不愿意自己的不如意被对方发现。

现在，我和北北安静地，一动也不动地，坐在时间的河流里。空气变得有些冷，幽雅宁静的小酒馆里，朴树的《白桦林》在耳畔轻轻地响起，很忧伤，且又意味深长。歌曲虽然有些老，但白桦林的记忆，确实陪伴了我们一年又一年。那一刻，时光就这样在记忆里定格。

我们坐在窗前，看着窗外飞舞的雪花，一起慢慢地，喝着杯里的啤酒……

分隔多年，我和北北前行的人生轨迹，已出现了大片的断层。面对这种成长路径上的错位，我们面对面坐着，相互之间却都在沉默。不知道怎么开口，才能够顺滑地进入话题。好像彼此都有一种感觉，不便开口打探对方未知的过去。仿佛不开口，这段空白也就不存在似的。

成年后，我们生活在自己的城市里。在那些好不容易才建立起来的、带有城市温度的秩序里，缝补着自己的缺憾和生活。在无声的年轮里，每一个人都不可避免地，将自己生生地活成了名副其实的木桩。因为要更好地生活，在未来的日子里，让自己，还有我们的亲人，可以过上有尊严的生活。我们在万般无奈的不得已里，放下了曾被视为等同于生命一样的尊严，无奈地向世事屈膝低头。

异乡的城市，早已盛不下我们装满白桦林的忧伤。那些不为人知的艰辛和不易，也只有经历过的人，才会深有体会。对于这些经历，于我，于北北，语言似乎早已成为多余。

剩下的日子，对于承载着我们最初梦想的村庄，我们唯一能做的，就是在余生，深藏起过往的美好。彼此带着深深的遗憾，裁剪着梦的补丁，穿针引线去小心地缝缝补补。

此时，岁月无声，无声的还有我和北北两人之间，此时的心情。

珠江路的风

这些年，北北从没敢想过，这辈子能在南京这样的区域中心城市扎下根，在 IT 行业拥有自己的电脑公司。更没想到有朝一日，还会在优质的小区里，住上宽敞的两居室。

小区里有水，有口袋公园，有鸟儿叫早的声音，还有阳光，是可以住到老的。在南京，北北从没有过离开的打算，也没有谁会决定他的离开。

如果说两居室是幸福的药引，那么南京珠江路一条街的电脑城，则是带北北脱胎换骨的内核。"北有中关村，南有珠江路"，在曾经的某个阶段，这句话是国内电子科技行业界的共识。即使过去很多年，北北回忆起当年的创业，都会禁不住感叹，珠江路是他在人生路上，无法避免的奇迹。

北北的专业是社会学，但是几年来，他的专业成绩很一般，反倒是对计算机产生了浓厚的兴趣。一有时间，北北就泡在机房里。他用了三年的课余时间自学，顺利地通过了全国计算机 C 语言四级等级考试。

除了计算机，北北还有一大爱好，就是热衷于课外打工。大学期间，他除了学习、捣鼓爱好，剩下的时间，他都用在了"工作上"。用他自己的话说，他早就成了赛格电脑城的"编外打工人"。

在南京四年的学习生活，北北早已提前跻身 IT 行业。每年寒暑假，北北回家的次数有限，大多数都留在了学校。他利用这段自由的时间，在赛格电脑城一边打工，一边为自己毕业后，提前进入职场做热身准备。那时候的北北并没有料到，自己以后的职业半径，会沿着 IT 行业的波长来规划发展。

要知道，当年西祠胡同南大小百合 BBS 如日中天，光一个西祠胡同的自建讨论版，就超过了八十万个，注册用户足有三千万人左右。西祠胡同在当时，已成为华语地区最大的社区群。"自由开版、自由管理、自由发表信息、沟通交流"的开放运营模式，以及互联网的自由和自律，吸引着大批大批的大学生网民，在当时非常火爆。

南大、东大、南航等学校，一到周末，很多学生三五成群，结伴朝珠江路一通乱拱，去捕捉最新的 IT 信息。在珠江路转一回，铺天盖地的信息量，就足够他们消化一个星期了。

北北集打工、学习于一身，在"数码港"的 BBS 版块上，是最有发言权利的成员之一。很多小迷哥和小迷妹，只要一登录，会首先搜寻"珠江路的风"。没有北北活跃的存在，"数码港" BBS 存在的流量，也会被刮得越来越转，似乎来一阵风，都会瞬间无影无踪。

当年，活跃在西祠胡同 IT 版块的小主们，大多都会熟悉"珠江路的风"这个网名。只要他出现，不管是学哥学弟，还是学姐学妹，都喜欢围着北北请教交流。北北也当之无愧地，被他们称为"鬼子"。

在当时，凡是与电脑、网络或数码有关的问题，以及 IT 行业发生的最新信息，北北大多都能为他们答疑解惑。比如，当时珠江路的明星——像百脑汇、华海广场、福中电脑、赛格、同创等，这些如雷贯耳的名字，当年可都是响当当地撑起珠江路的流量担当。

不管是提到哪个名字，抑或是哪个问题，北北几乎都会对答如流。在这些崇拜知识的人群心中，这种人不是"鬼子"是什么，难道还会是神仙吗？

最初，北北是不喜欢"鬼子"这个称呼的。总感觉会让人一下子就精准定位，会和阴险狡诈的小日本给联系到一起。可是，时间长了，熟悉北北的网友和同学，都喜欢这么称呼，好像根本就忘了他的名字一样。

北北的身上有一种特质，让人看第一眼，就会被他全身上下散发的阳光气息吸引。从小到大，北北从来就不缺少被人喜欢，更何况，在这个知识爆炸的时代，成长为知识渊博且又阳光帅气的现在呢？

在他们看来，"鬼子"这个称呼，除了北北，无人可及。后来，索性也就叫下去了。

落在石头墙上阳光

毕业后，北北一头扎进了珠江路科技一条街，将自己的职业轨迹，执着地锁定在了 IT 行业。他从一开始就认准了国内的龙头企业——联想电脑的品牌效应，这也是几年来，他在珠江路课余打工的收获。

北北一路过五关，斩六将，凭着出色的表现，顺利地应聘到森大电子科技有限公司。因为需要先熟悉基础业务，北北被直接分配到了赛格电脑城的专卖场，负责联想品牌卖场的市场销售。

在当时，电脑城是全国各大城市的标配，也是当地地标式的商业中心名片，业务发展势头如日中天，甚至比后来火爆的房地产行业，都略胜一筹。

鼎盛时期，集聚各类电子产品的赛格电脑城一开业，就吸引了大量的商户入驻电脑城，也创造过日客流量超过万人的纪录。巨大的客流量带来节节攀升的销量，有的商户一月最多能挣几十万。巅峰时期，电脑城一年的销售额，竟高达近十亿元。

"北有中关村，南有珠江路"，当年，微软副总裁在电子城看到涌动的人潮，曾感叹，他相信电脑城是全球最繁忙的店。很多年轻人看准时机，跻身这个朝阳行业，瞅准时机，狠狠地收割了一波红利，实现了命运华丽的转身。当然，也包括年轻的北北。

半年后，北北转到了公司的渠道部，担任无锡和苏州两个地区的大区经理，负责带领公司渠道二部，发展和维护两地的渠道经销业务。

两年后，优秀的北北又一路通关，转入了公司的重点部门，在行业部负责行业客户的投标和终端维护。

北北知道，如果自己不努力花费时间，去创造自己想要的生活，就将被迫花很多时间，去应付自己所不想要的生活。随着客户资源越来越多，他的生活也变得尤其忙碌，从前是身不由己，现在则是变得越来越心不由己了。生活危机四伏的同时，也将北北的野心，一点一点地拱出了内心底部。

时间和睡眠，之于北北现在的生活，仿佛像一对反目成仇的孪生兄弟，只是一个转身的距离，就越来越远了。

累吗？累！可是还能从这里抽离，选择全身而退吗？

倔强的北北没有选择全身而退，最终他仍然选择了坚持。人生一世，不到万不得已，北北永远都不会让一个"尿"字，闯进自己的生活。

没出五年，野心勃勃的北北就用自己攒下的积蓄，加上东挪西凑到一起的五十万元，注册了自己的电子科技有限公司。

这些年在城市里，北北最深刻的体会，就是生存的压力和迷茫。公司的业务发展不错，但也经历过几次不大不小的波折。总体来讲，每年的收益会比打工时期增加好多倍。他抓住了联想品牌的黄金发展时期，赚到了人生中的第一桶金。

起步难，难于上青天。熬过了起步的初级难，进一步的发展也同样难度不小。尤其在没有外援，也没有内助的困境里，公司的发展壮大，员工业务能力的提升和培养，每年代理品牌签约任务的完成……一个团队的健康成长，这时候的压力，全压在了北北的肩上。

原来只有一个人的时候，北北只负责自己优秀就可以了。现在，他肩负的是整个团队的发展和成长，承担的风险和压力是具体的。同样，也是无法预测的。

飘在风里的错题本

2007 年，北北的公司运营出了意外，一个熟悉的客户，在大家没有防备的情况下，关门卷款逃跑。北北放给这个客户几十万的货款，也随之下落不明。

事情发生后，北北强作淡定，白天仍会若无其事地像往常一样，带领团队正常工作。向心力消失了，团队力量就会涣散了，北北比谁都清楚，目前自己最需要做的，就是稳定军心。所以他要全力做到将心不乱，当然，军心更不能乱。

一段时间，北北开始沉迷酒精。他不喜欢酒精的味道，却不知道从什么时候，开始喜欢上了喝酒。只有夜晚，才是北北最真实的时刻。熬不下去的时候，北北会一个人在下班后，待在自己的办公室，一个人喝酒、思考。喝多的时候，顺势就在办公室的沙发上过一夜。有时候，他也会约几个好友，找个小酒馆一起畅饮。酒喝多了，聊起来难免就会漫无边际。语言也总会在一经张口时，便分崩离析。

有一次，北北原本喝得恰到好处，但终究没有拿捏好酒量。架不住大家的热情高涨，他禁不住小小地放纵了一下自己，在热情高涨的情绪下，又喝下了两瓶啤酒。

在这个时候，有酒，似乎就够了。够什么呢？不知道。北北尽管心里很清楚，但他就是不想承认。

但似乎确实是够了，因为这些年轻人，他们抱团取暖，在异乡的节奏里，始终在坚持自己燃烧着的城市梦想。他们不想说自己流过多少泪，吃过多少苦，藏起多少累。但他们知道，自己必须要坚持。

可喝着喝着，北北就哭了。曾经很久以来，他以为自己不会流泪了。可是那一次，在酒精的加持下，温文尔雅的北北，竟然就这样败了北。

刚开始，氛围总是热烈的，一群年轻人推杯换盏，讨论、争执、欢笑的声音高低起伏，到处都是和年轻有关的样子，就连空气里散发的气息，_丝丝缕缕_也都是年轻的味道。

在珠江路，有很多像北北一样的年轻人。要不是对未来充满期待，这些年轻人恐怕早就和这个城市解除了合约。他们执着地向未来讨要幸福，却也越来越发现，在这个城市留下来，要过好这一生的成本，实在是太高了。

那个时候，留在异乡打拼的他们，每个月不仅要还着房子的月供，还要应付来自四面八方的经济诉求。内外交困的生活压力，让他们既不敢生活过于奢侈，也不敢提前透支明天。

随着试错的成本越来越高，很多东西不忍也只能忍。那一页一页消逝的日子，就像是在他们的青春里，试错后的错题本。

为了向未来讨要幸福，也为了自己倔强的自尊，他们努力地用最火的热情，支撑着自己最大的豪情。

夜晚九点钟，他们还在围着桌子，喝着啤酒，一杯一杯又一杯。

不知过了多久，北北才在恍惚里，发现自己流泪了，而且还是泪流满面。他不想哭，可这时候的眼泪，却像滔滔江水。北北试了好几次，怎么都摁不住，那些一点一点露出头的忧伤。

没有人知道，这些年北北的心里藏着多少心事。也没有人知道，他在暗夜里，多少次都在努力修复，那些一次次失败带来的创伤。他想不明白，明明智商情商都同时在线，一样也不比别人差，可是为什么，命运却偏偏要注定，让他过得如此颠沛流离呢？

发现自己流泪的时候，北北变得有些慌张。他也不知道自己怎么了，堂堂一米八二的大男人，怎么就这么没有出息，竟然在众目睽睽之下崩溃。虽然是酒后真情，他却无论如何都不能原谅自己，那些身在现场的脆弱。

他自责，甚至懊悔，想努力挽回失控的尊严。这时候的北北，他的胳膊落在桌子上，双手撑着额头，一动也不动。极力打开的十指，想要以最大的跨度，去遮住那张流泪不止的脸，试图以此来掩护自己的悲伤。可不管怎么用力，北北都失败了。最后，他竟然哭得泣不成声了。

于是，一个又一个的往事片段，不断地浮现在他的面前。慢慢地，变成了一个又一个，无法逆转的忧伤。

沉默的铁轨

现在，两瓶酒一直在进行，喝得沉默，又缓慢。就像是我们之间，那些上了锁的空白。

我们坐的位置，正好可以看到二楼的楼梯口。一群十六七岁的少男少女，叽叽喳喳地走下楼梯，这真是青春应有的样子。他们说着笑着从楼梯走下，到了门口一涌而出，四周瞬间又安静下来。

窗外，视野可及的街面上一片空白，车辆很少，半天也不见个人影。

这些年，我和北北之间的联系，也曾有过空白着的那些年。说不清为什么，有些感情总会出现惊人的相似性，走着走着就没有了消息。等待，对于事不关己的人来说，当画地为牢形成一种惯性后，根本无关悲伤，却只会增添旁人的谈资和热闹。很多以前不懂的规则，现在懂也不晚。索性就让自己守住一份沉默，避而不谈。

而且，我也一直没有弄明白，这些年我和北北之间，存在的分歧和困惑。面对越来越远的心灵距离，为什么彼此之间，非要一个比一个地倔强，谁也不肯成为主动伸出手的那一个人呢？

沉默间，北北率先打破僵局，向我询问起小城近年房地产行业的行情。有了这个话题的切入，空气就温暖起来。他的主动像一剂润滑剂一样，顺着这个话题切入，也顺势打开了我们之间僵硬的冷冻层，

一向不喜喝酒的北北，在频频举杯里，很快就喝光了手里的一杯杯啤酒。几瓶酒下肚，北北的脸上泛起了潮红。他似乎并没有过瘾，又喊来服务员开启了两瓶啤酒。

那天下午，在熟悉的氛围里，生活的纹理呼应着未经允许的重叠，打开了一扇扇虚掩的门。我和北北在共同的成长里，经历过的一些细节，被由远及近的记忆反复拿捏。透过时间，一点一点地向我们慢慢走近，紧紧地拥抱着我和北北。

人与往事之间，究竟隔着几重门？

这个下午，我和北北只隔着一张桌子，却各自藏着两种悲伤。

几瓶啤酒下肚后，在体内慢慢融解的酒精浓度，在《白桦林》的忧伤里，慢慢地摧毁着，北北一直伪装的坚硬和坚强。

窗外，一片片雪花，在狂风乱舞中，仍然努力地把握着各自的飘落节奏，轻盈地落在地面上。就像是现在的我和北北，在约定俗成的生活

体系面前，哪怕尝遍人间苦楚，也还要在对方面前强作欢颜，保持着自己应有的体面和尊严。

北北一口一口地，喝着杯子里的啤酒。渐渐地，他面前的酒瓶越来越多。酒似乎让北北上了瘾，他随手拿起面前的一个酒瓶，摇一摇，空的。再摇一瓶，还是空的。

见此情景，我赶紧拿起酒杯，准备寻找下一个切入的话题。可一时又不知道该从哪儿聊起，或者说，我还没有准备好，在不触及北北忧伤的前提下，自然地切入他这些年的城市生活话题。只有这样，才能以此来缓冲一下，他喝酒的加速度。

就这样，在我的祝福声里，北北拿起酒瓶，仰起头"咕咚咕咚"喝了几大口。在酒精的加持下，一直在极力克制着情绪的北北，悲伤的眼泪开始情不自禁地，一串一串地流了出来。他不停地摘下眼镜，擦拭着潮湿的镜片，始终都不肯开口进入话题。

一顿饭下来，我们一直都在沉默。因为不管我说什么，北北都一声不吭，一直在闷声喝着杯里的啤酒。回顾往事的辛酸和悲伤正拥挤着，一股脑儿地堆积在他的喉咙里。

现在，我比任何人都懂北北的沉默。他之所以不说话，是害怕一不小心，就倾泻了自己极力克制的悲伤。

我很想告诉北北，让他想哭就哭出来吧。在无声无息的年轮里，失去青春很正常，失去爱情很正常，失去平静也很正常。但在挽回这些失去的同时，失去最后的精神支点，就太不正常了。

关不上的窗

很多次，北北总是在犯同一个错误。那么要强的北北，怎么能允许自己轻易出错。可是，现在的问题来了，极少出错的北北，竟然开始总是被同一种忧伤主宰。

他的情绪始于身醉，止于心碎。

北北不是一个感情脆弱的人，他有分寸，会很好地绕过自己的痛点，掩饰别人看不到的难过。可是好几次，他喝多了酒，情绪积累到一定程度的时候，他一下子就哭了。

他不知道，自己怎么就变得这么没有出息了。小聚微醺的时候，北北从没想过会暴露自己的脆弱。可总有些触及柔软的话题，让那些没有出息的眼泪，稍不留神就跑了出来，轻易地就出卖了北北的忧伤。他是东北人，怎么能允许自己像个女人一样哭泣。

其实，北北不想哭，但是酒精会让情绪拥挤在喉咙里。他没有办法，去按住那些暗流涌动的忧伤。更没有办法，将过往的一切，当作什么都没有发生。如果眼泪能够按照原路返回去，北北一定会逼着自己，将那些没有出息的眼泪倒流回去。只是很多次，它们都像是硬要和他作对一样，在忧伤的缝隙里，总是哗的一下，就跑了出来，挡都挡不住。

悄悄隐藏的内流河，是不是也有决堤的时刻？几次过后，这样的难过一直在发生。它们一直都在，围在北北的生命周围，没法一笔勾销。

很多次，大家的话题似乎也打了死结，总也绕不过北北心里触到的每一个忧伤。提到有些话题的时候，北北的心就会疼，而且会一直疼，疼了一下又一下。有些辛酸，说是不去想，可又总是心不由己。这个深刻的话题，很多年就这样顽固地、不甘示弱地盘踞在北北的心里。即使时间过去很久，每一次也还是都没有绕过去。

他的内心开始游离，怀疑自己是不是病了，否则为什么一向情绪稳定的自己，却在内心底部藏满忧伤，插进了太多属于别人的判断。北北自认为很丢人，开始变得不敢再喝酒，哪怕是在洽谈业务的酒局上，他也会千方百计地逃避。

熬，熬过去。北北总是暗暗地，一次次给自己打气。他调动全身的力量，努力驾驭着人生正反两面。他一直都那么倔强，守着自己的坚忍，努力地修复着内心的伤痕和难过。北北不知道，那么多的磨难，到底还要进行到什么时候？为什么同样是人，自己却没有选择和掌控命运的能力？难道从一出生起，就注定自己要低到尘埃吗？

想到这里，北北的眼泪一串串地掉下来，他陷入了深深的困惑。酒局上的人影，这时候开始变得有些模糊，渐渐地重叠起来。从前刀枪不入的壁垒，在情绪的降维打击里，也都渐渐地打开了北北内心的柔软。

喝醉真好，可以允许自己卸下伪装的坚强。矜持也好，摆烂也罢，至少还可以不用再假装开心，努力地在人前强作欢颜。而且再放纵一些的话，还可以用喝白酒的胆量，去要一回喝啤酒的疯狂，短暂地活出真实的自己。

窗外，南方的小雨淅淅沥沥下个不停。北北在酒精里迷途不返。他一次次按住内心的雨，却无法隐藏起真实的情绪，任由自己流着泪，却对那些过往的忧伤，依然守口如瓶。

那个下午，一顿饭，几瓶酒，我们却喝了很久很久。摆在桌子上的四盘菜，还有那两盘我们最喜欢吃的黄蘑鸡蛋馅儿的饺子，却一丁点儿都没有少。

德国浪漫主义诗人荷尔德林说过："人生充满劳绩，然而人，却可以诗意地栖居在这片大地上。"这段话我烂熟于心，遗憾的却是，烂透的不知道到底是生活，还是人心。

北北离开北方的时候，大雪依然还在下着。

车站处，我站在大雪里，看着慢慢合上的车门。耳边是雪花飘落的声音，一片一片……

车窗内，北北探出头来，伸出手向我挥舞。

这些年，我一直在深深思索，城里有什么。也一直在苦苦寻觅，爱在哪里。可是，北北经过的那些年，在城外的傍晚，为什么我曾抓住了那只蝉，却没有抓住属于我的整个夏天？我总是一直在这里苦苦思索。

我跟随着慢慢启动的大巴车，沿着车轮滑过的痕迹，在小城的街上慢慢地朝前行走。

是的，我只是想再看你一眼，从南到北。

路上，雪更大了。

2022 年 12 月 22 日初稿于吉林白山

2023 年 5 月 26 日终稿于吉林白山

后 记

慢时光，一日签。

在快时代里慢下来，并不是一件容易的事情。在一直保持慢节奏的小城，想要做一个真实的自己，更不容易。所幸的是，文学成全了我，也成就了我极力想要保留的真实。

这些年，我在城市里生活，灵魂却在城市之外，在呼与吸的转折中，淡定从容地自由行走。

自 2022 年 7 月，在北京鲁院高研班学习开始，至 2023 年 9 月，我在工作与生活的奔波和忙碌里，在无数个深夜的缝隙里，在深陷困境的思考里，见缝插针地与时间和疲惫进行对抗。在那些期待和信任的关注下，在时间这个虚掩的门前，我用历时一年的时间，在此岸连着彼岸的牵绊里，有秩序地完成了这部《交替的底色》系列散文的创作，也为"别一种叙述"画了一个圆圈。

这部散文集之于我，意义非同寻常。它是我人生中的第一本书，正如同人生中很多的第一次那样，让我珍视，并且珍爱。哪怕是一个标点，都是我郑重其事地，小心写下的对文学满满的敬畏。

这些年，我一动不动地，被生活困在原地。在小城，我的影子是孤独的。但是我的灵魂和思想，却一直没有停止在路上倔强行走的脚步。

很多时候，我会想，如果我的影子能够读懂它的主人，它一定会知道，它的主人把快乐都放在了时间的前面。因为没有任何障碍，可以让它的主人停止思考，去选择相对静止的思维死亡。

在这部散文集中，我一直保持着自己惯有的，克制、冷静和自省的姿态。用文字与心灵对话，重构过去进行时的时光。

我在时代转型的变与不变中，以别一种叙述的方式，与往昔建立起一种新的对话关系。将救赎与被救赎，用串联的方式，对过去、现在和未来，进行了重新思考、复盘和重构。并赋予未来的乡村，以崭新的思考和启示。

其实，当完成散文集创作，最后需要落笔，写这个"后记"的时候，我却迟迟无处落笔，不知道该如何去写这个后记了。

看到这里，你们一定会在心里，产生了无数个问号。那么，请相信我，我的无法落笔，以及我的无处落笔，真的不是我出现了理屈，也不是我遇到了词穷，更不是我涤荡了意尽，而是我想说的太多，却又不能说得太多。因为有时候，面对一草一木、一砖一瓦、一人一物的懂得和物语，再多的语言，似乎都会显得苍白无力。或者说，有些人，或者有些事，深埋在心里，总好过万语千言的流淌。

就这样，本该提前几个月就可以完成闭环的散文集，就这样硬生生地又向后延期了几个月的时间，始终无法尘埃落定。

即使落笔这一刻，我还都在想，如果不是因为2024年的春节越来越近了，或许，我还会深深地沦陷在，迟迟无法落笔的困境里无法自拔。

一部作品的问世，直观看起来，是一个写作者的作品。实际上，却深深地蕴含了，太多的物语和隐语。文学创作的动力，不仅仅是来自写作者本身的创作力，还有来自四面八方的作用力。就比如：原动力、推动力、发展力、向心力等。很大一部分，它们都来源于那些温暖和信任的眼神，以及力量。

其实，在我的心里，一直有隐隐约约的担心。一方面，我很害怕，自己会把这个"后记"写成说明书，或者是感谢信。另一方面，我坐在书桌前，眼前却像过电影一样，浮现出一张又一张，熟悉又温暖的笑脸。那些一个又一个镌刻在我记忆里的名字，它们就像一束束光一样，在我打开记忆的门窗时，一个接一个，接二连三地蹦出来，透过时间，拥抱我。

这些人，他们是在我的困境中，渡我的佛。文学，则是在我的困境里，带我离开的那个桨。

关于《交替的底色》，打开的方式有很多。从村庄的一草一木，到白桦林里的一呼一吸。从别一种叙述中的一字一句，到此情此景里的一人一语。它们就像是一枚枚大写的词根，在时间的远处，从记忆里剔出文字。又仿佛是在某个冬天，回放的某个片段。在那片静静的白桦林里，投射的一个个草木物语，抑或是一个个生动的人生镜像。

人与往事究竟隔着几道门？此时，岁月无声，无声的还有心情。

没有声音的深夜，我坐在书桌前，窗外的雪还一直在下着。今年的雪下得很大，就好像故意要将我的回忆，埋得更深一些。白天的时候，冬天里的阳光，总是会透过窗户，照在我的脸上、身上，以及我生活的每一处缝隙里。

这一切，让我总是会想起，那些在工作环境里，给我鼓励、欣赏、温暖、帮助和支持的领导和同事们，向我释放的温暖和力量。

更有文学环境里，给我启发，引我上路，鞭策我，给我尊重和懂得，并以丝丝入扣的温度，对我进行栽培和扶持的那些领导和师友。想到他们，我的冬天渐渐就温暖了。

现在，出现了一个奇怪的现象。此刻的我，明明是坐在渐沉的黑夜里，我却不愿意，顺从地被时光收割。

因为时光，我又想到了光，想到了那些在我的前方，看不到光的日子；想到当我深陷困境和绝望的时候，为我打开一扇窗，给了我光亮和希望的有些人。因为这些温暖的拥有，照亮着我一路前行，并且越来越好。

现在，时间的指针，已指向了阳历 2024 年 1 月 16 日。醒目的午夜 1 时 58 分，在小城的慢时光里，将时光从记忆里慢慢拉回，又放远。再有二十一天，就到了农历的春节了。我站起身，走向窗前。我看着窗外的雪花，在腊月的黑夜里，静静地飘落。

静默中，我分明地看到，窗台上的兰花就这样在安静里，兀自开了。是不是曾经让一个人，在暗夜里哭泣和绝望的事情，也会迟早有一天，让这个人在阳光下，笑着说出来呢？

这个回答，就留给时间吧。我期待着，我们都期待着。

写于 2024 年 1 月 16 日午夜 1 时 58 分

图书在版编目（CIP）数据

交替的底色／宋雨薇著． -- 北京：作家出版社，2024.11.
（中国少数民族文学之星丛书）． -- ISBN 978 - 7 - 5212 - 3023 - 9

Ⅰ. I267

中国国家版本馆 CIP 数据核字第 2024F44G87 号

交替的底色

作　　者：宋雨薇
责任编辑：李亚梓
特约编辑：赵兴红
装帧设计：琥珀视觉
出版发行：作家出版社有限公司
社　　址：北京农展馆南里 10 号　　　邮　　编：100125
电话传真：86 - 10 - 65067186（发行中心）
　　　　　86 - 10 - 65004079（总编室）
E - mail: zuojia@zuojia. net. cn
http: // www. zuojiachubanshe. com
印　　刷：唐山玺诚印务有限公司
成品尺寸：152 × 230
字　　数：197 千
印　　张：16.5
版　　次：2024 年 11 月第 1 版
印　　次：2024 年 11 月第 1 次印刷
ISBN　978 - 7 - 5212 - 3023 - 9
定　　价：52.00 元